QUER VERLAG

Berlinsolo

Peter Hofmann

Roman

To melt your icy blue heart
Should I start?
To turn what's been frozen for years
Into a river of tears.

Emmylou Harris

Zweite Auflage November 2001

Umschlag und graphische Realisierung von Sergio Vitale unter
Verwendung einer Fotografie von Tiziano Bedin
Gesamtherstellung: Druckhaus Köthen
ISBN 3-89656-053-0
Printed in Germany

www.berlinsolo.de

Bitte fordern Sie unser Gesamtverzeichnis an:
Querverlag GmbH, Akazienstraße 25, D-10823 Berlin

Kapitel 1

Es ist mein erstes Internet-Date in einem Restaurant, ich weiß nicht, was ich anziehen soll. Er ist Journalist, er ist vierzig, das heißt, er ist gerade vierzig geworden, was man dem Bild, das er mir als Datei geschickt hat, nicht ansieht.

Mitte Dreißig hätte ich ihn geschätzt, aber er gab sofort zu, so alt zu sein. Es scheint, er kommt gut damit klar. Das gefällt mir. Ich habe mir das Bild lange angesehen, habe es vergrößert und verkleinert, versucht es heller zu machen, denn seine rechte Gesichtshälfte ist sehr schattig auf dem Bild. Es zeigt ihn nur bis zur Brust; er trägt ein Sakko mit Hemd darunter. Er lächelt. Er blickt den Betrachter an und zeigt etwas von seinen Zähnen. Ich habe es umgewandelt in Schwarzweiß, dann aber wieder die Farbe angeklickt. Er sieht so oder so gut aus. Bei dreihundertprozentiger Vergrößerung verschwimmt er, löst sich in farbige Vierecke auf. Er ist attraktiv, auch als Bleistiftskizze oder als Relief, gespiegelt oder auf den Kopf gestellt. Er sieht noch immer gut aus, als ich auf Schließen klicke und der Computer mich fragt: Sollen die Änderungen in ICH2 gespeichert werden?

Nein. Nein, ich will ihn so behalten, wie er ist. Möglicherweise werde ich das Bild noch heute abend in den Papierkorb schieben, den ich dann in ein paar Tagen leeren werde. Dort liegen schon viele Bilder. Ein steifer Schwanz aus Hamburg; ein Gesicht mit Balken über den Augen aus Berlin-Spandau, der aus Cottbus steht an seinem Auto, mit heruntergelassener Hose zeigt er seinen Arsch und zieht ihn mit beiden Händen auseinander. Ein Pärchen aus NRW sitzt in den Dünen. Sie lächeln, halten sich im Arm; ein anderes Bild zeigt ihre Unterleiber, einmal schlaff, einmal erregt. Ein anderer Berliner sitzt in einem Biergarten und hebt gerade ein großes Glas Bier, prostet lachend der Kamera zu. Der Dessauer hat sich auf dem Balkon knipsen lassen. Er trägt Shorts und hat seine Hände in die Lycra-Hosen gesteckt. Dann ist da noch einer aus Magdeburg, der ein Bild sendete, das einen amerikanischen Porno-Helden zeigt.

Ich muß den Papierkorb leeren. Es sind die Pics der flüchtigen Chats. Die anderen sind auf der Festplatte unter „Download" zu finden.

Ihn habe ich unter „Eigene Dateien" abgelegt, dort sind auch Photos von mir gespeichert. Ich habe keines, das mich nackt zeigt oder in Unterhose, weder meinen Schwanz noch meinen Hintern habe ich eingescannt.

Ihm schickte ich das Bild, das Michael im Park von mir gemacht hat. Michael wohnt in Hamburg und ist Photograph. Es sind schöne Fotos. Sie sind ruhig und sehen aus wie Herbst.

Ich habe mich lange nicht auf Bildern gesehen. Das schönste Bild, mein Gesicht, das ich an den Stamm einer Buche lehne, habe ich ihm geschickt. Ich habe es in Schwarzweiß abgespeichert. Michael will mir noch einen Abzug davon anfertigen.

Ich klicke abermals auf ICH2 und sehe ihn mir an. Es ist kurz nach sieben; in zehn Minuten muß ich losfahren. Wir sind um acht im *Arco* verabredet. Er mag italienisches Essen und hat dieses Lokal empfohlen.

Es war erst gestern, daß wir uns online kennengelernt haben. Wir haben zunächst Telegramme geschickt, er hat damit begonnen, denn ihm gefiel mein Motto im AOL-Profil: *Is that a gun in your pocket...?*

Was soll man unter „Persönliches Motto" auch schreiben? Vielleicht „Carpe diem", „Quo vadis" oder „Mein rechter, rechter Platz ist leer"?

„Die gute alte Mae West", schrieb er und machte den Anfang. Er fragte dann nicht nach meiner Lust oder nach der Größe meiner

Genitalien. Er tat weder so, als suchte er etwas Schnelles für den Abend, noch spickte er seine Sätze mit Anzüglichkeiten.

Wir tauschten unsere Bilder per e-mail. Danach telefonierten wir. Und heute sind wir verabredet.

Ich habe mich für ein schwarzes T-Shirt und das dunkle Sakko entschieden. Es ist ein teures Sakko, aber es ist unauffällig, und ich finde mich darin auffällig elegant, aber nicht aufdringlich.

Ich habe keine Lust mehr auf abgewetzte Lederjacken und Basecaps. Ausgerissene Jeans mit Tüchern in der linken oder rechten Gesäßtasche trug ich noch nie. Meinen Ohrring, eine silberne Kreole, habe ich schon vor Jahren abgemacht. Es sah aus, als hätte ich einen Fremdkörper am Ohr, der dort hängt, als hätte ihn jemand vergessen. Seither trage ich nur noch eine Armbanduhr. Es muß reichen, denke ich. Obwohl ich nicht verbergen will, daß ich schwul bin. Ich mag keine Verkleidung tragen. Manchmal beneide ich die, die es tun und sich wohl dabei fühlen. Ich kann es nicht mehr.

Vielleicht deshalb, weil ich die Camouflage anderer schnell zu durchschauen vermag. In dem Ledertypen sehe ich nicht das Sextier, das nach Schweiß und Männlichkeit riechen will, ich sehe den Sachbearbeiter. Ich glaube es jedenfalls zu sehen. Ich merke, daß die blondierten Haare der Jungs ihre braunen, unglücklichen Augen nicht heller machen, im Gegenteil, sie wirken für mich noch trauriger. Ich glaube den Verkleidungen nicht mehr, weder den Glatzen mit ihren fleckigen Jeans, noch den Tunten mit ihren Perücken. Hinter ihren zynischen Bemerkungen, hinter ihrer farbenfrohen Herablassung sehe ich das Original. Und es macht mich traurig.

Bill hat mich in San Francisco verkleidet. Er wickelte mich in Leder ein, mit Chaps, mit Jacke, mit 501'ern und einem Südstaaten-Lederkäppi. Ich ging durch die Stadt und fühlte mich seltsam, und wenn ich mein Spiegelbild in den Schaufenstern erblickte, glaubte ich nicht, daß ich das sein könnte. Es war zu fremd. Und ich spielte die Rolle zu schlecht, denn es ist nicht meine Rolle.

Meine Verkleidung ist, daß ich mich nicht verkleide. Und das scheint als Tarnung zu genügen.

Ich war lange nicht mehr in einer Schwulenbar. Die letzten Male bin ich immer traurig geworden, wenn ich den Männern zusah. Und wie in der Lenor-Werbung aus den siebziger Jahren schien mein zweites Ich neben mich zu treten, die Arme zu verschränken und zu sagen: Was willst du eigentlich hier?

Ich leerte mein Bier oder ließ es stehen und ging. Dann fuhr ich durch die Stadt, allein. Und ich wurde noch etwas trauriger. Vielleicht ist es mehr eine Melancholie. Daß ich über die Unmöglichkeit traurig bin, über das, was nicht da ist, was fehlt. Ich weiß nicht, ob mir jemand fehlt, doch ich wünschte mir, daß jemand da wäre. Und so ist diese Traurigkeit unbestimmt.

Ich weiß das erst jetzt. Und ich weiß, daß ich es bislang vor mir zu verbergen suchte.

Seither bin ich online. Man muß sich nicht verkleiden, aber verstecken kann man sich, viel besser als sonstwo.

Ich schließe die Datei. Das Lächeln von ICH2 verschwindet, der Computer fährt herunter und piept zum Abschied.

Im Flurspiegel überprüfe ich mich. Es sieht gut aus, denke ich und merke, wie die Aufregung beginnt, in meinen Schläfen zu pochen.

Ich habe alles: Geld, Führerschein, Autoschlüssel. Ich sehe mich noch einmal an und lächle.

Ich habe ein Kondom in meiner Hosentasche, ich nehme es heraus und lege es auf den Sims unter dem Spiegel. Nein, heute nicht. Das ist kein Fick-Date, das ist kein weiteres Online-Häschen, das ich knacke, mit dem ich schlafen möchte, um danach genau zu wissen, daß ich keine weiteren Fragen stellen oder beantworten werde.

Ich will, daß es diesmal etwas anderes ist. Und sei es ein langweiliger Abend.

„Gut“, sage ich, werfe mir einen kurzen Blick zu und gehe.

Ich will jetzt keine Erwartungen, will mir bloß nichts ausmalen. Es wird sonst eine Enttäuschung. Es ist vielleicht schlimm, wenn man sich auf nichts freuen will, nur um nicht enttäuscht zu werden. Ich rechne ja nicht mit dem Schlimmsten. Jedenfalls nicht immer. Es ist gut, an nichts zu denken, nichts zu erwarten, um dann eventuell eine Überraschung zu erleben.

Maria denkt, ich sei müde. Ich habe es ihr gesagt, als sie mich fragte, ob ich mit ins Kino gehen wollte. Ich habe niemandem von der Verabredung erzählt.

„Nein, heute bin ich zu schlapp", log ich.

Wir nehmen es uns nicht übel, wenn wir uns nicht fühlen und allein sein wollen. Aber ich erzähle Maria längst nicht alles über meine Männer. Sie ahnt vielleicht etwas. Manchmal hat sie einen kennengelernt und seinen Namen gleich vergessen. Es waren einmalige Begegnungen, einmalig und am Dutzend, unverwechselbar, wie alle anderen. Sie hat sie nicht kommentiert. Sie hat auch nie gefragt, wie es Jürgen dem Sozialarbeiter oder Joachim dem Pressereferenten geht, hat sich mit Reinhard dem Krankenpfleger angeregt unterhalten, und mit Henry dem Promoter hat sie gelacht, ohne einen von ihnen jemals wieder zu erwähnen. Sie weiß, daß ich ständig eine Männergeschichte habe. Ich erzähle es ihr nicht, vielleicht weil ich mich ein wenig dafür schäme.

„Ich kann nicht einfach so mit jemandem schlafen", sagte sie einmal. Und ich glaubte ihre Mißbilligung über die Leute zu hören, die das tun. Oder aber sie wünscht sich es zu können. Ich habe sie nie darauf angesprochen.

Einmal sagte ich: „Eigentlich könntest du ein bißchen mehr Spaß haben. Benutz sie einfach und hab Spaß. Das können die ab."

Sie sah mich etwas traurig an. Oder hat sie mich beobachtet? Ich weiß es nicht mehr.

„Nein, ich kann das nicht. Manchmal würd ich's gern, aber wenn's passiert, dann ist da bei mir immer gleich mehr."

„Ich bin eben so", setzte sie hinzu.

Einmal, als sie an einem Sonntagnachmittag einfach bei mir klingelte, log ich, daß ich geschlafen hätte.

Da lachte sie.

„Ach komm, ich hab den nassen Fußabdruck auf dem Läufer im Bad gesehen. Erzähl mir nix", sagte sie und legte ihre Stirn mit einem spöttischen Lachen in Falten. Sie grinste verschwörerisch und fragte, ob's schön war.

„Na ja", sagte ich, „es war ganz gut."

Dann verschwand der Spott aus ihren Augen, nur die Falten blieben noch einen Augenblick auf ihrer Stirn.

Ich sehe auf die Uhr, denn ich sehe immer auf die Uhr, wenn ich zu einem Termin oder einer Verabredung unterwegs bin. Ich komme sehr selten zu spät.

Heute will ich pünktlich sein, aber nicht zu pünktlich. Wenn ich zu früh bin, kommt der andere meist etwas zu spät, so daß ich derjenige bin, der wartet. Ich werfe es niemandem vor, aber es ärgert mich. Ich hasse dieses Warten. Es liefert einen aus.

Berlin-Schöneberg, Freitagabend um acht. Ich kriege natürlich keinen Parkplatz, schon gar nicht vorm *Arco*. Und diesmal bin ich nicht früh genug, die Parkplatzsuche ist nicht eingerechnet, ich wollte nicht zu früh kommen, also komme ich nun, wie es aussieht, zu spät.

Gut. Nach einer Viertelstunde finde ich eine Lücke, parke ein und gehe eilig zum Restaurant. Schweißperlen habe ich auf der Stirn. Ich bleibe vor dem Eingang stehen und tupfe sie mit einem Tempo ab. Dann denke ich an das Bild, an das Lächeln und daran, daß ich nichts erwarte. Ich höre mein Herz schlagen und ich gehe hinein.

Ich sehe ihn gleich. Er sitzt an einem Tisch in der Ecke, die Arme vor sich auf der Tischplatte verschränkt, eine Kerze brennt und ein Glas Bier steht vor ihm. Ich bin fast zwanzig Minuten zu spät.

Er lächelt trotzdem.

„Entschuldige, ich bin zu spät."

„Macht nichts."

Sein Lächeln ist schöner als auf dem Bild, aber er ist kleiner, als ich ihn mir vorgestellt hatte. Ich setze mich.

„Ich bin eigentlich immer pünktlich."

„Ja?" Es klingt verwundert. Dann gesteht er: „Ich nicht, ich komm eigentlich immer zu spät. Heute war ich aber genau um acht hier. Hab mich schon über mich selbst gewundert."

„Na gut, ich fuhr Punkt acht vorbei, aber bis man hier einen Parkplatz findet."

„Jaja, ich steh auch drei Ecken weiter. Willst du was essen?"

„Gern. Bist du oft hier?"

„Ja, ich kenn den Besitzer, und das Essen ist einfach gut."

„Dann kannste mir ja was empfehlen. Ohne Zwiebeln bitte."

„Wie, ohne Zwiebel."

„Na, ich esse keine Zwiebeln, hab ich noch nie getan."

„Ist ja lustig." Er grinst und schaut in die Karte.

„Ich hab da so 'ne Theorie. Wahrscheinlich hat mir mal eine alte Frau ihren Zwiebelmundgeruch böse in den Kinderwagen gehaucht, da ist es dann passiert. Nie wieder Zwiebeln und nie wieder Frauen."

„Könnte hinhauen."

Er lächelt weiter und ich merke, daß ich langsam in Form komme, denn wenn ich will, kann ich sehr unterhaltsam sein, und wenn ich mich nicht sicher fühle, bin ich entweder still oder doppelt amüsant.

Er hat ein schönes und dennoch unauffälliges Gesicht. Sein Mund schmunzelt etwas; der Blick wirkt gutmütig. Zurückhaltend, etwas schüchtern, aber gut. Ich fühle mich nicht beobachtet oder gemustert, nicht taxiert. Obwohl er mich ansieht, wenn er spricht, er weicht nicht aus, das ist zum Beispiel gut. Und daß seine Mimik zu seinen Worten paßt.

Gut ist auch, daß ich nicht weiß, ob er etwas von mir will. Ich weiß es selber nicht, denn er gibt keine Zeichen. Nichts ist verfänglich an diesem Abend. Wir lachen viel. Es ist ein verhaltenes Lachen, nicht zu ausgelassen, keinesfalls anzüglich.

Er erzählt über die Zeitschrift, bei der er stellvertretender Chefredakteur ist. Eine Jugendzeitschrift. Mit bonbonfarbenen Postern von Boygroups, Zopf-Frisuren für kleine Mädchen und einer Ecke für die Sexfragen der kleinen Jungs.

„Ich verdien gut, aber – na ja – die sind eben alle total cool und so total egdy, wenn du weißt, was ich meine."

„Auja, das kann ich mir vorstellen, weil das echt total abgeht und die sich supertotal toll finden und alles."

Wir lachen uns an.

„Aber du betreust nicht die Leserbriefseite, wo die kleine Nadine schreibt, daß sie sich einen kleinen Orgasmus mit einem kleinen Kevin wünscht, der sie aber gar nicht beachtet."

„Nö. Ich bin so die Kontrollinstanz. Und ein bißchen Politik kann da ja auch stattfinden, das hoff ich jedenfalls."

„Gut, wann findet die ‚Zahnspangen Raus'-Demo statt?"

Das war zuviel, denke ich, aber er lacht, es scheint ihn zu amüsieren.

„Entschuldige, aber ich denk das immer weiter und kann mich dann nicht gegen die Bilder wehren. Bin da ziemlich krank", sage ich.

„Ist doch okay, ich weiß, daß es nicht der große Journalismus ist."

„Darum geht's ja auch nicht. Und wenn es dich beruhigt, ich habe schon die *Backstreet Boys* interviewt."

Ich mache mein Verschwörergesicht und sehe ihn eindringlich an: „Das bleibt aber um Gottes willen unter uns. Bitte."

Und er lacht wieder.

Wir essen. Es ist wirklich gut. Und ich trinke noch ein Bier, obwohl ich mit dem Auto gefahren bin. Ich könnte ein drittes Bier trinken, um dann zu sagen, daß es doof ist, noch ein Bier zu trinken, weil ich ja noch Auto fahren muß. Dann müßte er sagen, daß ich bei ihm schlafen kann, weil er um die Ecke wohnt. Er wohnt nicht weit von mir, denn er sagte es mir, als er das Restaurant vorschlug. Aber ich weiß auch, daß er nicht der Typ ist für solche Spielchen. Ich bin mir jedoch nicht sicher, ob ich mitgehen würde. Ich bleibe neutral.

Sein Blick ruft nichts hervor bei mir, es sticht oder rumort nicht in mir. Ich muß ihn nicht ständig ansehen, werde weder rot noch blaß, weder unruhig noch gelangweilt. Er ist hübsch, aber er macht mich nicht geil. Jedenfalls nicht jetzt und nicht sofort.

Im Moment könnte ich allein nach Hause fahren, ohne mich zu quälen, ich könnte bei ihm bleiben und es würde vielleicht ganz nett. Ich weiß es nicht.

Auch an ihm sehe ich keine Zeichen. Oder er verbirgt sie sehr gut. Würde mich jemand fragen, wie es mir im Moment geht, würde ich antworten: „Satt. Satt und entspannt."

Obwohl er schöne Augen hat, obwohl er aussieht wie ein Mann und nicht irgendeinen Boy raushängen läßt.

Er trägt ein schwarzes Sakko und ein schlichtes Hemd darunter. Er hat eine Halbglatze, seine Stoppelhaare sind grau, seine Ohren stehen etwas ab und haben schöne Ohrläppchen. Es ist komisch, aber ich mag Männer mit angewachsenen Ohrläppchen nicht, sie sind mir suspekt. Abgeflachte Hinterköpfe und Gesichter ohne Kinn wecken lediglich mein Desinteresse. Sein Kinn ist schön. Es hat ein Grübchen in der Mitte und ist markant. Es ist ein Männerkinn und gibt seiner etwas schmächtigen Gestalt, die aber keinesfalls schwächlich ist, mehr Nachdruck.

„Du entschuldigst mich."

Er steht auf und geht zur Toilette, er ist kleiner als ich und etwas geduckt, aber nicht schlaff. Er hat breite Schultern. Immerhin. Er sieht gut und gerne fünf Jahre jünger aus, als er ist, das könnte sich ausgleichen, denn ich werde meist älter geschätzt. Aber ich will nicht so weit denken, denn ich weiß nicht, wie weit ich denken kann und wie weit ich denken will. Die Kerze ist halb heruntergebrannt, die Zeit vergeht schnell mit ihm.

Wir wissen nun, was wir arbeiten. Wir erzählten uns, woher wir kommen, er aus Westdeutschland, ich aus dem Osten. Wir wissen, daß wir beide solo sind.

Das muß für den Anfang reichen. Wenn es ein Anfang ist.

Er kommt zurück und lächelt.

„Was meinst du, wollen wir noch einen Absacker trinken?"

„Ja, warum nicht, wenn es alkoholfreie Absacker gibt. Muß ja noch Auto fahren."

„Na ja, das kriegen wir schon hin."

Er bleibt unbestimmt. Ich weiß nicht, ob er Absichten hat, ob er mich näher an seine Wohnung lockt und beabsichtigt, daß ich nicht mehr Auto fahren kann. Aber es war ein Zeichen, immerhin, es gibt also eine Möglichkeit, mit der er offenbar schon spielt. Schon länger.

„Wo?"

„Laß uns ins *Ufer* gehen."

Ja, es ist ganz nah, er wohnt um die Ecke.

„Gut."

Wir bezahlen, getrennt.

„Wo steht dein Auto?"

„Da drüben."

Wir gehen. Der Ärmel seines Sakkos berührt den Ärmel meines Sakkos. Es ist vielleicht Zufall, aber ich weiche nicht aus. Dann sind es eben zwei Zufälle.

„Hier." Er bleibt bei einem kleinen, roten Ford stehen.

„Ich bin weiter weg, da hinten." Ich zeige ungefähr die Richtung. „Also, ins *Ufer*. Ich hoffe, ich muß da nicht auch wieder Stunden nach einem Parkplatz suchen, ich bin da sehr talentiert. Keinen zu finden, mein ich."

Er lacht: „Du machst das schon. Da bin ich ganz sicher."

Plötzlich ist er ganz nah. Steht mir gegenüber, wir sehen uns an.

Seine Augen sind sanft und gut. Er sieht mich an, und wir kommen noch etwas näher. Er nimmt meine Hand. Seine ist warm und sicher, er zögert nicht.

Es wird ein Kuß. Ein kleiner Kuß, ich spüre nur seine Lippen, sie sind etwas hart, aber sie schmecken gut.

Ich öffne die Augen, sehe ihn an.

„O Gott, ich hab ganz weiche Knie", flüstert er und schaut mir in die Augen. Sie sind so graublau und so sanft, daß ich mit meinem Handrücken über sein Kinn fahren muß. Ich lächle ein wenig.

Er schaut mir nach, wie ich zum Auto gehe. Ich habe keine weichen Knie. Aber seine weichen Knie beängstigen mich nicht.

Noch nicht.

Kapitel 2

Die Wohnung sieht fast noch genauso aus, wie ich sie vor acht Tagen verlassen habe. Ein Stapel Hemden liegt auf der Couch, zwei Hosen hängen frisch gebügelt über einem Sessel, das Bügelbrett ragt noch ins Wohnzimmer, belegt mit Unterhemden und meinem weinroten Pullover. Ich kann mich nie entscheiden, was ich in Urlaub mitnehmen soll. Jedesmal nehme ich mir vor, diesmal weniger einzupacken, suche aus, lasse weg, packe ein und wieder aus, trenne mich von Lieblingshemden, die ich eigentlich unbedingt tragen wollte – und habe am Ende doch eine zu schwere Tasche.

Doch die Tasche ist nicht hier. Sie fehlt. Aber es ist nicht das einzige, was nicht mehr da ist. Es fehlt eine Menge. Mag sein, es würde niemandem auffallen, aber ich bin nicht vollständig zurückgekommen. So wie es aussieht, fehlt mir eine Woche Urlaub.

Ich wirke wahrscheinlich nicht traurig, doch es fällt auf, daß ich weniger lache. Und daß ich schlanker bin, weil fast sechs Kilo in einer Woche von mir abfielen, ohne Diät, ohne Schlankheitskur. Einfach ohne Hunger. Ich habe keine Lust auszugehen, ich habe keine Pläne, keine Termine. Und ich habe keine Ahnung.

Ich sehe mir die Wohnung an, nehme den Pullover, lege ihn wieder hin, gehe zum Tisch, suche Zigaretten, finde sie, setze mich auf die Hosen. Es ist mir egal.

Das Zimmer ist ein Chaos. Aber ich räume nicht auf. Diese Arbeit muß ich mir für später aufheben, wenn ich nicht mehr anders kann, wenn mir die Decke auf den Kopf fällt und ich nichts mit mir anzufangen weiß.

Dann werde ich beginnen, die T-Shirts zusammenzulegen, die Hemden wegzuräumen, die Hosen abermals zu bügeln, die Socken vom Wäscheständer zu nehmen, die beiden ausgetrockneten Kaffeetassen in den Geschirrspüler zu stellen und die Kleiderbügel, die vor dem Schrank liegen, hineinzuhängen. Später. Heute abend oder morgen, vielleicht erst am Sonntag, aber nicht jetzt. Es ist besser, in einer chaotischen Wohnung unglücklich zu sein. Ist alles ordentlich, wirkt alles leer.

Eine aufgeräumte Wohnung wirkt, als trüge jemand einen Anzug, ohne auszugehen; eine aufgeräumte Wohnung wartet wie ein gedeckter Tisch darauf, daß jemand kommt. Eine aufgeräumte Wohnung zeigt, wie selten der Bewohner zu Haus ist. Oder er hat nichts zu tun, was Unordnung bringen könnte. Alles ist in Ordnung. Eine aufgeräumte Wohnung wirkt immer, als fehlte etwas. Ich erwarte nichts. Ich will nicht, daß mir etwas fehlt, obwohl alles darauf hinweist. Denn der Zustand meiner Behausung ist eine Woche alt, alles ist so liegengeblieben, nichts ist verändert. Obwohl alles anders ist.

Ich rufe Maria nicht an. Und unter normalen Umständen würde sie diese Tatsache dazu veranlassen, selbst zum Hörer zu greifen, denn sie würde mein Schweigen registrieren. Sie spürt das immer schnell. Sie ahnt es, sie fragt. Und wenn ich ausweiche, zeichnet sie die Kurve meines Manövers nach, kombiniert und deutet auf die Spur, in deren Bogen sich der Punkt befindet, den ich zu umgehen suche.

„Das, was nicht kommuniziert werden soll, beherrscht die Kommunikation zwischen zwei Menschen." Solche Sätze sagt sie. Nebenbei. Sie sieht mich dann mit einem großäugigen und sehr konzentrierten Blick an. Ihre Augen werden dunkel und rätselhaft. Indem sie mein Geheimnis, das selbst ich nicht weiß, zu ergründen versucht, wird sie für mich unergründlich. Wir sind Freunde, wir kennen uns, und auch ich weiß, was ihr fehlt.

Nein, Maria wird nicht anrufen. Nicht, daß sie sich keine Sorgen machen würde, aber sie rechnet weder mit meinem Anruf noch mit meinem Schweigen. Nicht einmal meinen Anrufbeantworter habe ich angeschaltet.

Ich werde sie später alle anrufen: Maria, Matze, Heiner – vielleicht sogar meine Mutter.

Es hat keine Eile, denn eigentlich bin ich gar nicht da. Seit Sonntag vor einer Woche. Auch wenn ich heute morgen um elf meine Tür aufgeschlossen habe. Das sind zirka sechs Stunden, die ich schon hier bin, ohne daß jemand davon weiß.

Bis kommenden Sonntag, 15.30 Uhr mitteleuropäischer Zeit, befinde ich mich für sie in Israel. Also fehle ich Maria noch fünf Tage. Sie sagte jedenfalls, daß ich ihr fehlen würde.

Sie weiß nicht, daß ich heute morgen um 9.34 Uhr Ortszeit in Berlin-Tegel gelandet bin, daß ich die letzte Nacht in Heathrow verbracht habe, weil mich British Airways nicht anders umbuchen konnte. Ich hätte sonst noch einen Tag in Tel Aviv verbringen müssen. Doch das konnte ich nicht. Ich hätte es tun können. Aber was bedeutet das schon, dieses ‚hätte'. „Wenn das Wörtchen ‚wenn' nicht wär ..."

Wenn ich gar nicht erst gefahren wäre, wenn ich es vorher geahnt hätte oder wenn ich meinen Ahnungen Glauben geschenkt hätte. Was hätte ich tun sollen?

„Wenn das so ist, dann muß ich weg."

Es hätte eine Antwort kommen können, aber es kam keine.

Also nahm ich den Flieger von Tel Aviv nach Gatwick, fuhr mit dem Shuttle von dort nach Heathrow, wo ich sechs Stunden auf einer Bank lag, sogar etwas schlief, bis ich endlich in den Sitz 13E des BA-Fluges 0865 sank. Die sechs Stunden schienen mir kurz. Weitere sechs Stunden in Israel wären kein Vergleich gewesen.

Maria weiß nicht, daß ich zurückgekommen bin, weil ich meine Ankunft nicht angekündigt habe. Obwohl ich es wollte.

Ich habe es nicht gewagt.

In Laras Wohnung in Tel Aviv steht in jedem Zimmer ein Telefon, und wird auf einem Apparat eine Nummer gewählt, tickern die anderen Apparate mit. Das Telefon im Wohnzimmer, eins an der Wand neben dem Küchenschrank, jenes in Laras Schlafzimmer und das Gerät auf dem kleinen verschossenen Schreibtisch im Gästezimmer, wo ich lag. Ich wagte es nicht. Was hätte ich erreicht? Marias Mitgefühl vielleicht. Aber einen Rat hätte auch sie mir nicht geben können. Dazu war ich zu weit weg. Worte reichen nur über eine gewisse Entfernung, wenn man sagen kann, daß man sich heute abend sieht oder am nächsten Tag, wenn alles schon nicht mehr so schlimm aussieht, wie es in dem Moment wirkt. Ihr Trost wäre zu weit weg gewesen.

Ich wollte nicht, daß die anderen Apparate in den anderen Zimmern die Anzahl der Ziffern registrieren. Ich wollte vor allem nicht, daß die Nebenstellen mein Flüstern ahnen. Und ich wußte nicht, ob Lara oder er mithören konnte. Niemand hätte mich auf das Tickern angesprochen.

Keine Frage ist mehr als hundert Fragen wert.

Keine Antwort ist auch eine Antwort.

Es wäre nur ein weiteres Schweigen gewesen, das mich auf diesen Anruf hingewiesen hätte.

So wagte ich lediglich einen Anruf. Das Telefonbuch nahm ich heimlich mit ins Zimmer, in der Hoffnung, die hebräischen Schriftzeichen wenigstens soweit entziffern zu können, um die Nummer der Auskunft zu finden.

Vielleicht hätte Lara es verstanden. Sie hätte ich fragen können, aber ich war zu feige. Von ihr war nichts zu erwarten.

Ich wollte nicht bleiben, definitiv, keinen Tag länger. Ihretwegen hätte ich vielleicht gar nicht flüstern müssen. Sie spricht kaum deutsch, obwohl ihr Vater Deutscher war. Ich wollte nicht, daß sie mich zum Bleiben überredet. Ich wollte nicht, daß sie sagt, alles sei nicht so schlimm, und es würde schon besser. Ich wollte nicht, daß ich ihn vielleicht geglaubt hätte. Denn es wäre nicht besser geworden.

Sie hat jedoch alles gut genug verstanden, um dann wirklich zu versuchen, mich zu überreden. Das war jedoch, als ich die Auskunft angerufen, den Flug umgebucht und ihr Bescheid gesagt hatte. Sie ahnte es nicht, oder sie tat so, obwohl die Apparate ratterten.

Bis dahin hatte sie sich nicht eingemischt. Sie sah sehr wohl, was passierte. Vor allem konnte sie sehen, daß nichts passierte. Deshalb hielt sie sich raus.

Wir fuhren nach Jerusalem, drängten uns durch den Markt der Altstadt, besichtigten die Geburtskirche, gingen den Orthodoxen aus dem Weg, weil Sabbat war. Sie zeigte mir die Umrisse von Bethlehem in der steinernen Ferne, und immer war sie es, die das Schweigen brach, denn sie hatte nichts mit diesem Schweigen zu tun. Es galt nicht ihr, also hatte sie nicht darunter zu leiden. Für sie hatte sich auch nichts verändert, und alles, was zu ändern gewesen wäre, lag nicht in ihrer Macht. Sie enthielt sich jedes Kommentars – jedenfalls mir gegenüber. Sie ist nicht meine Freundin. Sie kennt ihn, aber nicht mich. Vielleicht hat sie geredet. Spät nachts bei ihm im Wohnzimmer, wenn ich im Gästezimmer so tat, als schliefe ich.

Nur eben gestern, als ich fertig war mit Packen und als meine Reisetasche im Flur stand, sagte sie: „Du bist nicht den weiten Weg gekommen, um jetzt zu gehen. Das ist dumm. Zu Hause wirst du dich nicht besser fühlen."

Sie hatte recht, das weiß ich, aber für sie war es ein Problem anderer Leute, das, wenn man es kühl genug bedenkt, lösbar ist. Aber ich konnte nicht denken. Ich war ohne Gedanken, ohne Plan, ohne Strategie. Ich sagte Worte, aber es waren die falschen. Sie waren falsch, weil sie nicht halfen, und sie sind es noch immer, weil sie das Gegenteil von dem bewirkten, was ich eigentlich mit ihnen ausdrücken und erreichen wollte.

Sobald ich die Sätze beendet hatte, wußte ich, daß sie nicht richtig sind.

Wenn man jemandem, der einen nicht oder nicht mehr liebt, sagt: „Ich liebe dich“, dann entfacht dieser Satz sein eigenes Gegenteil, dann ist er kein Geständnis mehr, sondern Drohung, letzter Angriff und Kapitulation in einem. Selbst bei einer erwiderten Liebe kann er das zuweilen sein. Dieser Satz schafft mehr Probleme, als er jemals zu lösen vermag; dieser Satz ist ein Wunsch, der im Moment seiner Erfüllung Vergangenheit wird. Und der, der diesen Satz sagt, gibt sich auf und ist im schlimmsten Fall verloren. Er zeigt Schwäche, die Schwäche für jemanden, der ihn schwach macht. Und wenn derjenige, der diese Schwäche hervorruft, nicht sagt: „Ich liebe dich auch“, dann ist es vorbei. Dann ist das, was eben noch schön war, nur noch peinlich. Man beißt sich auf die Lippen, wenn man an diesen Satz denkt, man schreckt aus dem Schlaf, weil sich die Szene, bei der dieser Satz fiel, im Traum wiederholt und noch unerträglicher scheint, als sie es in Wirklichkeit war. „Ich liebe dich“ ist wie ein Fluch, der den dreifach trifft, der ihn ausspricht. Eine Form von schwarzer Magie, die sichere Formel für das Unglück.

„Ich weiß, daß ich mich nicht besser fühlen werde, aber ich fühle mich lieber zu Hause schlecht als hier“, sagte ich zu Lara.

Dieser Satz ließ sie unbeeindruckt. Sie dachte bereits ans Danach. Ich aber war im Gestern. Und ich bin es noch immer, in einer Wohnung mit gestriger Unordnung.

„Nimm einen Bus ans Tote Meer, fahr nach Mezada und nimm dir ein Hotelzimmer. Verbring deinen Urlaub alleine, versuch was daraus zu machen.“

Ihr Englisch ist einfach; ich verstand sie sehr gut. Auch ich spreche diese Sprache nicht perfekt, doch in dem Moment konzentrierten wir uns beide auf das Wesentliche. Das Wesentliche ist in jeder Sprache einfach, auch wenn Lara und ich völlig verschiedene

Sichten auf das Wesentliche hatten. Kompliziert ist nur der Kokon, in dem sich das Wesentliche verbirgt.

Mit Lara waren die einfachen Sätze einfach, weil wir nichts voneinander erwarteten. Ich wußte, daß sie meine Situation kannte. Doch für mich war meine Abreise das Wesentliche, obwohl es nicht darum ging. Ich weiß, daß es nicht darum geht. Meine Abreise hat nichts bewirkt.

Gestern, als mir Lara gegenübersaß, wußte ich nichts, und ich bin nun, da ich in meiner Wohnung hocke, keinen Deut klüger.

Nur daß die Zeit jetzt anders vergeht, daß sie keine endlose Fläche aus gelbem Stein in einem fremden Land ist. Meine Küchenuhr tickt, und sie tickt schneller, weil ich nicht unter einer sengenden Sonne stehe und auf meine Armbanduhr schaue, daß ich nicht jede Minute bitte, sie möge schneller vergehen.

„Du, du, du. Mein Schöner“, sagt jemand nah an meinem Ohr. Ich streife den Geruch dieses Satzes wie eine Spinnwebe ab.

Lara sah mich zwar an, aber sie wich meinem Blick aus.

„Du kannst noch mal umbuchen“, sprach sie ruhig und musterte mich dabei.

„Nein, ich kann jetzt nicht ans Tote Meer, Lara. Ich kann jetzt nirgendwohin. Ich hätte das gleich am Anfang tun müssen. Jetzt ist es zu spät.“

Ich hätte gern im Toten Meer gebadet, mich lachend in Schlamm eingepackt, wäre gern im Mietwagen durch die Wüste gefahren. Ich wollte Jad Waschem sehen und den Gazastreifen. Sechs Filme für meine Kamera hatte ich dabei, nun ist gerade mal einer zu drei Vierteln belichtet.

Aber das war alles plötzlich nicht mehr wichtig. Es war mir egal. Was hätte Lara tun können? Sie sagte nicht: „Bleib bei ihm, er braucht dich jetzt“. Stattdessen riet sie mir zu meinem eigenen Urlaub. Allein. Wollte sie mich abwimmeln? Hatte er mit ihr gesprochen, hatte er ihr erzählt, was ihn umtrieb? Hatte er mich feige und gemein an sie verraten?

Lara zog an ihrer Zigarette und schaute mich an, kühl und erwachsen. Ohne mit der Wimper zu zucken und ohne Partei zu ergreifen. Ohne Trost.

Sie sagte nicht, daß noch alles zu retten sei. Sie klärte nichts auf, sagte nicht, es werde schon wieder gut oder daß alles ein Mißverständnis sei. Maria hätte das getan; bei ihr hätte ich vielleicht sogar weinen können.

Lara sah mich unbewegt an. Sie ist nicht meine Freundin, dennoch, kein Zeichen sprach dafür, daß sie etwas vor mir verbarg, daß sie klüger war, als sie zugab, daß sie mehr wußte. Aber es ging ihr wahrscheinlich wirklich nur darum, daß ich meinen Urlaub nicht verplempere, daß ich noch etwas von ihrem Land sehen sollte. Mehr war nicht aus ihr herauszukriegen. Sie war steinern, aber nicht kalt, ihre vermeintliche Kälte ist Abstand.

„Warum willst du nicht ans Tote Meer? Es ist wirklich schön."

Sie machte diesen Vorschlag beschwichtigend. Als wäre ich ein weinendes Kind, das man nur vom Grund der Tränen abzulenken braucht, um es wieder zum Lachen zu bringen.

„Weil ich jetzt zu traurig bin", antwortete ich knapp, und nur die Art, wie sie mich ansah, zeigte mir, daß sie mich nicht verhöhnte.

Lara stieß Rauch durch die Nase. Sie ist knapp 50, sie lebt allein, sie wollte sich wahrscheinlich wirklich nicht einmischen. Das war gut so, denn hätte sie sich anders verhalten, wäre ich schon früher gegangen.

„Ich kann nichts tun", sagte sie, als hätte sie meine Gedanken gelesen. Ich war traurig, weil ich das wußte, weil ich weder Wunder noch Erklärungen erwartete, weil ich spürte, daß es hoffnungslos war und daß weder sie noch irgendwer mir helfen konnte. Da kroch mir der Schmerz wieder in die Bauchhöhle. Der Anruf bei British Airways, der Zettel mit Abflug- und Ankunftszeiten, das Wissen, daß ich vierundzwanzig Stunden später zu Hause sein würde, hatten ihn nur kurz übertüncht.

Seit der Ankunft in Tel Aviv vor knapp einer Woche ist dieser Schmerz da. Eigentlich war er schon früher da. Hätte ich ihm geglaubt, diesem bohrenden Gefühl unter meinem Zwerchfell, wäre ich wahrscheinlich gar nicht mitgeflogen.

Am Anfang war es nur eine Ahnung, ein Schatten, den ich überspielte, den ich mir mit Aufregung wegen der Reise erklärte, dann der Zeit- und Klimaumstellung zuschrieb, der Fremdheit des Landes, dem Chumus, der sich in meinem Magen zu Beton verklumpte, so daß ich die ersten vier Tage unter Verstopfung litt.

Am Strand dachte ich, ich könnte das Gefühl, das sich immer mehr zu einem Schmerz zusammenschob, einfach ausschwitzen. Aber es gelang mir nicht. Der Schmerz wurde größer, saß wie ein Alp unter meinen Rippen, wuchs hinauf zu meinem Hals, so daß auch ich nichts mehr sagen konnte, ohne daß meine Stimme gepreßt und gezwungen klang.

Der Schmerz ist noch da. Jetzt und hier. Er ist mitgekommen. Ich hatte ihn im Taxi zum Flughafen, wo ich dann, wie alle Passagiere, über zwei Stunden auf meine Abfertigung warten mußte, wo man mich bat, meine Reisetasche zu öffnen, wo man ungeniert in meinem Paß blätterte, meinen Kalender durchforstete, wo ein sehr junger, uniformierter Mann mit meinen Papieren verschwand, um Minuten später mit einer sehr jungen Frau zu erscheinen, welche mir dann, meinen Paß und mein Ticket in der Hand haltend, noch einmal alle Fragen stellte, die ihr Kollege schon gefragt hatte.

Wie lange waren Sie in Israel? Wann haben Sie sich entschieden, Israel zu besuchen? Warum waren Sie hier? Welche Orte haben Sie besucht? Was haben Sie dort gekauft? Haben Sie Ihr Gepäck alleine gepackt oder war noch jemand dabei? Welchen Beruf üben Sie in Deutschland aus? Warum haben Sie umgebucht?

Die Stimme der Frau, die trotz Uniform wie ein Mädchen wirkte, sich aber bemühte, erwachsen zu sein, klang wie die eingeübte Karikatur eines Soldaten. Sie schaute in mein Handgepäck, das ich, wie die anderen Passagiere auch, zusammen mit der Reisetasche auf den schmalen Tisch gestellt hatte.

Fliegen Sie direkt nach Deutschland? War das Ihr erster Aufenthalt in Israel? In welchem Hotel haben Sie übernachtet?

Ich antwortete gewissenhaft, fast kopierte ich ihren zackigen Ton. Ich fühlte mich wie bei einem Standgericht. Ich fragte mich, während ich ihr antwortete, ob man dort den Mädchen und Jungs eintrichtert, besonders unfreundlich zu sein? Gehört das dazu? Ich hätte ihr gern auch ein paar Fragen gestellt. Waren Sie schon in Deutschland? Aus welchem Grund? Und wenn nicht, warum? Was halten Sie von den Deutschen?

Ich blieb ruhig, antwortete kurz und sachlich, reichte dem offiziellen Kind Laras Visitenkarte, nachdem abermals nach meinem Aufenthaltsort in Israel gefragt wurde. Lara wußte wohl, was mich erwartete.

„Falls man danach fragt, zeig es ihnen", hatte Lara gesagt und mir das Papier gegeben. Das Mädchen verschwand ein zweites Mal mit hektischen Schritten, als spielte eine Kapelle den Marsch zu flott. Ich schaute unauffällig auf die Uhr, sah, daß sich immer mehr Menschen am Check-In-Schalter meines Fluges drängten. Hinter mir wurde die Schlange immer länger. Keiner der Reisenden äußerte Unmut; man wirkte betont gelassen. Am Tisch neben mir entfaltete ein anderes Mädchen Baupläne, der Besitzer, offenbar ein Architekt, stand dabei und versuchte etwas linkisch und unsicher, behilflich zu sein. Ich sah ihm die Angst um die Unterlagen an. Das Mädchen schaute auf die Pläne, tat so, als verstünde sie etwas davon, gab sie zurück, etwas grob, als würde sie einen Riß mit einkalkulieren, und sah unbewegt zu, wie der Besitzer sie wieder hastig und doch sorgfältig zusammenrollte.

„Kommen Sie bitte mit", sagte der junge Mann, der plötzlich vor mir stand, mit meinem Paß und meinem Ticket. Laras Visitenkarte konnte ich nicht entdecken.

Ich wuchtete meine Reisetasche und mein Handgepäck auf den Karren und folgte ihm zum Schalter. Er checkte mich ein, nahm meine Boarding-Karte, machte eine kurze Handbewegung in meine Richtung, also schob ich den Gepäckwagen hinter ihm her, unter den Augen der anderen Reisenden, in eine Halle, wo ich die beiden Taschen abermals auf einen Tisch stellen mußte und wo der Junge, nachdem er sich Gummihandschuhe angezogen hatte, begann, meine Sachen in Plastikbehälter zu packen.

In diesem Moment hatte ich meinen Schmerz fast vergessen, denn ich war damit beschäftigt, mich zu konzentrieren und meine Hilflosigkeit zu verbergen. Ich dachte daran, was passieren würde, wenn mich der Junge so lange filzte, daß ich den Flug verpaßte, ob die Fluggesellschaften auf Passagiere wie mich warten, und mutmaßte, was ich gesagt oder getan haben könnte, daß er ausgerechnet meine Hosen mit einem Metalldetektor untersuchte, selbst die Plastiktüte mit meiner dreckigen Unterwäsche ausräumte und meine Badelatschen zum Röntgen gab. Ich wurde in eine Kabine gebeten, wo ich, darauf gefaßt, mich ausziehen und bücken zu müssen, lediglich abgetastet und mit einem Metalldetektor untersucht wurde. Vielleicht ist es ein Spiel, dachte ich, sie wollen uns aus der Ruhe bringen. Wenn jemand die Nerven verliert, haben sie gewonnen. Wahrscheinlich wetten sie hinter den grauen Trennwänden, wer durchdreht. Sie schachern um Touristen, lachen sich halbtot über peinliche Paßbilder und erzählen sich, welche Farbe die Unterwäsche einer beleibten Britin hatte, die sie tags zuvor durchsuchten. Es erinnerte mich an die Volkspolizisten, die mich früher kontrolliert hatten. Ich war es gewöhnt. Was haben wir denn falsch gemacht, Bürger? Und wenn ich antwortete, daß ich es nicht wisse und worum es sich denn handele, sagten sie: Ich will, daß Sie selbst draufkommen. Dann stand man da als ertappter Sünder. Vielleicht ist es ein erhebendes Gefühl, eine Arbeit zu verrichten, bei der man Menschen Angst machen kann.

Der Junge ließ mich meine Sachen endlich einpacken, und ich wurde zu meinem Flugsteig gebracht. Er verabschiedete sich mit einem Nicken, deutete auf die Stewardeß und ging einfach weg. Weder bat er um Entschuldigung, noch warb er um Verständnis.

Ich nahm als einer der letzten Passagiere Platz, sah zum Fenster hinaus, nicht um Abschied zu nehmen, sondern um zuzusehen, wie große Paletten mit gestapeltem Gepäck in den Bauch der Maschine verladen wurden.

Abgesehen von dem Schmerz, der sich längst in mir eingenistet hatte und wie eine dunkle Wolke über allem hing, dachte ich klare Gedanken. In diesem Moment wußte ich, daß ich in Tegel kein Gepäck haben werde.

Ich dachte, es würde mehr Kraft kosten, Fassung zu bewahren. Aber ich war gefaßt, der Schmerz machte mich kalt. Ich bestand nur noch aus meinem Kopf; der Körper schien, abgesehen vom beißenden Gefühl in meiner Magengrube, taub. Ich berührte meine Beine, zwackte mich unauffällig in den Arm, um sicher zu sein, daß ich noch da bin. Ich fühlte mein Zwicken, dennoch war ich nicht da. Und ich bemerkte, daß ich schon eine Woche vor dem Urlaub nicht mehr vorhanden war.

Ich landete in Gatwick, fuhr nach Heathrow, wartete sechs Stunden, und das Warten machte mich froh, denn diese Zeit war endlich Zeit, die verging – schneller als die Zeit, die ich in Israel hinter mir gelassen hatte.

In Tegel stand ich dann vergebens und ohne wirklich zu warten am Gepäckfließband und gab dann am BA-Schalter meine Vermißtenanzeige für die Reisetasche auf. Ich schrie die Frau nicht an, denn es paßte, ich hatte es erwartet, wie eine Geschichte, der man das Ende schon vor dem Schluß ansieht.

„Det jeht ja noch“, sagte mir der Taxifahrer über die Schulter.

„Stell'n Se sich vor, det passiert Ihnen, wenn Se in Urlaub fahren, so ohne Jepäck innem Hotel – irjendwo inne Wallachei.“

„Ja, das geht noch“, sagte ich.

Es war wie ein Traum. Und doch anders, denn im Traum weiß ich, daß ich nicht weglaufen kann, daß ich nicht vom Fleck komme, selbst wenn ich es versuche. Auf dem Rücksitz des Taxis wußte ich plötzlich, daß ich weglaufe. Und ich weiß es noch.

Der Rest ist das, was ich nicht weiß. Wovor bin ich geflohen? Ich kenne den Grund nicht, denn ich bin geflohen, weil ich den Grund nicht finden konnte, weil er mir verschwiegen und vorenthalten wurde, vorsätzlich, als wäre ich Schuld an etwas, wovon ich nichts wissen konnte. Ich habe danach gefragt, doch ich bekam keine

Antwort. Wie ein Kind, dem die Mutter stumm vorwirft, nicht lieb gewesen zu sein. Alles ist besser, als ein Schweigen.

So ist der Schmerz noch da.

Es ist ein schöner Juni in Berlin. Frühsommer, die Abende werden länger. Meine Wohnung kommt mir heller vor nach der Woche in Israel. Sie ist nicht sehr groß, aber geräumig. Ich gehe von der Küche durch das Wohnzimmer ins Schlafzimmer. Ich habe fast alles stehen- und liegenlassen. Nun muß ich aufräumen. Später. Ich habe Zeit, ich habe ja Urlaub. Ich bin offiziell nicht da und kann, so ganz ohne Alibi, alles so lassen, wie es ist. Niemand wird mich besuchen oder anderweitig überraschen.

Im Briefkasten waren nur zwei Telefonrechnungen, eine für das Mobiltelefon und eine für das Festnetz, und Werbung von der Telekom. Ich lege die Umschläge ungeöffnet auf den Schreibtisch. Er steht am Fenster, so daß ich bei der Arbeit ab und zu hinaussehen kann. Am Abend ist die Straße ruhig. Es ist noch hell. Der Nesselvorhang im Schlafzimmer ist fast immer geschlossen. Nur wenn ich am Schreibtisch sitze, ziehe ich ihn auf. Gegenüber lehnt die Dicke im zweiten Stock aus dem Fenster, liegt in ihrer ganzen Wucht auf einem bestickten Kissen. Sie ist immer am Fenster. Ich sah sie noch nie vor der Tür. Ihr Gesicht hängt schlaff an ihrer gerunzelten Stirn. Ein Fenster unter ihr sitzt der dunkelhaarige Student wieder am Schreibtisch. Er ist hübsch, aber zu jung. Ich kann in sein Zimmer sehen, eine Kleiderstange steht dort, und in einem Regal stapeln sich die Bücher, eine Landkarte hängt an der Wand. Vielleicht Amerika, ich kann es nicht erkennen. Möglicherweise bemerkt er, daß ich ihn manchmals mustere.

Vor dem Haus hält ein Kleinbus. Ich sehe ihn und weiß, daß er meinetwegen bremst. Es klingelt. „Ja“, sage ich in die Wechselsprechanlage.

„Ihr Gepäck.“

„Zweiter Stock“, antworte ich und öffne die Tür, lehne mich an den Rahmen und höre den Schritten zu.

„Boah! Wie lang war'n Sie denn weg?" schnauzt der Mann auf den letzten Stufen, noch bevor er mich eines Blickes gewürdigt hat.

„Zwei Wochen", lüge ich.

„Echt? Na, det würde bei mir fürn halbet Jahr hinreichen."

Er wuchtet mir die Tasche vor die Füße.

„Ich brauch dann noch 'ne Unterschrift."

„Natürlich."

Er schnauft und steht vor mir wie John Wayne aus Neukölln, versucht an mir vorbei in die Wohnung zu sehen, während er mir einen Zettel vor die Nase hält.

Ich halte das Papier gegen den Türrahmen, unterschreibe, gebe ihm den Wisch zurück und krame in meinen Hosentaschen, finde ein Geldstück, doch es sind zwei Schekel. Er sieht mich fast drohend an.

„Äh, Moment."

Ich hole mein Portemonnaie und gebe zwei Mark Trinkgeld.

„Schönen Dank, war ja wirklich wie Blei", sagt der Mann, als beschwere er sich, daß ich nicht mehr gegeben habe. Dann aber grinst er kurz und geht.

„Tschüs und danke", rufe ich ihm hinterher.

Die Tasche ist tatsächlich schwer. Mit einem Rums lasse ich sie in die Mitte des Wohnzimmers fallen. Nein, ich packe jetzt nicht aus, obwohl ich mir irgendwie vollständiger vorkomme und fast glaube, daß der Traum jetzt zu Ende ist, daß ich aufwachen kann. Aber es ist kein Traum. Ich muß etwas tun. Ich hole eine Flasche Sekt aus dem Kühlschrank, öffne sie ohne Knall und schenke mir ein Wasserglas voll. Es schmeckt. Ich trinke schnell und muß rülpsen.

Ich rufe Maria an. Vielleicht ist es gut, ihr alles zu erzählen. Jetzt und sofort. Aber vielleicht ist es besser, ihr nichts zu sagen, sie noch bis Sonntag im unklaren zu lassen. Andererseits aber: wozu? Es würde keinen Unterschied machen.

Maria ist nicht zu Hause. Der Anrufbeantworter springt an.

„Hier ist die Maschine von Maria, bitte hinterlaßt eine Nachricht und Eure Nummer, ich rufe umgehend zurück." Es piept.

„Hallo, ich bin's. Ich bin wieder da." Ein bitteres Lächeln kommt mir dazwischen. „Tja, so schnell geht das manchmal. Die Details kann ich dir ja dann erzählen. Melde dich, ich bin bestimmt noch lange wach."

Ich mache eine Pause.

„Alles Scheiße!" sage ich und lege auf. Es ist kurz nach neun. Vielleicht ist es besser, ins Bett zu gehen. Ich muß schlafen. Obwohl ich nicht müde bin, lege ich mich ins Bett.

Maria kann gut analysieren. Sie erkennt das Wesentliche, weist grausam kühl darauf hin, und es ist gut, daß sie es tut. Bei den Angelegenheiten, die sie selbst betreffen, ist sie zuweilen ebenso ratlos und verwirrt, wie ich es bei meinen bin. Wir analysieren die Situationen gegenseitig, wenn wir zusammen sind. Sie ruft an und fragt sofort, ob ich Zeit habe. Dann weiß ich, daß es wichtig ist. Es sind meist Abende, an denen ihr Freund in seiner Wohnung schläft. In letzter Zeit mußte sie oft über ihn reden.

„Alles muß ich machen, er ist bloß noch kaputt und pennt", sagte sie beim letzten Mal. „In seiner Müsli-Klitsche verödet er total."

Volker heißt ihr Freund. Er hat einen kleinen Bio-Laden in Karlshorst, obwohl er kein Müsli-Typ ist. Maria erzählt mir, daß er den Laden haßt, obwohl er ihn braucht zum Leben. Daß sie ihn liebt, obwohl sie mehr verlangt als seine Anwesenheit an den Wochenenden. Dann ist er müde und will nur noch schlafen. Wenn sie zusammen sind und ich bin dabei, dann ist Maria etwas steifer als sonst. Ich verstehe das, zwar mag ich Volker, aber er ist nur der Freund meiner besten Freundin, nicht meiner. Er gibt mir trotzdem nicht das Gefühl, daß ich störe, und das ist unter Umständen schon viel wert. Für ihn bin ich eben nur der schwule Freund seiner Freundin. Er akzeptiert mich, denn ich bin keine Gefahr, keine Konkurrenz.

Und ebenso wie ich mich nicht über seine langen Haare mokiere, an seiner Lederjacke und den schwarzen Heavy-Metal-T-

Shirts, nimmt er keinen Anstoß an der Tatsache, daß ich schwul bin. Wir leben in verschiedenen Welten und müssen uns nicht aus dem Weg gehen.

Maria und Volker sind ein seltsames Paar. Wenn sie zusammen irgendwo aufkreuzen, dann schauen die Leute zweimal hin. Maria ist kräftig, hat volle Hüften und einen großen Busen. Sie hat ein vornehmes Gesicht mit einem breiten, etwas vorspringenden Kinn; ihre Nasenspitze ist etwas nach unten gebogen, ihr Mund schmal. Die großen blauen Augen passen nicht zu ihrem Gesicht, sie sind verträumt und tief und immer aufmerksam.

Ich habe diesen Blick sonst nur auf alten Schwarzweißbildern gesehen, auf braunstichigen Photos von der Jahrhundertwende, auf denen sich, mit steifer Miene, die Familie zum gemeinsamen Bild versammelt, mit diesem Stolz und einem Staunen in den Augen.

Ein tiefes Staunen im Sonntagsstaat. Gestärkte, hochgeschlossene Blusen, Hemden mit steifem Kragen, verspielte Kleidchen, aufgebauschte Rüschen. Und eben dieser Blick. Vielleicht ist auch ein Erschrecken dabei, weil das Blitzlicht damals eine kleine Explosion war. Maria hat diese Augen, als blicke sie in eine Welt, die ihr zwar Angst macht, die sie jedoch mit Neugierde bezwingt.

Sie ist aufmerksam; ihr entgeht nichts. Sie bemerkt sehr wohl, daß man sie mustert, wenn sie mit Volker irgendwo auftaucht.

Er wirkt neben ihr wie eine Marionette, dünn und hochgewachsen, mit hängenden Schultern und langem lockigem Haar. Seine Schuhe wirken groß und viel zu klobig für die zerbrechliche Figur. An ihm scheint jedes Kleidungsstück zu groß. Er geht schleppend, als wäre ihm seine Lederjacke zu schwer. Er ist ein Träumer, sie ist eine Träumerin. Aber sie träumen verschiedene Träume.

Er träumt davon, den Laden aufzugeben, doch weiter reicht sein Traum nicht. Sie träumt von einem Kind.

Ein ungleiches Paar mit ungleichen Gedanken. Nie würde ich ihr sagen, daß er nicht zu ihr paßt. Beim ersten Mal, als sie mir Volker vorstellte, dachte ich es. Aber dann, je länger sie zusammen waren, desto mehr gewöhnte ich mich an ihn. Ich verstand, daß sie sich lieben. Maria grübelt oft, sinkt in eine Traurigkeit, die sie nicht erklären kann. Dann hört sie traurige Musik. Darin sind wir uns ähnlich. Aber Volker hört Punk, spielt ihr was von den *Ärzten* vor und hellt ihre dämmrigen Stimmungen auf.

Maria weiß, daß es nicht reicht, daß sie mehr will, daß sie ihn liebt und doch gern einen anderen lieben würde. Aber sie hat eben eine große Schwäche für diese hellhäutigen Männer, die immer etwas zu schmal, zu blaß und zu müde aussehen. Würde Volker ohne Maria kommen, sähe er unglücklich aus.

Ich weiß nicht, warum ich jetzt an die beiden denke. Vielleicht will ich einfach nicht an mich denken und suche Ausflüchte. Die Flasche Sekt ist fast leer. Ich bin müde und übernächtigt, ich will schlafen. Ich muß schlafen. Mir fehlt eine Nacht, mindestens.

Mein Engel dreht sich ganz langsam. Auf dem Rücken liegend, sehe ich ihn an. Mein Engel ist aus Pappmaché und hängt an der Decke über dem Bett. Nachts sieht er nicht golden aus.

„Hm, dein Engel", flüstert es plötzlich ganz nah an meinem Ohr. Er lächelt.

„Ja, mein Engel. Der beschützt mich."

„Wovor?"

„Vor bösen Träumen, vor bösen Erinnerungen und manchmal auch vor bösen Männern."

„Ich beschütz dich auch."

Ich reiße mich von diesem Blick los, schließe die Augen, aber die Dunkelheit hinter meinen Lidern hat nichts Beruhigendes. Ich muß wieder hinaufsehen. Der Schatten bewegt sich ganz leicht. Der Engel hat ein hübsches Gesicht. Alle meine Engel haben hübsche Gesichter. Ich habe fünf Engel. Der schönste ist mein Engel an der Decke.

Ich höre ein Geräusch. Es kommt nicht von der Straße. Es ist näher. Es klingt wie ein Schlüssel. Ich liege auf dem Rücken und starre auf meinen Engel. Er schließt die Tür auf. Ich höre, wie er seine Schuhe im Flur auszieht und auf Socken ins Wohnzimmer tappt, vorsichtig, um mich nicht zu wecken. Er denkt, ich schlafe, er weiß, daß ich hier bin. Ich höre ihn rauchen, wie er den Rauch durch die Nase ausstößt, wie er sich hinsetzt und zum Fenster hinaussieht. Ich höre ihn Wasser in ein Glas gießen, höre, daß er braungebrannt ist und ein Jeanshemd trägt, höre seine Blicke. Er überlegt, ob er sich einen Kaffee kochen soll.

Er tut es nicht. Er raucht. Er raucht viel zuviel. Der Rauch steht im Raum und leuchtet bläulich, denn wie ich höre, scheint der Mond ins Zimmer. Ich höre genau, wie sich sein Schatten gegen das Fenster abzeichnet.

Dann höre ich ihn näherkommen und spüre, wie die Angst in meiner Bauchhöhle erwacht, sich bewegt und nach oben kriecht. Eine Eidechse, ein Reptil, das sich langsam bewegt, mit langsamer, kaltblütiger Entschlossenheit. Sie bleibt wieder in meinem Hals stecken. Sie ist zu groß. Wie ein Weinen, das heraus will.

Er berührt die Tür zum Schlafzimmer, die nur angelehnt ist.

„Warum?“ Ich will ihn fragen, sobald er hier ist.

„Warum machst du so was mit mir?“

Ganz vernünftig will ich ihn fragen. Und ruhig will ich sein, aber ich will es trotzdem brüllen, ihm um die Ohren hauen, weil ich es unglaublich finde, daß er sich herwagt. Nach allem, was passiert ist. Er muß antworten. Er ist es mir schuldig. Ich will, daß er jetzt hereinkommt und alles erklärt. Ich finde es ein starkes Stück, daß er an meiner Tür steht, aber ich will eine Antwort.

Die Tür bewegt sich langsam. Er will mich nicht wecken, er ist vorsichtig, und ich versuche das „Warum“ auf meine Zunge zu bekommen. Vielleicht hat er ja Angst. Vielleicht traut er sich nicht herein und schämt sich. Wir könnten uns umarmen und alles vergessen.

Mein Herz klopft bis zum Hals, bis zur Angst, bis zum Schmerz.

Er stößt die Tür auf, ich will ihm ins Gesicht sehen, die Tür quietscht.

Das Telefon klingelt. Zweimal.

Maria sagt meinen Namen, und es klingt wie eine Frage.

„Ja? Maria?"

Maria schluchzt. Es ist halb drei in der Nacht, und sie fragt mich, ob was passiert ist. Aber sie weint, also kann ich es ihr nicht erzählen. Nicht jetzt.

„He, was ist denn los?"

„Volker hat mich gerade verlassen."

Ich schaue nochmals auf die Uhr, es ist noch immer halb drei.

Maria weint. Sie hat die Nase voller Rotz, sie schneuzt sich.

„Wie? Heute?"

„Ja, er ist nur gekommen, um zu sagen, daß es aus ist."

„Hat er gesagt, warum?"

„Was soll er denn sagen? Er war doch gar nicht bei sich."

Ich zünde mir eine Zigarette an. Ich spüre im Augenwinkel, daß der Engel sich noch bewegt an seiner dünnen Schnur.

Ich habe keinen Trost für Maria. Ich denke vielleicht „Na, endlich" und könnte sagen, daß es eh besser so ist. Aber besser so ist erst später richtig. Später, wenn Maria nicht mehr weint.

„Ach, Mann", sage ich, weil mir nichts anderes einfällt.

Ich würde gerne etwas Besseres sagen.

Ich entscheide mich für eine Frage: „Einfach so?"

„Nö", sagt Maria und putzt sich die Nase. „Wir haben gesprochen und haben eigentlich beide gewußt, daß wir Schluß machen müssen."

„Jetzt?"

„Ach, wir wissen das doch längst", schluchzt sie und setzt hinzu: „So wär's nicht weitergegangen."

Ich drehe den Wecker auf dem Nachttisch weg, weil ich nicht ständig auf die Ziffern starren will. Die Schlafzimmertür steht einen Spalt offen.

„Warum weinst du dann jetzt?"

„Weil ich jetzt wieder", Maria schluchzt kurz auf, „allein bin."

„Willkommen im Club", könnte ich jetzt sagen. Irgend etwas Komisches, damit wir beide kichern können. Aber ich fühle mich müde, unsäglich müde. Ich möchte schlafen. Ich möchte schlafen, und dann möchte ich aufwachen, als wäre nichts geschehen.

„Paßt ja nu wieder", sage ich und ziehe an der Zigarette.

„Was war denn bei euch?"

„Wenn ich das wüßte."

„Ich habe vorhin deinen Spruch auf dem Anrufbeantworter gehört und hab richtig gezittert." Ihre Stimme wird jetzt klarer.

„Es war die Katastrophe, aber die blanke. Egal. Was hat Volker denn gesagt?"

„Volker hat gesagt, daß er sich jetzt um sich kümmern muß, daß er nicht weiß, was er will und Zeit braucht für sich. Daß es nicht weitergeht mit dem Laden und mit dem Leben an sich. Blablabla. Alles, was ich ihm seit Monaten um die Ohren haue. Und jetzt setzt er sich hin und macht meine Sprüche." Maria lacht auf, als wäre es ein schlechter Witz.

„Wenigstens hat er was gesagt. Sei froh, daß er einen Spruch gemacht hat."

Maria schnieft.

„Mmh. Ich hab ja gewußt, daß es so nicht weitergeht, das weiß ich schon lang. Aber jetzt ...", in ihrer Stimme sammeln sich wieder Tränen, „jetzt ist er weg."

„Paßt ja irgendwie."

„Wieso?"

„Kennst du nicht den Oma-Spruch: Wer weiß, wofür's gut ist? Ich bin extra zurückgekommen, da sind wir zwei nicht ganz allein, Maria."

„Und wie fühlst du dich?"

Jetzt wünsche ich mir, heulen zu können. Ich strenge mich sogar ein bißchen an. Der Druck auf meinen Augäpfeln wird größer, der Schmerz rumort im Bauch. Ich denke mich einen Tag zurück, aber dort, im Gestern, in Israel, ist alles noch wie ein Traum gewesen. Ein böser, unwirklicher Traum, aus dem ich noch nicht erwacht bin.

„Ich fühl mich so gar nicht. Ich weiß nicht."

„Willst du drüber reden?“ fragt Maria vorsichtig.

„Ich komm morgen vormittag zum Frühstück vorbei.“

„Gut.“

„Ich bring Brötchen mit. Okay?“

„Mmh.“

„Und jetzt schlaf. Den Rest erzähl ich dir morgen. Ich kann jetzt nicht.“

„Dann schlaf schön“, sagt Maria.

„Mmh, du auch.“

Die Schlafzimmertür steht offen. Ich bin müde. Dennoch gehe ich in den Flur und schließe die Wohnungstür von innen ab, lasse den Schlüssel stecken. Vielleicht ist es albern, aber so kann ich schlafen.

Diesmal kommt er nicht in die Wohnung. Wir sitzen statt dessen an einem Tisch. Die Sonne scheint, und er lächelt mich an wie am Anfang. Ich lächle zurück und weiß jedoch, daß es nicht stimmt.

Er tut so, als wolle er alles erklären, als würde alles wieder gut.

Aber es wird nicht wieder gut, weil ich nichts verstehe, weil er kein Wort sagt, weil er nicht einmal mehr lächelt.

Maria sieht blaß aus. Um ihre großen blauen Augen sind dunkle Ränder. Sie trägt kein Make-up, sie wirkt kleiner so. Sie steht im Flur, hält den Türknauf fest und sieht mich mit großen Augen an.

„Na du?“

„Selber na.“

„Komm rein.“

Der Tisch ist gedeckt, es riecht nach Kaffee.

„Bist aber trotzdem ganz schön braun geworden“, sagt Maria.

„Ja, trotzdem. Hast du dich etwas eingekriegt?“

„Mmh. Aber es ist jetzt endgültig. Ich weiß, daß es richtig ist, aber ...“ Sie schluckt.

„War'n ja auch zwei Jahre. Da darfst du ruhig traurig sein. Aber wein jetzt nicht.“

„Und was war bei euch los?“

Ich will es nicht erzählen. Ich merke, daß sich alles sträubt in mir.

Maria mustert mich fast mütterlich. „Gott. Du hast abgenommen.“

„Ja, fast sechs Kilo. Ist doch eine gute Schlankheitskur: die Küche Israels und ein Mann, der nicht mit mir spricht.“

„War's so schlimm?“

Es war schlimm, aber ich merke, daß ich es nicht erzählen kann, daß ich Maria nichts davon verständlich machen würde. Sie ist mit sich beschäftigt, und sie nimmt die kurze Zeit, die ich mit ihm verbracht habe, nicht ernst. Ich weiß es.

So wie ich Volker als Mann nicht für voll genommen habe, ohne es je zu sagen, so nimmt Maria meine Affären nicht für voll, obwohl sie kaum etwas darüber weiß. Für sie bin ich am Ende einer weiteren Affäre.

Drei Monate sind keine Beziehung, und damit hat sie wahrscheinlich recht. Ich weiß nicht mal, ob ich meine Affären ernst nehme. Was soll sie dann davon halten.

Ich könnte jetzt sagen, daß das keine Affäre war, sondern Liebe, daß wir einfach zu früh zuviel gemeinsam unternommen haben, daß dieser ganze vermaledeite Urlaub eine Fehlplanung war und daß es noch nie so weh getan hat. Nicht bei Affären, nicht bei den sogenannten Beziehungen.

Sie würde es nicht verstehen, selbst wenn sie es wollte. Und es klänge lächerlich. Zwei Jahre mit drei Monaten vergleichen zu wollen ist lächerlich.

Die Erkenntnis trifft mich wie ein Blitz. Jetzt und hier, sitzend an einem Tisch mit frischen Brötchen, selbstgemachter Orangenmarmelade, dampfendem Kaffee und der verheulten Maria.

„Du trinkst ja schwarz“, sagt Maria und stellt die Milchdose wieder an ihre Seite des Tisches.

Bis vorhin dachte ich, es wäre gut, hier zu sitzen. Ich dachte, ich würde vielleicht auch heulen – endlich –, und sie würde mich trösten und sei es nur deswegen, weil sie selber traurig ist. Plötzlich habe ich das Gefühl, daß es ihr besser gefällt, wenn ich alleine bin. Ich will das nicht denken, aber ich tue es.

Maria lächelt.

„Schon blöd, so was kann man sich nicht ausdenken“, sagt sie und nimmt sich eines der beiden Körnerbrötchen. Ich weiß, daß sie Körnerbrötchen mag.

„Was?“

„Na, du kommst früher aus dem Urlaub und am selben Tag macht Volker mit mir Schluß.“

„Nein, ausdenken kann sich das niemand.“

„Ist schon komisch.“ Maria schneidet ein Brötchen auf, ihre Zungenspitze zwängt sich zwischen ihre Lippen, Krümel fallen auf den Teller.

„Probier mal die Marmelade“, Maria tippt auf ein Glas, „hab ich selber gemacht. Orangen.“

„Ja, nachher vielleicht.“

Maria sieht mich kurz an, schmiert dann Margarine auf die Brötchenhälften. Ich nehme eine Scheibe Schwarzbrot, lege sie auf den Teller. Ich habe keinen Hunger.

„Was war denn nun los?“ frage ich sie.

Maria antwortet nicht, statt dessen kleckst sie mit einem Löffel ihre selbstgemachte Orangenkonfitüre auf die eine Hälfte, verteilt sie gewissenhaft und beißt dann genüßlich ab. Ihre Kiefer knacken immer leise beim Kauen. Vielleicht knacken die auch beim Küssen so, denke ich.

Ich bestreiche mein Schwarzbrot, probiere die selbstgemachte Orangenmarmelade.

„Schmeckt's?“ Maria schaut mich erwartungsvoll an.

„Ja, gut.“

Wir kauen. Gut gekaut ist halb verdaut, sagte Oma, und ich kaue gewissenhaft wie nie. Mein Magen ist praktisch nicht mehr vorhanden, er ist geschrumpft. Oder voll von anderen Dingen.

Sie sieht mich wieder an. Konzentriert und dunkel. Sie wartet auf etwas.

„Ist Volker extra gekommen, um Schluß zu machen?"

„Ja, kann man so sagen."

„Ist ja auch toll."

„Du, das ist doch schon länger zu Ende. Es war nur ...", ihre Stimme ist dunkel, traurig und etwas vorwurfsvoll, „erst hat er den coolen Arsch raushängen lassen, bis ich ihm die Leviten gelesen habe. Und geheult hat er."

„Warum?"

„Der weiß doch gar nicht wohin im Moment. Der Laden kotzt ihn an, er hat keinen Plan. Und nicht erst seit gestern. Ich hab mir das die letzten Monate angeguckt, und jetzt will ich nicht mehr. Seine Scheiß-Mutterkomplexe! Immer hat er den Macker machen wollen, der hat doch nichts an sich rangelassen. Ich hab immer bohren müssen. Für nichts..."

Maria weint nicht. Ihre Stimme hat den Analyse-Tonfall wieder, sie deckt auf, sie läßt sich nicht beirren.

„Und jetzt will er zwei Wochen freinehmen und sogar den Laden dichtmachen in der Zeit."

„Aha?"

„Zwei Jahre lang ist das nicht gegangen, von wegen den Laden zumachen oder eine Vertretung anheuern. Jedes Wochenende war er knülle, hat eigentlich nur noch gepennt. Ein langes Wochenende sind wir mal weggefahren. Das war Havelberg letztes Jahr. Das tat uns so gut, er war mal ganz anders. Und jetzt macht er Urlaub. Ich könnte kotzen. Wirklich."

Ich schenke mir Kaffee nach.

„Du auch?"

„Nö, danke. Das habe ich ihm natürlich um die Ohren gehauen." Maria nimmt das nächste Brötchen und besänftigt ihren Tonfall: „Du, der ist richtig zusammengebrochen."

Sie schmiert, nimmt wieder Orangenmarmelade, verteilt sie, beißt ab, kaut und schluckt.

„Ich hab jetzt keine Lust mehr zu kämpfen. Den ganzen Dreck hab ich doch machen müssen. Und jetzt ist Ruhe."

Sie beißt wieder ab, ihr Gesicht verfinstert sich etwas.

„Bin doch keine Therapeutin", sagt sie wie zu sich selber.

Ich schaffe die Scheibe Schwarzbrot nicht. Zwei Bissen habe ich genommen. Jetzt liegt sie da, und ich kann nicht mehr.

Maria nimmt einen Schluck Kaffee. Sie stellt die Tasse ab, zündet sich eine Zigarette an, zieht und atmet den Rauch durch die Nase aus, als wäre sie erleichtert.

„Und bei euch?"

„Ich bin abgereist. Habe umgebucht, 250 deutsche Eier bezahlt, am Zoll haben die mich gefilzt bis aufs Messer – ja, und jetzt bin ich da."

„Das ist mir klar, daß du jetzt da bist." Maria grinst.

„Ich weiß nicht, was passiert ist. Ich war einfach nicht mehr da. So gar nicht vorhanden."

„Was ist denn passiert?"

Ich beiße doch noch einmal in mein Schwarzbrot. Nur aus Verlegenheit, nicht weil ich hungrig bin.

„Ich weiß, glaub ich, gar nicht, was passiert ist. Nichts ist passiert. Eigentlich ist nichts passiert, im wahrsten Sinne des Wortes."

„Hat er einen andern?"

„Ich weiß es doch nicht."

Ich nehme eine Zigarette, taste nach dem Feuerzeug auf dem Tisch, es klickt und ich ziehe.

„Ich kann's dir nicht erklären, Maria. Ich habe keine Ahnung, was passiert ist. Ich weiß nicht mal, ob ich wirklich da war."

„Aber dein Gesicht ist ganz klar", sagt sie plötzlich und sieht mich an.

Wir schweigen und rauchen. Sie wartet auf etwas, aber sie wartet umsonst.

„Du willst nicht drüber reden, hm?"

Sie drückt die halbgerauchte Zigarette aus.

„Nein, ich glaub, ich kann das jetzt nicht. Tut mir leid."

„Quatsch, dir braucht nichts leid zu tun", sagt sie bestimmt.

Meine Tasse ist noch halb voll. Es ist ein schweigendes Frühstück. Maria nimmt sich das zweite Körnerbrötchen.

„Und so, das Land. Wo warste denn überall?"

„Eigentlich nur in Tel Aviv und in Jerusalem. Ist schon beeindruckend, aber irgendwie nicht mein Land. Ist mir zu heiß. Und außerdem fühl ich mich nicht sicherer, wenn in jedem Einkaufszentrum meine Tasche kontrolliert wird. Im Gegenteil."

„Na ja, du hast wohl auch andere Probleme gehabt."

„Ja", gebe ich zu, „ich hatte andere Probleme."

„Was machste denn jetzt die Woche."

Ich puste ratlos Luft aus. „Was weiß ich. Könnt eigentlich zu meinen Eltern fahren, rein von der Zeit her, ich war da schon ein halbes Jahr nicht mehr. Aber in meiner Stimmung ist das wohl nicht so toll."

Maria ist fertig mit dem Brötchen.

„Es tut mir leid, ich hätt dich gern getröstet", sage ich.

Maria sieht mich an, greift über den Tisch und nimmt meine Hand. „Du brauchst dich nicht zu entschuldigen. Ich weiß, warum ich jetzt wieder allein bin. Und damit komm ich klar. Weil es irgendwie so sein muß, vielleicht. Du weißt es eben nicht."

Ich stehe auf. Es hat nichts gebracht, ich habe mein Herz nicht ausgeschüttet, und geweint habe ich auch nicht. Maria bringt mich zur Tür. Sie ist offenbar nicht verwundert.

„Also bist du da die Tage?"

„Ja, wo soll ich denn sonst sein? Hab ja noch Urlaub, den kann ich ja genießen." Ich versuche zu lachen, und Maria schaut mich erschrocken an. Für eine Sekunde bleiben wir auf der Schwelle stehen, ich weiche ihrem Blick aus.

„Tschüs, ich meld mich."

Sie sagt nichts, bleibt aber stehen. Ihre Augen sehen mich an, als wüßten sie, was alles vorgefallen ist. Was hinter ihnen vorgeht, weiß ich nicht. Aber Maria, wie sie jetzt im Türrahmen steht und mir nachsieht, wirkt wieder größer.

Unten angelangt höre ich, wie sie endlich ihre Tür schließt.

Ich könnte jetzt alle anrufen. Ich bin seit gut anderthalb Tagen wieder hier. Es ist komisch, wenn man weiß, daß sich niemand melden wird. Anders, als wenn es sein könnte, und es ruft trotzdem niemand an.

Ich bin nicht da für die anderen, nicht vorhanden, abwesend.

So räume ich als Geist die Wohnung auf. Ein Phantom, das sich seiner Existenz zwar bewußt ist, vom Rest der Welt aber nicht wahrgenommen wird.

Mutter würde sagen: „Mein Herz!“ Sie bekommt gern Schrecken, sie zelebriert sie förmlich. Wenn ich anriefe, würde sie mir zunächst erzählen, wer alles wieder gestorben, geschieden oder verheiratet ist. Sie würde Grüße bestellen von Frauen, die mich mal gekannt haben, die noch Mädchen waren, sich nie viel aus mir machten und nun Grüße bestellen. Mutter würde vielleicht gar nicht so schnell kapieren, daß ich eigentlich nicht anrufen könnte, weil ich ja in Urlaub wäre. Aber das ist jetzt egal. Bei ihr habe ich alle Möglichkeiten offen, selbst Anlügen wäre ein Weg. Ich würde von einem wunderwunderschönen Urlaub berichten, um dann, wenige Wochen später, das Ende meiner Beziehung zu verkünden. Und selbst das wäre für sie ein Anruf, nichts weiter. Ich erzähle ihr nicht viel, denn wir sind keine Vertrauten, keine Freunde. Wir sind nur Mutter und Sohn. „Ich will doch immer, daß ihr alle glücklich seid“, sagt sie manchmal. Sie meint uns drei damit, meinen Bruder, meine Schwester und mich, das aus der Art geschlagene Nesthäkchen. Wir alle sollen glücklich sein. Und da ich weder verheiratet bin, noch Kinder in die Welt gesetzt habe, muß ich unglücklich sein. Ich weiß, daß sie mich für unglücklich hält.

„Ich bin nicht unglücklich“, habe ich ihr vor Jahren mal gesagt. „Hast du das verstanden? Ich bin nicht unglücklich. Ob ich nun aber glücklich bin mit jemandem, das ist eine ganz andere Geschichte. Fakt ist, ich bin nicht unglücklich, Mutti.“

Ich weiß nicht, ob sie das je verstanden hat.

Ich räume endlich die Tasche aus, werfe die Klamotten auf drei Haufen. Einen für Socken und Slips, einen für Hemden, den dritten für T-Shirts. Dazu kommen die Teile, die verstreut herumliegen: zwei Hemden auf der Couch, unter dem Bett eine einzelne Socke, auch die Unterhemden, die unbenutzt als Stapel auf dem Stuhl im Schlafzimmer liegen, will ich waschen. In der Küche läuft der Kaffee durch die Maschine, im Bad habe ich bereits Wanne, Klo und Waschbecken mit Kloreiniger besprüht, sämtliche Reiniger- und Duschbadflaschen, sowie vier Rollen Klopapier stehen neben der Badtür.

Nach der ersten Tasse Kaffee, die ich mir gönnen werde, nachdem ich die erste Trommel Wäsche in die Maschine gestopft habe, werde ich mir mein Bad vornehmen. Bei dreißig Grad dauert die Wäsche etwa anderthalb Stunden, genug Zeit, alles abzubrausen, die Kacheln zu polieren und den weißgekachelten Boden zu wischen sowie die Klobrille und den Sims mit den Apothekerflaschen zu reinigen.

Die zweite Tasse Kaffee gibt es, wenn die erste Trommel Wäsche fertig ist. Ich werde mit den Hemden beginnen, und wenn die auf der Leine im Garten hängen, rotieren Socken und Slips schon im ersten Waschgang. Dann werde ich überall Staub wischen. Beginnend in der Küche, auf den Schränken, der Arbeitsplatte und in den Zwischenräumen der Türen, nebenbei wienere ich die Spüle. Dann arbeite ich mich durchs Wohnzimmer, wische über die Bilderrahmen, poliere die Glasregale, hauche auf die Bildröhre des Fernsehers, säubere die Kanten und Simse der Stereoanlage und des Videorecorders, sortiere die CDs und Videokassetten ein, die noch immer in schlampigen Stapeln auf dem Fußboden davor liegen. Und ich werde nicht darüber nachdenken, wer welche Platte ausgesucht hat, daß ich die Hildegard-Knef-Box sortieren muß und genau weiß, daß der Song *Eisblumen* zuletzt lief. Vor über zwei Wochen, vor dem Urlaub, vor Israel, vor dem Zeitloch, in das ich dann gefallen bin. Nein, ich habe keine Zeit, mich daran zu erinnern, denn die Pflanzen, der Ficus und die Königspalme, müssen gegossen, die Couch und die Sessel abgesaugt, die alten Zeitungen in eine Tüte gestopft und in die Altpapiertonne vor dem Haus gebracht werden.

„Du, du, du", haucht es.

Staub liegt auf den Fensterrahmen, oben auf den Türen, die ich abseife, auf der Sockelleiste, an der ich mit der schmalen Düse entlang sauge, Staub in den Schnörkeln des Kleiderschranks, den Querstreben der Stühle, auf der Flurgarderobe, auf dem Fuß der Stehlampe und auf der Ente, meiner Spieluhr, die zwei Noten einer Melodie klimpert und sich dann sofort wieder beruhigt.

Niemand wird anrufen, denn außer Maria weiß niemand, daß ich beim Großreinemachen bin. Sonst rufen alle nämlich genau dann an, lenken mich ab, lassen das Putzwasser kalt werden, und ich vergesse womöglich, daß über dem Schlafzimmerfenster noch eine Spinnwebe hängt.

Die halbe Tasse Kaffee auf dem Tisch ist lau geworden, ich gieße sie in die werbespot-tauglich glänzende Spüle und lasse das Wasser laufen. Die braune Brühe gurgelt in den Abfluß.

Ich gieße die nächste Tasse ein, setze mich auf den Korbstuhl am Fenster und sehe mich im Zimmer um. Ich will stolz sein auf die Ordnung, die jetzt hier herrscht. Es sieht aus, als würde ich eine Redakteurin von *Schöner Wohnen* erwarten, nur der grüne Plastikeimer mit dem Putzwasser zum Türenabseifen steht noch auf der Schwelle zum Schlafzimmer.

Das ist ein Gefühl, das ich auskosten kann. Ordnung. Es ist anders als in Israel. Als ich allein war und jeder Schritt mir schwerfiel. Wo alles, was mich beschäftigte, die Gedanken an die Zeit waren, die nicht verging, an die Dauer von Tagen, an das Jetzt, das sich hinzog, sich unbestimmt und bedeckt verhielt, sich aber aufdrängte, böse und gelb wie die Sonne, die morgens bis abends senkrecht zu stehen schien, als würde nicht mal sie sich bewegen.

Warum habe ich mir nicht schon am dritten Tag ein Hotelzimmer genommen? Dann wäre ich auch allein gewesen. Aber ich hätte mich nicht dafür schämen müssen, ich hätte gewußt, warum ich allein bin, jedenfalls für den Moment, und wäre nicht Andeutungen und Ahnungen aufgesessen – und seinem Schweigen. Ich hätte mir vormachen können, ich hätte entschieden.

Es sind Fragen, die keine Antwort bekommen. Die sich nur stellen, um ihre Vergeblichkeit vorzuführen. Wie ein Film, der unaufgefordert gezeigt wird: Er spult sich, läßt sich nicht anhalten und zeigt Bilder, die ich nicht sehen will, aber ich bin dazu gezwungen. Ich will diesen Film entfernen aus dem blöden Projektor in meinem Kopf.

Das Telefon klingelt.

Es ist ein Schmerz, den ich noch nie hatte. Wie ein Messer in der Brust oder ein Feuer, aber weder ist er stechend, noch brennt er. Es ist ein schwerer Schmerz in der Magengegend, als ginge ich mit einem Stein schwanger.

Wenn ich früher Angst hatte, saß die Angst auch an dieser Stelle.

Früher hatte ich Angst – als ich Anfang Zwanzig war und noch bei den Eltern wohnte. Versteckt habe ich mich, und als Mutter es erfuhr, wollte sie mich auch verstecken. „Es geht ja niemanden was an, also braucht es auch niemand wissen", meinte sie. Sie hatte auch Angst.

Es klingelt abermals.

Der Film zeigt eine Szene am Strand von Tel Aviv.

„Soll ich dir den Rücken eincremen?"

„Nein!" schießt es mir entgegen, ohne daß er mich ansieht.

Er wird nicht wagen, hier anzurufen.

Beim dritten Klingeln hebe ich ab.

„Hallo?"

„Ach, du bist doch da? Hier ist Sebastian."

„Ach. Dich gibt's noch", sage ich, obwohl ich weiß, daß ich ihm vor Monaten gesagt habe, daß ich gerade verliebt zu sein scheine und daß ich für den Moment keine Lust hätte.

Für den Moment, habe ich gesagt, denn ich schätze ihn, seine Gier und seinen Körper. Seither hat er nicht angerufen, nun meldet er sich, als hätte er es gerochen.

„Ja, klar. Wie geht's!"

Sebastian ist am Telefon immer nett. Als wollte er mir gleich eine Hausratversicherung andrehen oder mit mir ein Interview für eine statistische Erhebung der chemischen Industrie führen, mit Fragen, die mit eins bis sechs beantwortet werden müssen.

„Gut geht's mir", lüge ich, „bin grad aus'm Urlaub zurück und hab noch frei."

„Hast du Zeit?"

„Im Prinzip, ja."

„So in zwanzig Minuten?"

„Ja, klar."

In zwanzig Minuten kann ich das Bett frisch beziehen und den Eimer mit dem Meister-Propper-Wasser wegräumen. Ich könnte noch die zweite Wäsche aus dem Keller holen, aber das scheint mir zu riskant. Sebastian ist manchmal schneller als zwanzig Minuten.

„Okay, dann bis gleich", sagt er.

Sebastian legt auf, und ich muß lächeln. Im Bad wasche ich mich an den wichtigen Stellen. Er kennt sie alle, hat sie alle mehrmals gesehen, angefaßt und benutzt. Ich habe ihn und seine wichtigen Stellen ebenfalls mehrmals gesehen, angefaßt und benutzt.

Im Spiegel sehe ich mich an; ich finde mich schön, trotz allem. Ich bin braun, und der kleine Bauchansatz ist weg. Ich streiche mir über die behaarte Brust, berühre meine Brustwarzen. Ich sprühe mir etwas Parfum an den Hals.

Ich lächle mich an und weiß, daß ich nie so gut ausgesehen habe. Nicht mit zweiundzwanzig, als ich noch das falsche Leben lebte, nicht mit siebenundzwanzig, als ich meinen Crashkurs in Sachen Männer und Sex fast schon absolviert hatte, und schon gar nicht mit dreißig.

Jetzt mit vierunddreißig fühle ich mich plötzlich schön. Als trüge man den Pubertätsspeck jahrelang mit sich herum, fand ich mich immer zu dick. Wer sich dick fühlt, auch wenn er nicht dick ist, wirkt fett, ob er es ist oder nicht. Wie manche Frauen, die ihre Schultern nach vorne ziehen, um ihren vermeintlich großen Busen zu verbergen.

Es ist seltsam, bringt mich aber zum Lächeln.

Ich putze mir grinsend die Zähne, blecke sie, damit ich gefährlich aussehe. Du wirst es dir nie verzeihen, denke ich, ich werde so gut aussehen, daß du dir in den Arsch beißen wirst, du Sack.

„Ich weiß nicht, ob du eine Chance hast", sagt eine kalte Stimme hinter mir, ich spucke sie in den Abfluß.

Allein schon, daß Sebastian geil auf mich ist, läßt mich besser aussehen. Er hat einen Model-Körper, sieht aus, als hätte ihn ein nationalsozialistischer Künstler entworfen. Nur daß er nicht blond ist. Seine Haut ist glatt und immer leicht gebräunt. Seine Brustwarzen bilden die dunklen Spitzen einer perfekt geformten Männerbrust. Sein Schwanz ist genau richtig, nicht zu groß, nicht zu klein; seine dunklen Schamhaare sind weich und duften immer. Er hat muskulöse Oberarme, schmale Hüften und einen Knackarsch, so straff, daß man ein Fünfmarkstück darauf hüpfen lassen könnte.

Es klingelt. Er ist fünf Minuten zu früh. Er ist also geil. Er ruft nur an, wenn er geil ist.

Ich betätige ohne Kommentar den Summer und öffne die Wohnungstür. Er ist gleich da, er schafft die beiden Treppen schnell und spielend.

„Hallo."

„Hi. Mensch, du bist ja braun."

Mit einem zustimmenden „Mmh" drücke ich die Tür hinter ihm ins Schloß. Er beugt sich nach vorne und bindet sich die Turnschuhe auf. Ich streichle seinen Arsch, massiere die beiden Backen, nehme seine Eier von hinten in die Hand, und als er sich aufrichtet und die Schuhe abstreift, umfasse ich ihn, küsse seinen Nacken, halte mich an seiner Männerbrust fest und presse meinen Unterleib gegen seinen Arsch. Er stöhnt, und es klingt wie ein Knurren. Ich schiebe sein T-Shirt hoch, ziehe es ihm über den Kopf, lecke seine breiten Schulterblätter, beiße in die Muskeln, schiebe die Hände in seine Jogginghose, unter den Slip und massiere sein bestes Stück. Es muß schon hart gewesen sein, als er hereinkam.

Er steigt aus der Hose; ich bugsiere ihn ins Schlafzimmer. Er legt sich aufs Bett, ich steige dazu, beginne ihn von unten nach oben systematisch abzulecken, ihn zu küssen. Er ist ein perfektes Spielzeug. Ich kann es mir nehmen, ich kann damit machen, was ich will, und ich kann es aufziehen, damit es mit mir auch macht, was ich will.

Wir kennen uns kaum – wir kennen uns zu lange.

Ich weiß, was er will, und er weiß, was ich brauche: keine Diskussion.

Er liebt meinen Mund, meine Lippen und meine Zunge. Er schiebt meinen Kopf zurecht, weil er in meinem Mund noch geiler wird. „Oh, ist das gut", sagt er immer, wenn er meinen Mund fühlt.

Er hält mich fest. Er hält mich fest und schafft es gleichzeitig, ein Kondom vom Nachtisch zu grabschen. Ich mache mich frei, beiße das Päckchen auf, schiebe es ihm drüber. Dann setze ich mich drauf, halte mich an seinen Oberarmen fest und beginne einen langsamen genüßlichen Ritt. Früher ging alles sehr schnell, aber ich habe ihm beigebracht, daß es langsam schöner ist. Früher hat er mir erzählt, wieviel Girlies er nach der Disko in seinem Auto gefickt hat. Das tut er längst nicht mehr, vielleicht weil ich es ihm beigebracht habe, daß man sich Zeit nehmen kann, daß verbotene Dinge Spaß machen, daß sie genossen werden müssen, lange und ohne daß jemand auf die Lippe beißen muß, um ja nicht aufzustöhnen.

Dann übernimmt er die Führung, taucht auf, ist jetzt über mir und stößt mich ins frischbezogene Kissen.

Wir werden gleich wechseln, dann nehme ich ihn von hinten, spiele dabei mit den Fingern an seinem Sack, um genau zu spüren, wie er sich ficken läßt, weil ich es ihm beigebracht habe.

Nachher, in fünfzehn Minuten oder in zwei Stunden, wird er sich schnell anziehen. Er sagt dann „Bis bald mal wieder!" oder „War geil!", grinst anerkennend, und dann geht er. Einfach so.

Jetzt will er die Position wechseln. Aufsitzen möchte er. Ich liebe seine Gier, seine Kraft und sein Gesicht, das glatt ist, als wäre es geschnitzt. Er hat braune Augen, ein schmales Kinn, ein edles Gesicht eigentlich, wenn nicht seine Lust es so verzerren würde. Heute hat er es eilig und reibt sich hechelnd zum Orgasmus.

Dann liegen wir schwitzend und laut atmend nebeneinander. Er legt seine Hand auf meine Brust. Er bleibt liegen. Zum ersten Mal rennt er nicht gleich ins Bad, um sich abzuwischen. Er liegt da.

„Weißt du eigentlich, daß wir schon vier Jahre zusammen vögeln?"

„Ach", grinst er, immer noch schwer atmend, „doch so lange schon?"

„Ja."

Jetzt lachen wir beide. Wissend und irgendwie verlegen. Mit keinem Mann habe ich öfter geschlafen. Ich weiß nicht, wo er wohnt, ob er verheiratet oder ledig ist, weder hat er je über seine Arbeit gesprochen, wenn er denn eine hat, noch weiß ich seinen Familiennamen, sein Alter liegt irgendwo zwischen 29 und 35, er hat es mir nie gesagt.

„Was machstn heute abend?" fragt er plötzlich.

Sebastian fragt mich, was ich heute abend mache. Das ist unvorstellbar, das ist unglaublich. Das ist so fern von allem, was ich nicht über ihn weiß, daß ich eine Weile brauche, bis ich sagen kann: „Nichts. Und du?"

Er zeigt keine Regung. Hat er mit dieser Antwort gerechnet?

„Haste ein Bier da?"

„Klar." Ich gehe in die Küche. Im Kühlschrank liegen zwei Flaschen Bier. Ich habe immer Bier und Prosecco im Haus. Für Gäste. Manchmal auch Rotwein, denn mit Rotwein kann man gut küssen.

Ein Kuß mit viel Rotwein. Ich schmecke ihn förmlich. Es ist ein Kuß mit einem trockenen Rotwein, einem Cabernet, an einem Samstagabend bei mir. Seine Stimme sagt: „Daß du dich immer so fallen lassen kannst."

„Wieso?"

„Na, beim Sex."

„Wenn ich geil bin, bin ich geil. Und dich find ich noch geiler."

„Ich kann das nicht so."

Mein Mund schmeckt nach Wein. Ich gehe schnell ins Schlafzimmer. Sebastian liegt auf dem Rücken, die Arme hinterm Kopf verschränkt. Er ist schön. Ich bleibe einen Moment im Türrahmen stehen, nur um den Anblick zu genießen und um einen Schluck Bier zu nehmen.

„Ist Flasche okay?"

„Mmh, klar." Er setzt sich auf und greift nach dem Bier. Ich setze mich aufs Bett, sehe zum Fenster, denn ich will ihn jetzt nicht ansehen.

Ich frage Sebastian jetzt nicht, ob ich heute abend der Ersatz bin, für einen Mann oder für eine Frau. Ich frage auch nicht, ob er sich das jetzt vorgenommen hat, ob er das längst tun wollte, ob es eine Schnapsidee ist oder ein Wunsch, den er schon lange hat, sich aber nie traute, es zu sagen.

Statt dessen frage ich: „Sag mal, heißt du wirklich Sebastian?"

Er grinst etwas, grinst immer mehr, grient über alle Backen und sieht mich an.

„Klar, was dachtest du denn?"

Kapitel 3

Ich bin etwas wütend, als ich einparke. Plötzlich merke ich, daß ich aufgeregt bin. Ob nun wegen der nervigen Lückensuche oder seinetwegen, ist egal. Er sitzt schon im *Ufer*, an einem Tisch in der hinteren Ecke. Zwei Flaschen Bier stehen auf dem Tisch. Er lächelt und winkt erleichtert.

„Da bist du ja. Dachte schon, du bist geflohen."

„Flüchten kann ich ja immer noch, aber ich hab endlich einen Parkplatz gefunden. Da werde ich mir das noch mal überlegen. Hätt ich auch laufen können."

„Geht doch noch." Er schaut auf seine Uhr. „Ich bin auch noch nicht lang hier."

Es ist halb eins, im *Ufer* sitzen ein paar Männer. Einzelstücke. Im *Ufer* bin ich sonst nur, um mich mit Heiner und Matze zu treffen. Um zu quatschen und um zu lästern. Im *Ufer* kann man gut lästern. Ins *Ufer* gehe ich nie allein.

Mit Heiner und Matze kann ich das am besten. Sie kennen mich gut, und sie kennen einander gut. Sie waren früher ein Paar. Ich hatte mit Matze ein Verhältnis, als die beiden schon nicht mehr zusammen waren. Irgendwann habe ich auch Heiner kennengelernt. Sie wohnen beide noch zusammen.

Die Männer im *Ufer* lesen *Süddeutsche Zeitung* am Nachmittag, sitzen allein am Tisch und trinken Milchkaffee. Sie tragen Brillen, haben ansonsten keinen Gesichtsausdruck. Sie machen einander nicht an. Heute nacht ist es nicht anders. Wir beide fallen auf, denn wir lächeln. Als wäre unser Tisch etwas heller als die anderen. Ich bin verlegen und nehme einen Schluck Bier.

„Jetzt muß ich aber wirklich aufpassen, von wegen Trunkenheit am Steuer."

„Machst du das öfter?" Sein Gesichtsausdruck ist plötzlich sehr ernst.

„Was? Bier trinken?"

„Na, so über 'n Chat jemanden treffen."

„Ab und an. Eher selten als oft."

Ich lüge vielleicht, aber das scheint ihn nicht zu stören. Ich könnte sagen, daß ich so etwas wie heute nicht oft mache. Wie oft bedeutet oft? Zweimal im Monat? Jeden zweiten Tag oder pro Quartal dreimal?

Wenn sich ein Chat ergibt, wenn jemand gleich fragt, „Was suchst du?" und ein Bild schickt und ein Bild geschickt bekommt. Wenn uns unsere Pics gefallen, dann klingelt jemand bei mir.

So daß wir Kaffee oder Wasser trinken, uns auf die Couch setzen und schnell oder weniger schnell zur Sache kommen. Es kann selten oder oft passieren, daß wir uns gierig oder bedächtig ausziehen, uns gekonnt, flüchtig oder gar nicht küssen, uns zärtlich, grob oder ungeschickt anfassen, ich ihn ins Schlafzimmer ziehe, er mich schiebt, daß wir es gleich auf dem Teppich tun, auf dem Bett, im Bad vielleicht oder auf dem Küchentisch, daß es zehn Minuten oder drei Stunden dauert. Es passiert, daß ich einen oft, selten oder gar nicht noch mal treffe, um es abermals zu tun, oder nicht. Ob er mir nun das Kondom reicht oder ich ihm, manchmal nimmt sich auch einer von selber den Gummi, stülpt ihn sich oder mir über.

Selten ist, daß ein Pärchen kommt und sich ganz allein um mich kümmert. Noch seltener und oft genug gehe ich, einen Zettel mit Funktelefonnummer in der Tasche, in andere Häuser, um dort zu klingeln.

Vielleicht passiert es bei mir oft, daß es gleich zur Sache geht. Aber die Sache heute kenne ich noch nicht. Die Sache heute ist selten.

Vielleicht. Noch ist alles offen, noch kann sich diese Freitagnacht wie dutzend andere abspielen: mit dem stillen und betretenen Abgang am Samstagmorgen.

Ich weiß nicht, warum er vorhin weiche Knie hatte, und ich weiß nicht, ob ich bei ihm übernachten werde. Nicht mal, ob ich will, könnte ich jetzt sagen.

Unter anderen Umständen wären wir längst fertig. Ich würde mich allein in mein Bett legen, er wäre in seinem schon eingeschlafen. Wir würden uns gesagt haben, daß wir uns wiedersehen wollen, aber dann vergeht die Zeit zu schnell, so daß man sie nicht mal schnell genug findet, um anzurufen. Ein-, zweimal noch vielleicht, dann würde einer von uns die nächste Nachricht auf den nächsten Tag verschieben, von da dann auf irgendwann, und der andere würde warten und sich nicht trauen, genau das zuzugeben.

„Nein, wirklich nicht so oft", sage ich, und es klingt ehrlich. Ich schlage den Ball gleich zurück: „Und du?"

Er lacht und winkt ab.

„Ach, dazu bin ich doch viel zu schüchtern."

Dann lächelt er eitel.

Einer wie er kann es sich leisten, schüchtern zu tun. Vielleicht ist die Schüchternheit seine Methode, zu Männern zu kommen. An diesem Abend ist es zu spät für die schnelle Nummer, denn wir wissen schon zuviel voneinander.

„Im Netz ist es doch egal, ob du schüchtern bist", sage ich aufreizend und etwas provokant.

„Klar, ich hatte auch schon meine Geschichten."

Ich sehe ihn an, und er erwidert meinen Blick, offen und ohne Scheu.

Es ist in Ordnung. Fingen wir jetzt an, unsere Männergeschichten aufzufächern, wir würden wahrscheinlich erschrecken, so bekannt kämen wir uns vor.

„Hättest du eigentlich Lust, meine Briefmarkensammlung anzugucken?“ Er grinst. Von wegen schüchtern.

Ich lache und sage: „Auja, Briefmarken!“

Da nimmt er meine Hand. Wir sitzen nebeneinander auf zwei Stühlen, die Rücken zur Wand, und er nimmt einfach und ohne zu fragen meine Hand.

„Wann hattest du deinen letzten Freund?“

„Mal sehen, ob ich das noch zusammenkriege. Sechs Jahre ist das glaub ich her.“

„Doch so lange?“

„War aber nicht mal ein Jahr. Ich hab's nie länger als ein Jahr geschafft.“

Ich versuche diese Tatsache nebenbei abzuhaken, als würde es eben so sein und als hätte ich mich damit abgefunden.

„Und wieso?“

„Gott, was soll ich jetzt sagen? Es hat eben nicht mehr gepaßt. Bei meiner ersten Beziehung war ich acht Jahre jünger als er. Vierundzwanzig war ich da. Und er dachte, er hat mit seinen zweiunddreißig die Weisheit mit Löffeln gefressen. Das war nervig. So ständig den Sohn spielen zu müssen. Da hab ich mich abgesetzt.“

Den letzten Satz sage ich mit einem Lachen. Ich nehme einen Schluck Bier, versuche, ein anderes Thema anzuschneiden, aber er läßt nicht locker.

„Und das andere Mal?“

„Das war eben vor sechs Jahren. Der war nun wieder jünger als ich. Und da sollte ich plötzlich den Papi machen. Und das hat auch genervt. Außerdem war der unpünktlich. Unpünktlich ist gar kein Ausdruck.“

„Ich komm auch immer zu spät.“

„So? Ich nicht. Außer natürlich, wenn ich keinen Parkplatz finde.“

Wir lachen. Er hält noch immer meine Hand fest. Seine ist warm und sicher.

Wenn ich andere Männer Hand in Hand sehe, bin ich peinlich berührt. Nun sitze ich hier, und ein Mann hält meine Hand. Es ist ungewohnt. Eigentlich hat das noch nie einer getan. Nicht auf diese Weise. Höchstens versteckt und verstohlen, auf der Straße, wenn wir nebeneinander gingen und wahrscheinlich trotzdem jeder, den es interessierte, sehen konnte, daß wir zusammen waren. Dann hat es mal einer gemacht, hat seinen Handrücken gegen meinen geschoben und dann seine Finger in meine gehakt. Es war auf der Schönhauser Allee an einem Wintertag.

Seinen Namen habe ich vergessen, oder ich will mich nicht daran erinnern.

„Und bei dir? Wie lange hast du es geschafft?"

Er scheint zu überlegen, und ich füge hinzu: „Geschafft – das klingt wie Marathonlauf, was?"

Wir lachen. Sein Griff lockert sich, aber ich lasse die Hand nicht los.

„Acht Jahre."

„Immerhin."

„Da war ich damals in Hamburg. Wir sind noch gute Freunde, Holger und ich. Wir sind zusammen nach Berlin gezogen, und das war irgendwie das Ende."

Ich trinke das Bier aus. Ich will ihn nicht unterbrechen.

„Aber ich bin schließlich ein paar Jährchen älter als du."

Er sagt das irgendwie wichtig, als ginge es um eine Rechnung.

„O ja, sechs Jahre", raune ich ihm zu, „das ist verdammt viel."

Er guckt etwas komisch.

„Hast du auch schon den Vaterländischen Verdienstorden oder das Mutterkreuz? Ich meine, immerhin, in deinem Alter?"

„Hä?" Seine zusammengezogenen Augenbrauen entspannen sich wieder. Dann lacht er, er hat's kapiert.

„Quatsch, war nicht so gemeint, aber ich find dich wirklich jung", sagt er.

„Mach mal halblang! Jung ist fünfundzwanzig. Das ist jung. Und manchmal sogar dumm."

„Also hast du auch schon den Vaterländischen?" fragt er grinsend.

„Nein, den hab ich noch nicht, aber zwei, drei Versehrten-Medaillen sind's bestimmt."

„Noch ein Bier?"

„Gut, wenn wir nachher Briefmarken gucken gehen, kann ich noch eins trinken."

Er hält meine Hand. Immer noch. Wir sehen uns die Menschen an, die um uns herum sitzen. Aber wir lästern nicht. Es ist schön, wenn es reicht, still zu sein.

Kapitel 4

Es ist früh. Ich kann nicht ausschlafen, wenn ich ausschlafen könnte. Ich habe doch Urlaub.

Ich weiß nicht, ob es schön gewesen wäre, wenn Sebastian hier geschlafen hätte. Ich weiß jetzt, daß er als Krankenpfleger arbeitet, zweiunddreißig ist und nicht weit von mir wohnt. Er hat ein Zimmer im Haus seiner Schwester.

„Die weiß aber nichts", sagte er.

Dann hat er nicht mehr viel gesprochen, als wäre ihm plötzlich etwas eingefallen.

Wir haben das Bier getrunken, er ist dann noch mal steif geworden, und wir haben es abermals getan. Etwas ruhiger und zärtlicher als sonst. Aber danach war es wie immer. Nur daß er diesmal im Flur einen Zettel aus der Hosentasche gezogen hat.

„Hier, meine Funknummer."

Das Kissen riecht nach ihm. Es ist halb acht.

Ich gehe in die Küche, setze Kaffee an. Wenn es Sommer wird, dann scheint die Sonne morgens direkt in die beiden Fenster. Ich öffne das linke, stelle den Korbsessel davor, so daß ich die Beine auf das Fensterbrett legen kann. Ich will mich sonnen. Ja, ich bin braun, aber ich will brauner sein, denn schließlich hatte ich zwei Wochen Israel gebucht. Deshalb erwartet man von mir mehr Farbe.

Auf dem Tisch stehen zwei Tassen mit kaltem Kaffee. Der *Spiegel* liegt aufgeblättert da, und mein Flugticket. Der Mülleimer ist fast voll, aber ich stopfe es hinein, als wäre ich wütend. Setz es doch von der Steuer ab, sage ich mir, aber ich stopfe es noch weiter in den Eimer. Und ich schlucke.

Im Badezimmerspiegel sehe ich mich kurz an.

„Dein Gesicht ist ganz klar", hat Maria gesagt.

Ich putze dem klaren Gesicht die Zähne, sie wirken viel weißer als sonst.

Die Kaffeemaschine röchelt. Die Küche sieht ordentlich aus. Ich gehe mit der großen Tasse zu meinem Sessel, stelle sie auf den Tisch und breite mich aus.

Die Morgensonne ist schön. Ich habe keinen Balkon, aber dieses Fenster ist schöner. Ich kann die Rückfronten der Häuser gegenüber sehen. Abends sitzen in den Fenstervierecken Menschen an Küchentischen. Manchmal sehe ich ihnen zu. Sie sind ziemlich weit weg, und man kann ihre Gesichter nicht erkennen. Vielleicht sehen sie mir auch zu, wenn ich am Tisch sitze oder nackt koche.

Ich bin zu Hause fast immer nackt. Wenn ich angezogen bin, dann komme ich mir vor wie auf Besuch, wie ein Fremder in den eigenen vier Wänden. Deswegen ist es mir auch egal, ob mich die Dachdecker jetzt sehen, die gegenüber auf dem vierten Haus von rechts umherlaufen, sich nach Sachen bücken und einander Worte zurufen. Sie sind zu dritt. Ein Dicker mit kariertem Hemd, der zweite trägt eine Latzhose mit T-Shirt drunter, der dritte trägt einen Pferdeschwanz und hat nur eine Hose an. Von hier aus sieht er muskulös aus.

Ich trinke Kaffee. Mein Körper wird warm, die Sonne scheint auf mich. Es ist die Sonne, die ich kenne, und ich genieße sie. Sie ist freundlich. Sie brennt nicht. Man kann sich vor ihr verbergen; sie steht nicht an einem israelischen Himmel und sengt der Erde das Wasser aus der Haut. „Ich flieg in die Sonne", sagen manche und meinen eben diesen hochstehenden, heißen Stern. Sie meinen weiße Strände, auf denen man sich die Fußsohlen am Mittag verbrennt.

Ich will meine Sonne. Bislang dachte ich, daß Deutschland eigentlich keine richtige Sonne hat, daß der Sommer zu blaß ist und der Winter zu grau, um sich zu erholen. Aber ich weiß jetzt, daß ich das mag, daß ich so bin.

„Es sieht gar nicht aus wie Deutschland auf deiner Terrasse", habe ich ihm gesagt.

„Das ist auch der Punkt", hat er geantwortet und mit dem Zeigefinger in die Luft gepiekt. „Irgendwann will ich hier weg. In die Sonne. Ich will nicht hier alt werden."

Der Dachdecker mit dem Pferdeschwanz hat die Hände in die Hüften gestemmt und sieht über die Dächer, als suchte er etwas. Vielleicht schaut er auch nur Frauen hinterher, die unten auf dem Trottoir vorbeigehen, und er bildet sich ein, sie lachen einladend zu ihm hinauf, obwohl er aus dieser Entfernung nicht ausmachen kann, ob sie überhaupt lachen.

Vielleicht träumen auch Handwerker. Daß ihnen willige Hausfrauen Kaffee bringen, daß sie sich dann in der Mittagspause revanchieren und daß auf jeder Baustelle so eine Frau wohnt.

Vielleicht passiert das auch. Vielleicht oft. Möglicherweise kaum. Obwohl sicher viele Frauen davon träumen, daß der junge Mann einfach kommt und sie nimmt, heimlich und verstohlen auf dem Küchentisch, bevor der Ehemann heimkommt. Die Nachbarn dürfen es nicht mitbekommen, deshalb ist es ein stiller Akt, bei dem Worte nur gedacht werden, was sie noch schöner macht, denn wenn man auf diese Weise miteinander schläft, klingt alles vulgär. Das Schweigen aber verzaubert alles. Bis er sich im Bad reinigt und sie sich spült, wenn er gegangen ist. Dann nennt sie sich vielleicht Hure und schämt sich vor sich selbst und vor ihrem Mann, der gleich kommt, und vor den Kindern. Während auf dem Dach der Mann seinen Kumpels erzählt, wie er sie genommen hat und was für ein geiles Stück sie ist. Und weil er ihren Namen nicht weiß, nennt er sie einfach Fotze.

Möglicherweise ist das alles nicht passiert. Aber er erzählt es ihnen trotzdem, und die Kollegen lügen sich andere Geschichten zurecht, die irgendwo auf anderen Baustellen mit Frauen gleicher Bezeichnung nie geschehen sind.

Hier sitzen ist gut. Langsam komme ich mir vor wie mein eigener Patient kurz nach einer schweren Operation. Ich habe Angst, daß bei der nächsten Bewegung eine Narbe wieder aufbricht.

Aber ich war unter Narkose. Ich habe nichts bemerkt.

Es ist halb zwei. Wir waren die letzten Gäste im *Ufer*. Jetzt sind wir oben, im Dachgeschoß, fünf Treppen hoch. Ich atme schwer und stöhne etwas gekünstelt.

„Geschafft", sagt er und schließt die Tür auf. Einen Zettel mit seinem Namen hat er mit einer Reißzwecke gleich unter dem Spion angebracht. Hinter der Tür eine kleine Diele mit Garderobe und Schuhschrank, über dem Schuhschrank hängt ein Bild von Hildegard Knef.

Er steht im Wohnzimmer, läßt den Schlüsselbund auf den Tisch fallen und lacht.

„Hier wohn ich. Willkommen."

„Mannomann! Ganz schön weit oben."

„Ja, da bleibt man im Training."

„Hast du noch Freunde?"

„Was?"

„Na, wenn die bei diesem Umzug geholfen haben, möchten sie mit dem nächsten bestimmt nichts zu tun haben."

„Ach, ich bin schon dreizehnmal umgezogen. Da habe ich Routine, und die andern auch. Leg doch ab und setz dich."

Er deutet auf die dunkelblaue Couch, knipst eine kleine Lampe an, die auf dem Bord daneben steht und mehr verdunkelt als beleuchtet, und geht an den Kühlschrank, holt zwei Bier heraus. Die Küche ist durch eine Art Tresen vom Wohnzimmer getrennt.

Die Wohnung ist groß, eine Wand ist schräg, vor dem Dachfenster steht der Schreibtisch, ein antikes Ungetüm, dessen Schubladen mit finster blickenden Griffen versehen sind. Auf dem Tisch stapelt sich Papier um ein graues Laptop herum, das halb aufgeklappt ist, eine grüne Diode blinkt.

Gegenüber führt ein Flur ins Dunkel, dahinter liegt sicher das Schlafzimmer, ich sehe mich in der Balkontür. Im Halbdunkel auf der Couch sitzend, eine Flasche Bier in der Hand. Manchmal mag ich es, mich in einem Spiegel zu betrachten. Ich komme mir nicht sehr bekannt vor heute nacht. Er setzt sich neben mich. Es sieht fast schon zu selbstverständlich aus. Ich lehne mich zurück und sehe ihn an.

Er sieht mich auch an.

„Na?“

„Selber na“, antworte ich.

Er stellt sein Bier auf den kleinen Tisch neben die Lampe. Er kommt näher. Seine blauen Augen sind jetzt dunkel. Er riecht gut. Er ist ganz nah, nimmt mir das Bier ab, legt seine Hand auf meine Hand. Sie ist warm und etwas rauh. Der zweite Kuß ist länger. Er beginnt zwar verstohlen, aber seine Lippen scheinen jetzt weicher zu sein. Ich hoffe, er schließt die Augen beim Küssen. Ich knutsche seine Lippen noch weicher, weil ich ihn schmecken will. Meine Hand legt sich auf sein Gesicht, streicht über die Bartstoppeln, hält seinen Nacken fest. Seine Hand hält sich an meinem Rücken fest. Wir küssen. Immer besser. Dabei schiebt sich eine Hand unter mein T-Shirt. Und ich lasse meine Lippen wandern, küsse seinen Hals, nehme sein schönes Kinn in den Mund, lecke sein Ohrläppchen. Er atmet schwer. Er läßt sich küssen, bis er sich weiter wagt, seinen Kopf unter mein T-Shirt schiebt und nach meinen Brustwarzen sucht. Ich ziehe ihm das Hemd über den Kopf, fahre über seinen Rücken, lasse einen Finger unter den Hosenbund gleiten.

Endlich läßt er mich das T-Shirt ausziehen, wir stehen auf und küssen wieder, öffnen Gürtel, nesteln blind an Knöpfen herum.

Er hat einen schönen, kleinen Arsch, den ich mit beiden Händen festhalte. Sein Slip beult sich aus, ich drücke die Beule gegen mich.

„Was haben wir denn da?" flüstere ich.

„Komm", flüstert er und nimmt mich wieder bei der Hand; führt mich durch den dunklen Korridor ins Schlafzimmer. Wir ziehen alles aus, ich bin schneller und lege mich auf den Rücken, warte, bis er kommt und sich anschleicht.

„Ach so", sagt Maria und nimmt einen Schluck Pfefferminztee.

Sie hat sich wieder im Griff; ihr Make-up ist perfekt. Sie hat sich heute morgen die Haare schneiden und färben lassen, jetzt sind sie rot.

„Das hab ich gebraucht", sagte sie, als ich sie an der Tür empfing.

Die Frisur steht ihr. Obwohl Maria damit schmaler wirkt. Und härter.

Heute habe ich nicht gesagt: „Mit Pfefferminz bin ich dein Prinz". Ich sagte überhaupt nichts. Es ist kurz nach zwölf, die Sonne scheint längst nicht mehr ins Fenster, doch ich sitze noch im Bademantel davor. Bei Maria geht das; wir haben uns schon in jeder Verfassung gesehen. In fast jeder.

„Und du weißt auch nicht, was es gewesen sein könnte?"

„Ich habe keine Ahnung. Und wenn ich das geahnt hätte, wäre ich gleich zu Hause geblieben."

Maria rührt in ihrer Tasse und sieht mich an. Ihr Gesicht hat sich vom gestrigen Tag erholt, oder sie ist einfach nur gut geschminkt. Bis vor kurzem wußte ich nicht einmal, daß sie Make-up trägt, so unauffällig legt sie es auf. Sie sieht gut aus, mit sandfarbenem Lidschatten, einem dezenten Lippenstift, etwas Mascara. Sie sitzt auf meinem Sonnensessel und denkt nach. Ich bemerke immer sehr genau, wenn etwas in ihr vorgeht. Sie wird dann still für eine Zeit, igelt sich in ihre Gedanken ein. Und trotzdem ist Maria anwesend, nimmt auf, mustert, registriert.

Sie winkt nicht ab, schmeißt keinen messerscharfen Satz in den Raum, daß alles kindisch und durchschaubar ist. Das kann sie. Mit einem Satz kann sie einen treffen, mit einer gezielten Frage den Kern herausschneiden. Ihre Fragen sind einfach; das macht sie gefährlich. Ich mag ihre Fragen, ich kann nicht leben ohne ihre Fragen. Ich brauche ihre Zweifel, ich brauche ihre Augen, die in mich hineinsehen, vor denen ich mich nicht verstecken kann – weil ich mich nicht verstecken muß. Manchmal schmerzen ihre Fragen, fegen meine Ausflüchte weg, zerklopfen die tönernen Füße meiner Ausreden.

Aber ich schweige nun ebenfalls. Ich habe gesagt, was ich weiß. Das ist nicht viel im Moment. Sie denkt nach, sie überlegt sich vielleicht eine Frage.

„Haste noch einen Tee?"

„Klar. Noch mal Pfefferminz?"

„Ja, bitte." Sie spitzt den Mund etwas, als säßen wir in einem englischen Landhaus zum Five-o'clock-tea. Maria lächelt. Und es tut mir gut.

Ich gehe in die Küche und setze den Kessel auf, hole einen Teebeutel aus der schönen Dose mit der alten Suchard-Werbung drauf.

„Deine schöne Teedose." Maria grinst.

„Ja, die schönste Pfefferminzteedose. Nur für dich."

Wir lachen uns an. Ihr Gesicht ist entspannt, sie ist fertig mit Nachdenken. Aber sie lenkt ab – erst der Tee. Lässig an den Kühlschrank gelehnt, warte ich auf das Pfeifen des Kessels. Durch das Küchenfenster schaue ich der Wäsche zu, die sich im Wind bauscht. Weiße Laken. Frau Krawuttke, die unter mir wohnt, hockt an der einzigen Rabatte und zupft Unkraut.

„Wo warst du so lange?" sagt er und streicht über mein Gesicht. Ich zucke zusammen.

Der Kessel pfeift, ich gieße auf. Maria zieht ihren Mund zufrieden breit und stellt den Löffel in die dampfende Tasse.

Ich schenke mir noch Kaffee ein.

„Und was willst du jetzt machen?"

Es ist die richtige Frage, denn genau auf diese fehlt mir die Antwort.

„Ich werd ja wohl nicht am Sonntag zum Flughafen rennen und mit Blümchen auf ihn warten."

„Das habe ich auch nicht gefragt. Du, was willst du jetzt tun? Dich mein ich."

Maria leiert das Erste-Hilfe-Programm an: Wo ist der nächste Notausgang? Wieviel Rettungsboote sind verfügbar? In welcher Richtung liegt die Küste, und wie lange hält man im kalten Wasser durch?

„Ich? Ich geh nächsten Montag wieder arbeiten. Mehr weiß ich nicht."

„Vielleicht kannst du die fünf Tage noch irgendwohin fahren, für dich ganz allein. Damit du wenigstens noch ein bißchen Urlaub hast."

Maria ist jetzt pragmatisch. Sie hat kühl nachgedacht, und das ist das Ergebnis. Lara würde sich freuen.

„Du hast den Urlaub doch gebraucht. Du mußt noch etwas ausspannen, nächste Woche geht es wieder los."

Ich sage nichts. Es ist, als hätten Maria und Lara, obwohl sie sich nicht kennen, miteinander telefoniert.

„Mach was draus", sagen beide.

„Ich bin jetzt hier, und hier bleib ich bis Montag, dann geh ich arbeiten."

„Hast du deine Mutter angerufen?" Maria ändert die Strategie. Ablenkung, wie bei einem Kind, das sich beim Spielen das Knie aufgeschlagen hat, dem man ein Spielzeug vor die Nase hält oder ein lustiges Lied singt, bloß damit es aufhört zu greinen.

„Quatsch! Die denkt, wir sind in Israel. Glücklich und flitterwochenmäßig."

„Und wenn du zu ihr fährst?"

„Und dann? Sie hat doch überhaupt keinen Schimmer. Da muß ich dann erklären, was passiert ist, damit sie mich herzlich bemitleiden kann – und mich vollstopfen mit Schweinebraten und Streuselkuchen."

„Sei nicht so böse."

„Sie weiß gerade mal, daß ich jemanden kennengelernt habe und daß wir seit drei Monaten zusammen sind."

Maria runzelt die Stirn.

„Mehr hast du ihr nicht erzählt?"

„Was soll ich ihr denn erzählen? Sie soll froh sein, daß ich überhaupt was gesagt habe. Die letzten sechs Jahre hat die nix über irgendeinen Mann von mir gehört. Und das ist gut so."

Sie sieht mich, die Stirn noch immer gerunzelt, fragend an.

„Das muß ich jetzt nicht haben", füge ich hinzu. „Das ist dann die Bestätigung, daß im Leben eh alles schiefgeht. Damit rechnet die doch so oder so."

„Sie macht sich eben Sorgen."

„Ja genau. Das sind aber keine Sorgen, sondern Betäubungspfeile: Beweg dich nicht, dann passiert auch nichts Schlimmes."

Maria nimmt einen Schluck und holt Luft.

„Hör doch auf!" herrscht sie mich an. „Darum geht's jetzt gar nicht."

„Jedenfalls fahr ich nicht zu meiner Mutter. Wenn ich der sage, daß ich früher aus'm Urlaub abgehauen bin, dann hat sie wieder mal den Beweis, daß ich unglücklich sein muß. Das will ich nicht. Basta."

„Bist ja auch unglücklich."

Peng! Maria hat getroffen.

„Was soll ich denn machen? Erst mal muß er zurückkommen. Dann werden wir sehen."

„Und? Was werden wir sehen?"

Sie ist erbarmungslos. Ich will, daß sie ihren Tee austrinkt und mich in Ruhe läßt mit ihren Fragen. Vorher schieße ich zurück: „Was weiß ich?"

Sie sieht mich an, schweigt, fast anklagend.

„Soll ich nächste Woche bei ihm vorbeihopsen und fragen, wie's war, oder was? Nein, nicht nach dem Ding, das er in Israel abgezogen hat!" Ich rede mich in Rage: „Natürlich, ich dummer Affe geh hin und laß mir noch eine Abfuhr verpassen! Das kannst du vergessen, Maria."

Sie nippt am Tee. Sie bleibt sitzen und streicht mit dem Zeigefinger über die Untertasse, dann sagt sie listig: „Das wäre eine Möglichkeit."

„Eine Scheißmöglichkeit wäre das!" presse ich hervor.

Maria schubst den Teelöffel von der Untertasse und gibt umgehend Paroli.

„Na klar, so kenn ich das. Mach dich wieder dicht, laß den Zynischen raushängen, und tu so, als wär's vorbei."

Ruhig, ich muß ruhig bleiben.

„Im Moment bin ich gar nichts. Ich weiß nur, daß ich froh bin, daheim zu sein. Das ist alles."

„Ja", sagt Maria lakonisch, „das ist wenigstens was, aber so berauschend viel ist das nicht."

Sie bleibt sitzen, als wäre sie beleidigt, aber ihre Augen sind es nicht. Endlich trinkt sie ihren Tee aus, endlich steht sie auf. Ich bringe sie zur Tür. Sie dreht sich auf dem Treppenabsatz um.

„Tschüs, mein Kleener", sagt sie leise.

Er hat mir den Rücken zugedreht, obwohl wir gestern zusammen eingeschlafen waren. Er lag an meinem Rücken und hatte seine Hand auf meine Brust gelegt. Es ist schön, so einzuschlafen. Wir taten es, ohne Absprache. Als hätten wir uns schon oft genauso nebeneinandergelegt. Irgendwann schläft dann jeder für sich.

Ich sehe mich um. Auch das Schlafzimmer hat eine schräge Wand. Auf dem Wäscheständer hängen Slips. Eine Tür des Kleiderschrankes steht halb offen. Das große Dachfenster ist mit dunkelblauer Folie zugeklebt. An den Rändern schimmert Licht; es muß schon hell sein.

Seine Atemzüge sind ruhig.

Eigentlich könnte ich einen Zettel mit meiner Telefonnummer auf den Tisch im Wohnzimmer legen, schreiben, daß es schön war, und mich verdrücken. Dann warten. Vielleicht ruft er an, möglicherweise nicht. Wer weiß, wie lange seine weichen Knie von gestern noch nachwirken, ob er sich heute daran erinnert oder beide Beine wieder fest auf dem Boden hat. Das geht schnell. Dafür reicht eine Nacht, ein Quickie oder ein falsches Wort am Morgen, ein leichtfertiger Kuß. Danach wird alles peinlich. Beiden ist es peinlich, daß sie beide wissen, daß nun gelogen wird.

Lange habe ich nicht mehr woanders geschlafen. Auch bei mir, in meinem Bett, ist keiner mit mir aufgewacht. Die meisten Begegnungen finden am Nachmittag statt, am frühen Abend, vielleicht an günstigen Vormittagen, wenn ich frei habe oder erst später ins Büro muß. Dann ist keine Zeit für weiche Knie oder für sinnloses Kuscheln. Wir tun es, trinken was, halten nette, lockere Reden, der Typ geht ins Bad, ich werfe die gebrauchten Kondome in den Müll, wir tun es vielleicht noch mal, dann ist es vorbei. Alles hat seine Ordnung, niemand muß sein zerknautschtes Nachtgesicht verbergen oder sich am frühen Morgen vor Küssen drücken, denn vor Fremden schämt man sich des schlechten Geschmacks im Mund. Und küßt einer trotzdem, dann irritiert es.

Ich will jetzt eigentlich nicht denken. Aber als er sagte, er habe weiche Knie, bin ich zurückgewichen. Ich bin nicht verknallt; ich bin nur angetan. Der Sex war nicht besonders geil, er war unkompliziert. Er küßt mit harten Lippen. Es ist schwer, an seine Zunge heranzukommen. Es hat nicht lange gedauert. Es war anders. Doch ich weiß nicht, was anders war.

Ich horche in mich hinein. Ich würde mich gern verlieben. Er macht den Eindruck, als könnte ich mich in ihn verlieben. Es wäre schön, in ihn verliebt zu sein. Er ist anders. Er wirkt etwas gesetzt, und dennoch jünger als neununddreißig. Unauffällig, nicht angesteckt von den Kleidercodes, von farbigen Tüchern, olivfarbenen Bomberjacken, von zu engen T-Shirts oder klobigen Turnschuhen. In der Szene hätte ich ihn leicht übersehen.

Was würde sein, wäre ich verliebt? In ihn verliebt. Ich war es sechs Jahre nicht mehr. Sechs Jahre lang war ich begeistert, beeindruckt, geil, angewidert, belustigt, verwirrt, gelangweilt, angeheizt – aber nicht verliebt. Ich war kalt. Und bin es jetzt noch.

Wieviel Männer mögen sich in mich verliebt haben, ohne daß ich es bemerkte? Hat meine Ignoranz sie geschmerzt? Wußten sie, daß sie verliebt waren? Kann man verliebt sein, ohne es zu wissen?

Sechs Jahre sind eine lange Zeit. Sie wirken im nachhinein nicht lange, denn sie sind zerstückelt in Affären, in geile Nächte und kurze Begegnungen. Ich habe das alles nie sortiert. Es ist ein Durcheinander an Gesichtern, Worten und Orgasmen. Einmal, irgendwann, ich glaube es war 1996, habe ich eine Art Tagebuch geführt. Ich notierte sie mir; ich schrieb ihre Namen in meinen Kalender. Wenn ich ihn jetzt durchblättern würde, könnte ich wahrscheinlich etliche Namen keinem Gesicht zuordnen.

Am Ende des Jahres zählte ich zusammen und kam auf über fünfzig Männer, fast jede Woche ein anderer, manche traf ich öfter, andere kamen nur einmal vorbei. Wir erledigten den Sex, erfüllten ihn wie eine Pflicht, der man gerne, aber irgendwie gehetzt, nachkommt, hakten ihn ab wie einen Termin im Kalender und sahen uns nie wieder.

Ich bewege mich langsam. Morgens brauche ich eine große Tasse Kafee und eine Zigarette, sonst werde ich nicht wach. Langsam schleiche ich mich aus dem Bett, er schläft, ich will ihn nicht wecken. Mein Slip liegt neben meinen Socken, ich schnappe mir das Bündel Unterwäsche und gehe auf Zehenspitzen in die Küche. Es ist hell draußen; die Küchenuhr zeigt auf halb acht. Es ist früh für einen Samstag, und ich würde gern noch schlafen. Aber wenn ich ausschlafen könnte, kann ich nie ausschlafen.

Hinter dem kleinen Tresen steht eine Kaffeemaschine, daneben Filtertüten und eine Blechdose. Na bitte, ich muß also keine Schränke öffnen, was ich hasse, bei mir wie bei anderen.

Sechs Tassen müßten reichen. Für den Fall, daß er aufwacht und auch einen haben will. Ich kann guten Kaffee kochen. Mein eigener schmeckt mir immer am besten.

Ich setze mich auf den zweiten Hocker, nachdem ich mir meinen Slip angezogen habe.

Das Zimmer ist groß. Auf der dunkelblauen Couch liegen mein Hemd, meine Armbanduhr und eine Socke von ihm. Die Tür zur Terrasse ist etwas beschlagen. Daneben stehen auf einem Buchenholzpodest der Fernseher und die Stereoanlage, ein kleines Kompaktgerät mit nervös blinkender Standby-Leuchte.

Die CDs sind in IKEA-Regale sortiert; an der Wand hängt ein Porträt der Knef. Ein später Schnappschuß, aus den frühen siebziger Jahren vielleicht, mit falschen Wimpern, einem Mikrofon und zusammengepreßten Lippen. Aufgenommen bei irgendeinem Konzert oder halbwegs nachempfunden in einem Fotostudio.

Ich möchte am Montag mal Sonntag haben, fällt mir ein, und ich summe es. Er ist Knef-Fan. Ich kenne nicht viel von ihr. Mein Summen geht über in *Ich brauch Tapetenwechsel, sprach die Birke*. Das einzige Lied, das ich textsicher mitsingen könnte, weil ich immer lachen muß, wenn die Birke das Buchenpaar trifft, von dem die eine Buche sagt: *So was wie Sie hat nicht einmal ein Nest*.

Ich summe leise. Ich müßte es nicht, ich kann mir Musik im Kopf vorspielen. Wenn in der Schule 3000m-Lauf angesagt war, legte ich mir eine Lieblingsplatte auf und spielte sie beim Laufen exakt ab. Manchmal sogar mit den Kratzern des Originals. So verging die Zeit und die Stadionrunden waren nicht so irrsinnig lang und stupide. Manchmal, wenn ich auf einer langweiligen Redaktionskonferenz sitze, ohne Buch S-Bahn fahre oder in irgendeinem Wartezimmer die Zeit totschlagen muß, tue ich das heute noch. Ich spiele mir *ABBA*-Songs vor, lege eine Scheibe von Madonna auf, manchmal Bette Midler. Ich überspringe dann *I Think It's Going to Rain Today*, weil mich dieses Lied traurig macht. Obwohl ich traurige Lieder liebe.

Die Kaffeemaschine röchelt. Ich rutsche vom Hocker, suche eine Tasse, öffne doch eine Schranktür und finde sofort die Kaffeebecher. Ich suche mir einen in Blau aus. *Sleepless in Seattle* steht drauf.

Sollte ich ihm Kaffee ans Bett bringen? Brötchen holen, Frühstück machen? Ich habe keine Lust. Außerdem weiß ich nicht, ob es ihm recht ist, daß ich noch hier bin. Vielleicht rechnet er damit, daß ich mich längst verdrückt habe.

Durch das Küchenfenster sind in der Ferne die Kräne am Potsdamer Platz zu sehen. Sie drehen sich langsam, fast majestätisch. Wie ein Wald aus Metall oder eine Versammlung seltsamer Insekten. Ich bestaune sie immer wieder. Wenn ich in der S-Bahn sitze und die Baugruben sehe, so tief und so weit, dann zweifle ich immer daran, daß je etwas fertig werden könnte. Mir sind Baustellen lieber.

„Ach, da bist du."

Ich drehe mich um. Er steht im Türrahmen, nur mit Boxershorts bekleidet, und lächelt. „Guten Morgen", sage ich.

„Moin."

„Na, gut geschlafen?" frage ich. Was soll ich sonst sagen?

„Ich dachte schon, o nein, jetzt ist er abgehauen. Aber dann habe ich deine Sachen noch rumliegen sehen." Er lächelt.

„Kaffee?"

„Ja."

„Ich hab mich schon bedient. Bin immer so früh wach. Bist hoffentlich nicht sauer deswegen."

„Wieso?"

„Na, ich war an deinen Küchenschränken."

„Was? Das ist ja unglaublich!" Er kommt und umarmt mich. „Unglaublich ist das." Er küßt meinen Hals. „Was machen wir denn da mit dir?"

Ganz warm ist er. Ich küsse zurück und streichle seinen Rücken.

„Du könntest die *Berliner Abendschau* anrufen. Falls heute im KaDeWe keine Handtasche geklaut wird, dann haben die eine Meldung für die Abendnachrichten."

Er grinst und macht sich mit einem Kuß auf meine Wange los, schaut mich irritiert an: „Wie?"

„Ostdeutscher in West-Berliner Wohnung: Nicht mal die Kaffeetassen waren sicher."

Er grient. Seine Augen sind graublau und freundlich. Mir fällt auf, daß er viele graue Stoppeln hat, seine Ohren stehen etwas ab.

Er geht um den Tresen herum in die Küche, holt sich eine rote Tasse aus dem Schrank und schenkt sich ein.

„Gut. Ich kann das nachher in die Redaktion noch faxen. Zigarette?"

Ich bin froh, daß auch er raucht. Das Morgenlicht schneidet die blauen Schwaden in Scheiben. Er setzt sich neben mich hin, sein Knie wackelt etwas nervös. Seine Haut ist sehr glatt, auf der Brust wachsen ein paar Haare. Sie sind schon grau. Ansonsten sieht er fast wie ein Knabe aus, zart, aber drahtig, fast dünn, aber muskulös.

„Das letzte Mal bin ich so verlassen worden", sagt er plötzlich.

„Wie verlassen?"

Sein Knie hört auf zu wippen, er zieht an der Zigarette, stößt den Rauch durch die Nase und tippt mit dem Zeigefinger die Asche in den Aluminiumaschenbecher.

„Na so, über Nacht. Ich bin aufgewacht, und da war er weg. Nach zehn Monaten."

„Habt ihr euch gestritten oder was?"

„Nein, das ist es ja. Ich weiß bis heute nicht, warum er gegangen ist."

Sein Mund verzieht sich zu einem verunglückten Lächeln, als hätte er Zahnschmerzen.

Es gibt für mich nichts Schlimmeres als Verflossene, also halte ich mich zurück. Im Grunde hasse ich sie, obwohl sie nichts dafür können. Ich hasse ihre schattenhafte Anwesenheit, ich hasse, mit ihnen verglichen zu werden. Aber wer ist schon heil in unserem Alter? Immer gibt es ein Davor und die dazugehörigen Ex-Männer. Sie sagten Dinge, besaßen Namen und Gesichter, schöne Augen. Alle Augen sind schön, wenn sie den Richtigen ansehen. Ob es nun der passende Kandidat ist oder nicht.

Die Unpassenden sind hartnäckiger. Die Erinnerungen an sie sind langwierig. Wie ein Schnitt, der nicht ausheilen will.

Soll ich nun bohren, ihn nach diesem Mann fragen? Er interessiert mich nicht, und wenn, dann würde ich es nie zugeben. Trotzdem, er hat das Thema angeschnitten. Ich bin nicht über Nacht verschwunden wie ein Unwetter. Ich bin hier, und es war bis jetzt nicht schlecht mit ihm, gestern abend und letzte Nacht. Warum soll ich also schon mein Urteil fällen?

„Habt ihr euch danach noch mal gesehen?"

Er nimmt einen Schluck Kaffee. Sein Mund ist noch immer etwas schief, aber es ist kein Lächeln mehr auf seinem Gesicht, es ist eine Art von Traurigkeit, von bitterer Traurigkeit.

„Er hat am Telefon gesagt, daß er mich einfach nicht mehr liebt. Aber ich weiß nicht, ob das bloß ein Vorwand war. Der hatte eine Menge Probleme mit sich."

Er macht eine kurze Pause. Ich sage nichts, alles kann gegen mich verwendet werden in so einem Fall. Nichts ist sicher, und wenn sich zwei trennen, sollte man keiner Version glauben. Das sagt jedenfalls mein Kopf.

„Eigentlich war es nervig mit ihm. Mit der Wende ist er nicht klargekommen, ständig hat er von alten Zeilen geschwafelt und daß das mit der Stasi richtig war; und sein Coming-out hatte er auch erst mit Dreißig. Mein Gott." Er schüttelt den Kopf, als würde er es noch immer nicht fassen.

„Das ist spät", sage ich, weil es spät ist. Ich hätte auch „Besser spät als nie" oder „Es ist nie zu spät" sagen können. Vielleicht noch: „Wer zu spät kommt, den bestraft das Leben". Mir ist sein Ex-Freund egal, und ich weiß nicht, was ich von dem Mann, der jetzt neben mir sitzt und verschwommen in Richtung Küchenfenster starrt, der Angst hatte, daß ich über Nacht verschwinden könnte und der beim ersten Kuß weiche Knie bekommt, halten soll. Vielmehr, ich weiß nicht, was ich von mir halten soll, denn meine Knie sind nicht weich geworden bei diesem Kuß.

„Aber ich hab's eben nicht verstanden."

Jetzt ist es Zeit, egoistisch zu werden, abzutasten, wie die Chancen stehen. Das große Partnerquiz hat begonnen, und welche Antwort einen Preis bekommt, ist ungewiß. Es geht um Nuancen, um Tonfälle, um Pausen zwischen zwei Worten; kleinste Anzeichen sind wichtig in diesem Spiel. Sie werden auf einem Punktekonto gesammelt, und die Punkte sammeln sich wie Haare in einem Duschabfluß. Also frage ich: „Liebst du ihn noch?"

„Na ja, ich würde nicht noch mal was mit ihm anfangen, nicht nach dem Ding. Das geht nicht."

Das ist ein Punkt für ihn. Er ist ausgewichen, ein klares Nein hätte mir gereicht. Ein gelogenes. „Vorsicht!" raunt der Quizmaster dem Kandidaten zu. Es gibt Geister, sie spuken umher, bringen alles durcheinander.

Ich nehme einen Schluck Kaffee. Ich will ein anderes Gespräch führen, doch werde ich keine alten Geschichten auspacken. Nicht, daß ich keine hätte, sie sind zu weit weg.

Ich könnte von Olaf erzählen, der immer zu spät kam und mich sogar zweimal versetzte. Ohne Entschuldigung. Ohne sich überhaupt einer Schuld bewußt zu sein. Helge in Hamburg schrieb mir von einem auf den anderen Tag, daß es wohl keine Liebe war, danach habe ich erst bemerkt, daß es doch Liebe war, jedenfalls bei mir. Franz hat vielleicht auch nicht verstanden, warum ich ihn verließ, er war acht Jahre älter, ich war fünfundzwanzig, und so nahm er meine Meinung grundsätzlich nicht ernst, bis zum Schluß nicht. Nicht mal meinen Abschied nahm er für voll.

Manchmal wäre es schön, sie alle wieder zu treffen, sie zu fragen, wie es ihnen ging, in der Zeit nach mir. Ob ich ihnen fehlte, ob ich etwas sagte oder tat, das immer bei ihnen ist, an das sie oft denken, wenn sie allein sind. Ob auch sie sich gemartert, sich Fehler und Schwächen vorgeworfen und Szenen noch einmal erlebt haben. Erinnern sie sich an meinen Körper, an die Art, wie ich mit ihnen schlief, gefielen ihnen meine Küsse oder wurden sie ausgelöscht durch die Küsse meiner Nachfolger. Oder ging es ihnen gut nach mir? Waren sie froh, mich los zu sein?

Ich habe viele Dinge vergessen, aber einige sind noch immer bei mir. Es ist schön, wenn sie da sind, doch deswegen will ich nicht die Zeit zurückdrehen. Es wäre, als würde ich mir wünschen, noch einmal zwanzig zu sein. Das klingt verlockend, aber das ist es nicht. Ich will nicht von vorn anfangen, nicht noch einmal alle Entscheidungen treffen müssen, die ich getroffen habe, ohne zu wissen, was passieren würde. Denn noch einmal zwanzig zu sein mit der Erfahrung eines Vierunddreißigjährigen wäre ein zynischer Spaß, ein abgefucktes Spiel, in dem ich vielleicht die Männer bekäme, die ich seinerzeit übersehen habe – mehr nicht.

Nein, kein Wort darüber. Später vielleicht. Wenn es denn ein Später gibt. Denn möglicherweise ist es nur ein Vielleicht, das sich durch ein, zwei unbeantwortete Anrufe oder mit einer kühlen Absage erledigt.

Ich habe mir meine Männer herausgeschnitten, sie gelöscht wie eine Datei vom Computer. Ich habe sie vergessen wollen. Vor einigen Jahren hat das funktioniert. Aber nicht lange. Da war ich der Konsequente, wollte den harten Mann spielen. Heute weiß ich, daß das mit dem Herausschneiden ein Experiment war. Es hat nicht sehr gut funktioniert.

Fakt ist nur, daß ich keine Liebe habe, zu der ich zurück will, der ich nachtrauere. Ich war zu sehr mit mir beschäftigt. Ich ahnte nicht, daß ich auch andere verletzen könnte, habe es getan und mich bemüht, alles schnell zu vergessen, weiterzugehen.

Heute fällt mir alles wieder ein. Es ist weit weg. Sechs Jahre ist Olaf her; mit ihm war es nicht mal ein Jahr. Das ist mein Rekord.

„Wie spät ist es eigentlich?"

Ich sehe auf die Uhr: „Halb zehn. Soll ich abhauen?"

Er drückt die Zigarette aus, meine ist längst kalt, und reibt sich mit der flachen Hand über die Brust.

„Eigentlich muß ich heute nach Dresden. Eine Freundin hat Premiere am Theater. Da bin ich eingeladen, wollt auf jeden Fall hin. Was hast du vor?"

„Ich? Nichts Spezielles. Wochenende halt."

Noch immer streicht er sich über die Brust, sein Blick schwenkt vom Fenster zu mir, er sieht mich an, und die Traurigkeit, die eben noch in seinen Mundwinkeln saß, scheint verflogen.

„Lust hab ich keine."

Es hat mich mißtrauisch gemacht, denn ich werde nicht gern mit einem Phantom verglichen. Und ich weiß, wie gefährlich diese Schatten sind.

Es fühlt sich gut an, hier zu sitzen. Er fühlt sich gut an, und er sieht wirklich gut aus. Eigentlich eine gute Partie. Vielleicht sollte ich mir die nächste Liebe genauso vorstellen. Es wäre ein schöner Anblick. Er ist nicht blöd, seine Wohnung zeigt Geschmack und Geld, wir arbeiten fast im gleichen Metier.

Mit ihm auszugehen wäre schön, denn es ist besser, mit einem gutaussehenden Mann aufzukreuzen als mit einem Durchschnittstypen, der sich still in die Ecke stellt, so daß ich immer das Gefühl bekomme, mich zu wenig um ihn zu kümmern.

Eigentlich ist er, wenn ich alle Pluspunkte zusammenzähle, ein Traummann. Uns hätte ebensogut ein Computerprogramm aussuchen können. Er ist zwar älter, aber die sechs Jahre stören mich nicht. Im Gegenteil. Ich bin nicht auf Jüngere scharf. Unter fünfundzwanzig ist manchmal ganz nett, es schmeichelt, wenn so ein Bursche mich anbaggert und auf mich heiß ist. Aber so, für länger, ziehe ich dieses Alter nicht mehr in die engere Wahl. Würde ich jetzt den Fünfundzwanzigjährigen treffen, der ich mal war, ich ließe auch ihn links liegen.

Im Bad ertönt ein Grunzen. Die Brause wird ausgestellt. Die Badezimmertür öffnet sich einen Spalt, und sein frisch gewaschener Kopf erscheint, leicht gerötet und lachend.

„Alles klar?"

Ich nicke, und die Tür klappt wieder zu. Ich rauche noch eine und weiß, daß ich zuviel rauche. Ich bin etwas nervös. Da kommt er schon aus dem Bad. Ich drehe mich um, er ist noch nackt, das Handtuch um die Hüften geschlungen.

„Fertig! Du kannst duschen. Handtücher liegen hier rechts hinter der Tür."

Ich drücke die Zigarette aus.

„Gut, dann geh ich mal", sage ich und gebe ihm im Vorbeigehen einen Klaps auf den Po.

Alles ist an seinem Platz im Bad, das allerdings mit schrecklichen Siebziger-Jahre-Fliesen gekachelt ist, irgendein freudloser Grünton mit dunkelbraunem Blumenmotiv, die Wanne ist ockerfarben. Ich rümpfe die Nase, als ich in die Wanne steige, denn es ist ein häßliches Ocker. Irgendwer muß unsere Eltern damals manipuliert haben. Sie fanden Beige, Ocker und Dunkelbraun toll, offenbar sowohl in Ost als auch in West. Oder die im Westen haben damit angefangen, und wir im Osten fanden eh alles schön, was von drüben kam, selbst dieses Ocker, das mich immer an Babykacke erinnert.

Die Mischbatterie zickt, der Duschkopf sieht wie eine Keule aus, und auch der Wasserhahn ist klobig, mit monströsen Hebeln versehen. Erst ist es zu kalt, dann verbrühe ich mich fast.

Da ich nicht mit einer Übernachtung gerechnet habe, benutze ich seinen Deoroller. Für ein Eau de toilette kann ich mich nicht entscheiden, denn die Düfte auf dem Glasregal kenne ich nicht. Der Spiegel ist beschlagen, und ich wische mit der Hand ein Stück klar. Ich sehe mich an und lache.

Vielleicht ist es der Sex, der einen am Morgen danach immer jünger aussehen läßt. Vielleicht sieht man mit einem Lachen immer jünger aus, obwohl ich erschrecke, wenn ich mich auf Bildern lachen sehe. Dann glaube ich denen, die mich immer schon ein paar Jahre älter geschätzt haben, als ich wirklich bin.

Er ist vierzig und sieht jünger aus. Ich bin vierunddreißig und wirke älter. Paßt ja eigentlich gut.

Ich summe wieder. Irgend etwas. Ich lege jetzt keine Platte auf. Ich werfe mir noch einen Herzensbrecherblick zu, dann haste ich ins Wohnzimmer, das Handtuch um mich geschlungen, und bin in Null Komma nichts angezogen.

Die Tür zur Terrasse steht offen. Draußen scheint die Märzsonne, es ist kühl. Er steht an der Brüstung und stochert mit einem Stock in einem der Blumenkästen herum.

Leere tönerne Töpfe stapeln sich an der Wand. Unter dem Fenster, das zur Küche zeigt, steht ein runder Tisch, auf dem ein zerfleddertes Wachstuch liegt. In den beiden Blumenkästen auf der Brüstung wachsen kleine Nadelbäume, Lärchen vielleicht. Ich bin nicht gut in Pflanzenkunde.

„Kann's gar nicht erwarten, daß es Frühling wird. Dann wuchert hier alles zu. Ich liebe es."

„Sicher schön. Ich hab mir geschworen, meine nächste Wohnung wird auch einen Balkon haben."

„Hast du keinen?"

„Nö, aber trotzdem einen schönen Ausblick und ein herrliches Sonnenfenster. Fast so schön wie ein Balkon."

„Ich hab immer von so einer Terrasse geträumt. Aber in diesem Land hat man eh nur maximal zwei Wochen richtig Sommer. Der Rest ist Beschiß."

„Ich geh mal wieder rein, meine Haare sind noch naß."

„Ich komm mit. Hast du Hunger?"

Er folgt mir zu den beiden Hockern. Ich setze mich, streiche mir ein paar Tropfen von der Stirn.

„Hunger? Eigentlich nicht so richtig. Ich muß so langsam gehen, weiß ja nicht, wann du los mußt, wegen Dresden und so."

Ich könnte anders fragen, offener zeigen, daß ich eventuell noch nicht viel vor habe an diesem Wochenende. „Fährst du nun nach Dresden?" Das wäre etwas plump und klänge ungeduldig. „Wie lange bleibst du in Dresden?" Das klingt gleich so, als könne ich es nicht erwarten, ihn wiederzusehen. „Willst du wirklich heute nach Dresden?" Nein, auch nicht. Meine Frage war gut. Er ist dran, er muß wissen, was er will, was er zu tun und zu lassen hat. Aber er steht da, strahlt mich an, und sein Mund hat jetzt etwas Schalkhaftes.

„Ich fahr nicht. Hab schon angerufen. Bin viel zu erkältet." Dabei macht er ein theatralisch erkältetes Gesicht, geht einen Schritt auf mich zu, legt seine Hände an mein Gesicht und gibt mir einen Kuß.

„Mich hat da irgendwas erwischt." Er ist jetzt ganz nah. „Hast du Lust auf ein Wochenende mit mir?"

Ich freue mich so, daß ich glaube, mein Lächeln gerät etwas zu breit, aber ich freue mich wirklich.

„Du willst mich also anstecken?"

Meine Hände gleiten zu seinem kleinen, knackigen Arsch, der in Jeans noch knackiger aussieht. Ich drücke seinen Unterleib gegen meinen, und bevor ich ihn küsse, sagt er: „Ja."

Kapitel 5

„Hallo, Matze, ich bin's." Ich habe es nun doch getan. Bei Mutter melde ich mich nicht, aber Matze rufe ich an. Er kann nicht helfen, aber ich will, daß er es weiß. Fast ist es, als sei jemand gestorben.

„Du? Woher rufst du denn an, vom Gazastreifen?"

„Nein, aus der Siemensstraße."

„Spinnst du jetzt, oder gibt's in Tel Aviv auch eine Siemensstraße?"

„Nein, gibt es nicht. Ich bin in meiner."

Matze macht eine Pause; ich halte auch die Luft an.

„Was ist denn los, Kleener? Ihr wolltet doch zwei Wochen bleiben."

„Jetzt bin ich aber da."

Die Feststellung hängt unvollendet in der Leitung, ein Satz ohne Punkt. Ich registriere genau, daß sich der Stein in meiner Bauchhöhle wieder schwerer anfühlt, daß meine Stimme kratzig klingt.

„Bist du alleine zurückgekommen, oder was?"

„Ja."

„Das ist jetzt nicht wahr!"

„Doch."

„Ach nee!" Er sagt es bedauernd, als wüßte er, was passiert ist, und setzt hinzu: „Aber es war doch alles okay bei euch."

„Dachte ich auch. Aber da hab ich mich wahrscheinlich getäuscht."

„Was war denn?"

„Ich kann das jetzt nicht erzählen. Aber ... er hat nicht gesagt, was passiert ist, doch irgendwas ist passiert. Das weiß ich. Und sonst? Scheiße."

Ich habe Angst, daß es lächerlich klingt, wenn ich es erzähle, daß ich vergebens zurückgekommen bin, daß es genauso vergeblich war, wegzufahren, daß alles nur ein lascher Spaß gewesen ist, banal und lächerlich.

„Was machst du heute abend?"

„Nichts, ich hab ja noch Urlaub."

„Kommste rum auf ein Bier? Heiner ist auch da. Wir können quatschen und ein bißchen um die Häuser ziehen."

„Ja, das wär schön. So gegen acht?"

„Gut, bis dann. Und laß den Kopf nicht hängen."

Es knackt in der Leitung. Matze hat sich nichts anmerken lassen, ich weiß aber, daß er besorgt ist. Vielleicht sagt er jetzt eine andere Verabredung ab. Er tut so etwas für mich. Ich würde es auch für ihn tun.

Ich dachte mal, ich liebe ihn. Aber wir kennen uns wahrscheinlich zu gut, als daß aus uns ein Paar werden könnte. Immerhin hatten wir eine Affäre. Fast ein Jahr lang.

„Was machen wir zwei eigentlich?" fragte er irgendwann.

„Ich weiß nicht, was meinst du?"

Wir lagen auf meiner großen Matratze. Ich streichelte ihn. Er ist eigentlich nicht mein Typ, ich eigentlich nicht seiner. Aber wenn wir miteinander schliefen, dann verstanden wir uns. Wenn ich ihn anfaßte, wurde ich geil auf ihn.

„Wir müssen uns entscheiden, glaub ich", sagte er. Damals hatten er und Heiner sich getrennt, im Guten. Sie leben heute noch zusammen. Zwischen Heiner und mir gab es nie Konkurrenz. Wir wußten viel zuviel voneinander, bevor uns Matze endlich vorstellte. Und wir mochten uns auf Anhieb. Als ich Heiner zum ersten Mal gegenüberstand, konnte ich nicht verstehen, wie die beiden es fünf Jahre miteinander geschafft haben.

Matze, der schmale, fast knabenhafte Junge, der längst kein Junge mehr ist, der mit seinen siebenundzwanzig Jahren mehr erlebt hat als mancher Rentner. Wer ihn nicht kennt, unterschätzt ihn möglicherweise. Auf den ersten Blick wirkt er wie einer dieser Jüngelchen, die sich die Birne mit Speed volldröhnen und am Wochenende in Techno-Kellern abtanzen. Aber so ist er nicht. Matze ist ernsthaft, obwohl er viel lacht. Er ist einer der wenigen Menschen, die ich erwachsen nennen könnte, ohne zu wissen, ob ich es bin: erwachsen.

Heiner ist fast zehn Jahre älter, stämmig, mit einem groben Männergesicht und kurzgeschorenen Haaren. Wenn er seine Bomberjacke trägt, wirkt er fast brutal. Aber er ist sanft, seine Stimme ist tief und weich. Meist ist er still. Immer ist er wach.

„Er frißt alles in sich rein", sagt Matze manchmal, wenn sie Zoff hatten. Sie ergänzen sich. Ihre jetzige Beziehung ist nicht aus der Not geboren, es ist keine erlogene Freundschaft, wie sie Pärchen beim Schlußmachen aushandeln, nicht einer dieser nutzlosen Abkommen, die die Wahrheit zu einer Farce reglementieren. Sie lieben sich, aber sie lieben sich nicht mehr. Sie geben sich ein Zuhause. Wenn ich bei ihnen bin, dann fühle ich mich auf eine Art daheim. Heiner kocht meist, und Matze sitzt mit mir am Küchentisch. Wir reden, lachen, nehmen uns auf die Schippe, sprechen über Dinge, die uns passiert sind. Knapp und genau, ohne Floskel. Wir brauchen keine keimfreie Konversation. Es gibt nichts zu verbergen.

Manchmal gehen wir trinken. Saufen. Ziehen von Schuppen zu Schuppen, nur um die herumstehenden Typen links liegen zu lassen und uns totzukichern. Wir taxieren sie, foppen, flirten verlogen und kriegen uns nicht mehr ein.

Matze und Heiner durchschauen mich, und ich weiß, daß ich sie deswegen ernst nehme.

Matze kennt mich, er ist wie ein Seismograph, der jede Veränderung, jeden meiner Aggregatszustände am Klang meiner

Stimme, an der Art, wie ich ausweiche oder ihn ansehe, registriert. Ihm kann ich nichts vormachen. Bei Maria klappt das zuweilen, aber auch nicht gut.

„Lassen wir es, wie es ist?" Matze stellte die Frage, den Kopf auf meiner Brust, mich streichelnd. Ich sah ihn an, fuhr ihm durchs Haar und sagte: „Ich glaube, es ist besser, wenn wir es so lassen."

Wir hätten uns zerstören können. Zwischen uns ist eine Verwandtschaft. Liebe ist es nicht. Oder es ist Liebe, und wir haben sie nur nicht erkannt. Wenn es so wäre, dann ist das der größte Fehler in unser beider Leben, oder es ist das Klügste, was wir beide je getan haben. Wir könnten uns zerstören, wie gesagt, so gut wie wir uns kennen, so sehr wie wir uns mögen.

Manchmal denke ich, eigentlich müßte meine große Liebe Matze und seiner Art, Dinge zu betrachten, ähneln. Das tat die Liebe jedoch nie. Heute abend sehe ich ihn, und ich werde nicht viel sagen müssen. Er wird es verstehen. Wie immer.

Auf meiner Einkaufsliste steht Kaffee, Brot, Filtertüten, Zigaretten, Nudeln und Butter. Es fällt mir sicher noch etwas ein, wenn ich zurück bin. Es ist halb eins. Ich vergesse, den Anrufbeantworter einzuschalten. Ich weiß, daß ich es vergessen habe, und es ist mir egal. Ich will, daß es mir egal ist.

Ich drehe den Schlüssel in der Tür und gehe die Treppe hinunter. Meine Hand klopft prüfend auf die rechte Arschtasche meiner Jeans. Geld dabei, Zigaretten auch, noch zwei Stück sind in der Schachtel. Im Briefkasten liegt nur ein Flyer, der für eine Installationsfirma wirbt. Ich werfe ihn draußen in die Mülltonne.

Es ist ein schöner Tag. Noch ist das Grün an der kleinen Linde vor der Haustür frisch und hell.

„Ich bin ziemlich launisch", sagt er drohend und steht an der Terrassentür, in einer Hand ein Bier, in der anderen eine Zigarette. Aber er lacht dabei.

Durchatmen, Luft, ein freundlicher Tag und eine freundliche Sonne, Lindenbäume am Straßenrand, keine gelb brennende Steinwüste. Ich zünde mir auf dem Trottoir die vorletzte Zigarette an.

Ich rauche zuviel. Ich weiß. Ich werde nicht aufhören. Es schmeckt mir zu gut. Auf die unbewußten Zigaretten würde ich gern verzichten, auf die, die ich im Streß in mich hineinziehe, ohne sie zu schmecken, die, bevor ich noch rauche, schon aufgeraucht sind, die manchmal auch von ganz alleine zu Asche verglimmen, wenn ich am Computer sitze und Rechnungen aufstelle, neue Zettel bekritzele und nach alten bekritzelten Zetteln suche.

Ich gehe die Siemensstraße langsam bis zum Ende, rauchend, mich umsehend, als ginge ich zum ersten Mal seit Jahren hier durch. Fassaden sind neu verputzt, ein Stück Gehweg ist frisch gepflastert, in einem Hinterhof entdecke ich eine Glas-Metallkonstruktion mit Fenstern wie Schießscharten und einem blankpolierten Messingschild, das auf ein Architektenbüro hinweist. Es wird langsam teuerer, hier zu wohnen. Ich will im Osten bleiben, bei den hohen Fensterkreuzen, den altehrwürdigen, massigen Eingangstüren, die etwas gequält, aber herzlich ihr Willkommen quietschen. Die renovierten Häuser stehen stolz in der Reihe, aber ihre unrenovierten, schäbigen Nachbarn, deren Balkons längst nicht mehr zu betreten oder abgeschlagen sind und denen manchmal eine kleine Birke aus der Dachrinne wächst, ducken sich nicht. Sie warten nur auf ihre Zeit.

Ich war lange nicht mehr hier spazieren, jedenfalls nicht alleine. Sonst entdecke ich das Neue nur, wenn ich Besuch habe, dem ich meinen Kiez zeige. Dann staunen sie und sagen, wie schön es doch eigentlich hier sei. Mich stört dieses „eigentlich“.

Ich gehe zum Park. Er ist zwei Querstraßen entfernt. Ich muß ihn wieder mal allein sehen, ohne erklären zu müssen, ohne Gespräche zu führen. Das muß jetzt sein.

Meine Beine tragen mich, mein Schmerz sitzt im Magen, und ich gewöhne mich daran. Es ist, als laufe nicht ich, sondern als tue mein Körper das, was mein Kopf von ihm verlangt. Nicht widerwillig, er scheint nur müde. Und fremd.

„Ich bin wie taub, als wäre ich gar nicht ich“, habe ich gesagt.

„Du bist außer dir", konstatierte Maria. „Das ist nicht so dahin gesagt: ‚Ich bin außer mir'. Da steckt schon was dahinter."

Ich habe mich für diese Weisheit bedankt, aber sie hilft mir lediglich, meinen Zustand zu benennen. Ich hätte keine Bezeichnung dieser Qualität gefunden, denn eine Bezeichnung ändert den Zustand nicht.

„Ich bin bei mir", fällt mir ein. Daß es nicht stimmt, weiß ich.

„Wein dich doch mal richtig aus", hat Maria geraten, „heule mal richtig. Das hilft."

Ich liebe Buchen. Ihre Farben, das tiefe Rot. Die schönste Buche im Park steht am Hang, entfernt vom Weg, hat tief hängende Äste. Ich setze mich hin; der Park ist still um diese Zeit. Keine Touristen, keine Kinder, keine Hunde. An den Sonntagen müssen die Spaziergänger einander aus dem Weg gehen, sich über nicht angeleinte Hunde echauffieren, über vorlaute Kinder die Nase rümpfen und trotzdem so tun, als genössen sie den Park. Unter der Buche ist mein Lieblingsplatz. Durch die Krone scheint die Sonne auf mein Gesicht. Es ist wie ein Streicheln.

Ich habe nicht geweint bis jetzt. Vielleicht weine ich heute abend, wenn ich Matze und Heiner erzähle, was geschehen ist. Aber was soll passieren, wenn ich es erzähle? Was ändert sich?

„Schließ die Augen", sagt Lara verschwörerisch. „Ich habe eine Überraschung für dich."

Sie zieht die Handbremse an, und wir steigen aus. Sie sagt nochmals, ich solle die Augen unbedingt geschlossen halten und daß ich ja nicht gucken soll.

„Führe ihn, hier sind Stufen", sagt sie halblaut zu ihm.

Er nimmt meine Hand. Sie fühlt sich an wie sonst, als hätte sich nichts verändert. Ich dachte, sie wäre inzwischen kälter, alles spricht dafür, daß sie kalt ist, seine dreckige Hand. Aber sie ist warm. Er führt mich, und dann sagt Lara zu mir: „Jetzt. Mach die Augen auf."

Vor uns im Tal liegt die Altstadt von Jerusalem, mit der goldglänzenden Kuppel des Felsendoms, umgeben von Mauern, eingebettet in die gelbweißen Hügel, ein Bild, das in der Sonne flimmert, als wäre es eine Luftspiegelung.

Er hat meine Hand losgelassen. Ich habe nicht versucht, seine festzuhalten.

„Ah, es ist wunderschön, Lara", sage ich beeindruckt, um Lara den Gefallen zu tun, und ich weiß, daß mich diese Hand nicht mehr berühren wird. Es ist mir egal, ob er mir die Lüge ansieht, ob er die Show durchschaut, die ich gerade abziehe, um Laras Gastfreundschaft nicht zu verletzen.

Ich sitze am Fuß der größten Buche im Park, der größten, die ich bisher gefunden habe, meinen Kopf an den kühlen Stamm gelehnt, in den jemand vor Jahren ein Herz geritzt hat. Es ist verschwollen und schrumplig wie eine Narbe.

Ich bin außer mir.

„Gibt's in dieser Dreckswelt eigentlich nur noch Pärchen, oder wie?"

Am Nebentisch verschlingen sich zwei Burschen ineinander, küssen sich, fassen sich an, ständig miteinander beschäftigt.

„Was wollen die hier? Sollen doch daheim bleiben."

Matze grient mich an: „Ja, die haben heute Ausgang, bloß wegen dir."

„Ist ja 'ne richtige Seuche. Ich brauch noch ein Bier."

Im *Prinzknecht* ist es voll. Wir haben uns eine Ecke gesucht, Ecken sind immer gut. Wir lehnen an einem Tisch, die Wand im Rücken, die Theke im Blick. Heiner will später kommen.

„Was hat Maria eigentlich dazu gesagt?"

„Die hat mit sich zu tun. Volker ist auch weg, seit ein paar Tagen."

Matze hat noch immer dieses Grienen auf dem Gesicht.

„Was gibt's denn da zu lachen?"

Matze holt Luft, hebt aber dann die Hand und lenkt so die rare Aufmerksamkeit des Kellners, einem minderjährig wirkenden Bürschchen mit zu engem Adidas-Glitzer-Shirt, auf uns.

„Zwei Bier. Große, bitte."

Der Gesichtsausdruck des Jungen läßt nicht erkennen, ob die Information bei ihm angekommen ist. Er sieht auf die Tischplatte, räumt mein leeres Glas weg und hält mir dabei kurz seinen Oberarm mit dem schicken Tatoo vor die Nase. Das Paar gibt sich jetzt einen Zungenkuß.

„Na, da hat sie dich endlich wieder."

„Wer, wer hat mich endlich wieder?"

„Maria."

„Was soll das denn jetzt?"

Matzes Grinsen ist einer schelmisch-verschlagenen Miene gewichen, etwas böse vielleicht, auf jeden Fall süffisant.

„Na komm, eigentlich liebt die doch sowieso nur dich. Das weiß sie vielleicht selber nicht, und du hast das nicht gecheckt, aber so isses."

Ich suche nach meinem Feuerzeug, nehme eine Zigarette aus der Schachtel, zünde sie an – ich will Zeit gewinnen. Der eine faßt dem anderen beim Küssen an den Hals.

„Glaubst du", sage ich, „glaubst du das wirklich? Ihr habt euch zwei-, dreimal gesehen, ich mein, du kennst sie doch kaum."

„Das, was ich gesehen und gehört habe, reicht mir. Das Bürschchen, das sie hatte, war ja wohl kein Mann."

In diesem Punkt hat Matze recht. Volker war kein Mann. Keiner jedenfalls, den ich mir nehmen würde. Aber was heißt das schon?

„Na und? Uns muß der auch nicht gefallen. Außerdem hat sie den nicht mehr, die haben vorgestern Schluß gemacht."

Jetzt sitzen die beiden Stirn an Stirn und sehen einander in die Augen.

„Na, das nenn ich Timing", sagt Matze anzüglich.

„Ja, und? Was dann? Wieso soll sie nun gerade in mich verliebt sein?"

Die Adidas-Prinzessin stellt zwei Bier auf den Tisch und näselt „Neun Mark". Matze bezahlt zehn und winkt der Prinzessin ein lässiges „Stimmt so und hau ab" zu.

„Wann hast du mich angerufen und mir ihretwegen die Ohren vollgeheult? Das ist gar nicht so lange her. Du hast dich über Maria geärgert."

„Ja, hab ich."

„Da warst du frisch verliebt."

„Ja, da war sie wirklich zickig." Ich äffe Maria nach: „Schönheit reicht aber nicht, das müßtest du selber wissen."

„Genau."

„Klar hat mich das geärgert. Sie hat mir ständig was von ihrem Volker vorgeschwärmt, und als ich mit Schwärmen angefangen habe, kam dieser Spruch."

Matze greift nach seinem Bierglas und nickt mir zu, wir prosten und trinken.

„Ich kann doch nachher bei euch pennen, falls ich mich sinnlos besaufe?"

„Klaro."

„Außerdem steht Maria auf ihre knabigen Typen. Ich bin ja nun das volle Gegenteil."

„Ich glaub, sie weiß es wirklich nicht. Wie lange kennt ihr euch?"

Der Dunkle legt seinen Kopf auf die Schulter des Blonden, der ihm jetzt etwas ins Ohr flüstert, sie kichern dabei.

„Boah, das sind bestimmt acht Jahre."

„Ihr seht euch zweimal die Woche, geht zusammen weg, telefoniert, schüttet eure Herzchen aus – tut mir leid, ihr seid praktisch zusammen. Fehlt bloß der Sex."

Matze grient wieder. Ich werde etwas wütend, weil es mir nicht paßt. Weil er recht haben könnte und weil mir das noch weniger paßt. Aber Matze kann nichts dafür, und ich versuche meine Wut zu bändigen. Ich will mich heute abend amüsieren. Ich will mich betrinken, ich will vielleicht einen Mann haben. Nur für heute Nacht oder für ein paar Stunden. Minuten tun es auch.

„Und was machen wir mit dieser Erkenntnis?" frage ich Matze.

„Nichts", sagt er, „ich mein nur, jetzt hat sie dich wieder. Vielleicht ist sie ganz froh, daß du wieder solo bist."

„Matze, laß es einfach. Es ist egal."

Ich nehme einen großen Schluck Bier. Das Paar kichert noch immer, sie küssen sich gleich wieder, und ich drehe mich endlich weg, schiebe mir den Hocker zurecht und lehne meinen Rücken an die Backsteinwand. Überblick ist immer gut, das Paar habe ich jetzt nur noch im Augenwinkel. Ein Mann sitzt mit eingezogenen Schultern an der Bar. Er trägt ein schmalrasiertes Schnurrbärtchen, sein Blick streift mich, devot und zögernd.

„Das ja nun nicht", sage ich zu mir, verdrehe die Augen. Aber ich bin mit Matze noch nicht fertig: „Und wenn's so ist, mit Maria und mir, dann ist es auch okay. Wir haben beide niemanden."

Matze bekommt plötzlich einen Blick wie ein Kriminalkomissar. Als präsentiere er mir Indizien und Spuren, als hätte er den Täter schon und warte nur auf den Augenblick, ihn zu stellen.

„Ihr ist das lieber so. Wetten?"

„Hallo ihr!" Heiner ist da. Er nimmt mich in den Arm: „Na, mein Kleener."

„Tach, mein Schöner", sage ich.

„Boah, bist du braun! Gut siehste aus." Heiner lacht mich an.

„Sag ich doch", wirft Matze ein. „Du hast noch nie so gut ausgesehen, also scher dich auf die Piste und mach's dir schön."

Heiner stellt sich vor mich an die schmale Seite des Tisches, winkt nach Adidas und sieht mich an.

„Und nu?"

„Was, und nu?"

„Am Sonntag kommt er wieder. Holst du ihn vom Flughafen ab? Wie geht das denn jetzt weiter?"

„Gute Frage, Schiff versenkt", konstatiert Matze.

„Ja", bestätige ich, „ wirklich gute Frage."

„Na ja." Heiner stößt mich mit dem Ellbogen an. „Und?"

„Ich habe keine Ahnung. Aber ich werde bestimmt nicht mit roten Rosen am Flughafen stehen, wenn der Herr einfliegt. Das ganz sicher nicht. Außerdem ist er mir eine Erklärung schuldig, nicht ich ihm. Oder soll ich mir die auch noch abholen?"

„Haste auch wieder recht."

Heiner bekommt ein Bier von Adidas, zahlt und hebt mir die Flasche entgegen.

„Ey, angucken", lacht Matze, „sonst hast du sieben Jahre schlechten Sex."

„Da zerdepper ich doch lieber einen Spiegel", sage ich.

Wir sehen uns an, prosten uns zu und lachen. Der Typ mit dem Schnurrbärtchen guckt wieder. Ich sehe um ihn herum, als wäre er nicht da.

Heiner wischt sich den Schaum von der Oberlippe, dann fängt er wieder an.

„Ich versteh es ja immer noch nicht. Der hat dich doch angehimmelt. Ich dachte, du bist nun endlich versorgt. Zeit wär's ja auch gewesen."

„Wenn ich's verstanden hätte, läg ich jetzt am Toten Meer – von mir aus auch allein – und würde mit Schlammbatzen nach Kindern werfen. Ich habe keine Ahnung, Heiner."

„Hm. Ist natürlich bitter, wenn er dich so hängen läßt."

„Bitte, heute nicht mehr. Vielleicht hat er einfach einen anderen, und die Sache ist gegessen. Ich bin doch spezialisiert auf Typen, die nicht wissen, was sie wollen, die auf zwei Hochzeiten Ringelpietz mit Anfassen spielen."

„Wenn du das so sagst." Matze weiß genau, was ich meine. Er sieht mich an, und ich spüre, daß er eigentlich etwas anderes sagen möchte. Ich versuche zu lächeln, nehme einen Schluck Bier. Ich will einen schönen Abend haben, nichts weiter. Ich will diesen Schmerz hinunterspülen, ihn aus meiner Kehle waschen. Ich habe mir fest vorgenommen, gute Laune zu haben. Matze sieht mich an und streicht mir mit einem Finger über die Wange. Er lächelt.

„Wird schon wieder."

„Ich will heut bloß nicht dran denken. Inzwischen hab ich alles durch, was es gewesen sein könnte. Aber ich weiß es trotzdem nicht."

„Wollen wir noch woanders hin, nachher?" fragt Heiner.

„Klar, ich hab Urlaub, und da kann ich ja wohl einen drauf machen. Müßt ihr morgen arbeiten?"

Noch immer verspüre ich diese zwecklose Lust, mich zu betrinken, Lust, Männer anzuflirten, und Lust, sie einfach zu nehmen, wahllos, ohne Hintergedanken, ohne sie beeindrucken zu müssen, ohne Scham und ohne danach.

„Ich hab morgen frei", sagt Heiner, und Matze nickt: „Ich muß erst Mittag da sein."

„Abgemacht. Wo ist denn die kleine Lady Di?" sage ich und winke in die Richtung des Adidas-Shirts, erhasche einen gnädigen Blick und bestelle noch eine Runde. Der Devote glubscht mich wieder an, ich verziehe den Mund zu einem abfälligen Lächeln.

„He, was grinst du denn so?"

Matze schaut mich an. Er kennt mich und weiß, was sich hinter meinem braungebrannten Grienen verbirgt. Aber er weiß, daß es heute abend nicht entdeckt werden soll. Und er wird nichts dergleichen unternehmen.

„Die Nacht ist jung", sagt er vielsagend, doch hinter seinem Lächeln versteckt sich ebenso etwas.

Heiner wippt mit dem Fuß der Musik hinterher und stiert in die Menge.

„Na, Heinerle, was entdeckt?"

Matze kommt ihm zuvor: „Dreh dich unauffällig um. Der Kleene da, vorne an der Ecke vom Tresen, hat ein weißes, enges Hemdchen an. Eventuell hat das Kindchen sogar schon sein Abitur. Ist doch richtig, Heiner?"

Sie schauen sich lächelnd und wissend an.

Ich fahre dazwischen: „Och nee, Heinerle, willst du nicht mal einen Mann probieren? So zwischendurch?"

„Der doch nicht", sagt Matze zu mir und schießt dann in Heiners Richtung: „Na, hat dich das kleine Madonna-Imitat schon entdeckt?"

Heiner brummt irgend etwas und wippt weiter mit dem Fuß. Er dreht unserem Tisch den Rücken zu und stützt die Ellbogen darauf. Matze kneift ein Auge zu, ich tue es ihm gleich.

„Hast du schon was entdeckt?"

„Nein", antworte ich. Es ist, als hätte ich alle schon irgendwo gesehen.

Ein listiger Blick trifft mich; die Augen sind hungrig und weichen mir sofort aus. Es ist keine Freundlichkeit, nur Vorsicht und Hunger.

Schräg vor uns stehen zwei Lederkerle wie angegossen an der Theke. Ihre Mienen sind unbewegt, sie reden nicht miteinander. Die kleinen, braunen Augen des Dünnen flitzen umher. Seine Hände hat er in die Schlaufen seiner Lederhosen gehängt, wie Werkzeuge, die gerade nicht benötigt werden. Sein stämmiger Freund hält sich an der Theke fest.

Daneben versinkt ein Kopf zwischen schmalen, knochigen Schultern. Von hinten sieht es aus, als würde der Mann beten. Ein Junge mit glänzendem Shirt und spitzen Brustwarzen schiebt sich vorbei. Ein Braungebrannter hat sein Hemd einen Knopf zuweit auf, ein Glatzkopf ist mir zu schwammig, und der Knabe, in den sich Heiner immer noch verguckt, hat gegelte Haare, die mit jeder seiner ruckartigen Bewegungen schimmern. Heiner scheint ihn schon in die Ecke getrieben zu haben.

„Nein", betone ich nochmals und nehme einen Schluck, „für mich ist momentan nichts im Angebot."

Matze zündet sich eine Zigarette an, bläst den Rauch nach oben und sagt: „Laß uns woanders gucken. Heiner ist ja erstmal versorgt."

Heiner nickt, und seine Mundwinkel verziehen sich zu einem kleinen Schmunzeln, kaum sichtbar, aber es wirkt. Der Junge kichert in sich hinein, und Heiner bekommt einen gekonnten Augenaufschlag geboten.

„Soll ich mal stoppen?" fragt Matze süffisant.

„Was willst du stoppen? Sein Alter oder wie schnell er die Beine in der Luft hat?"

Heiner läßt uns sitzen, drängt sich durch die herumstehende Männer-Galerie und lehnt sich neben den Knaben.

„Bingo!" sagt Matze. „Nächste Woche, wenn das Teil sich nicht meldet, rennt Heiner wieder mit seinem Depri rum. Aber ich sag da nix mehr zu. Wenn er die junge Brut braucht, ist das sein Ding." Matzes Stimme klingt etwas besorgt, aber nicht sarkastisch, er stellt nur fest: „Jeder kriegt, was er verdient."

„Oder was er braucht", schieße ich hinterher.

Matze trinkt aus. Er leckt sich die Lippen, dann deutet er mit einer Kopfbewegung zur Tür. „Laß uns abhauen."

Wir gehen bei Heiner vorbei und wünschen ihm viel Spaß. Seine Augen sehen froh aus. Wie ein Kind, das zum ersten Mal vor einem Weihnachtsbaum steht.

Es ist mild auf der Straße. Wir schlendern, Matze legt mir einen Arm um die Schultern. Nach einer Weile sagt er: „Hätt ja ruhig mal klappen können bei dir."

„Ja."

„Ich dachte, ihr zwei habt euch gesucht und gefunden. Wie ihr euch angeguckt habt und so. Und du warst auch wie ausgewechselt."

In meinem Hals drückt wieder der Kloß auf meine Stimme. Ich kann nichts dazu sagen.

Zwei blaugraue Augen sehen mich gutmütig und zärtlich an, dann sagt mir jemand ins Ohr: „Na du?" Ich spüre den Atem an meinem Hals, und ein Streicheln fährt mir durchs Haar, doch ich streife es mit einem Kopfschütteln ab.

„Hat nicht sollen sein." Ich merke, wie ich meine eigene Stimme nicht mehr erkenne.

„Och Mensch", sagt Matze und sieht mich bedauernd an, „vielleicht ist noch was zu retten."

„Glaub ich nicht", klingt es kleinlaut aus mir heraus.

„Aber probieren würdest du es schon, oder?"

Ich zucke mit den Schultern.

Heute nachmittag dachte ich, es wäre gut, einfach in Matzes Arme zu sinken und zu heulen. Ich dachte, ich würde weinen, ich wollte es sogar. Ich war mir sicher, daß es helfen und daß Matze mich trösten würde. Aber es funktioniert nicht. Weder habe ich geweint, noch versuchte Matze, mich zu trösten. Und auch jetzt tut er nichts, sondern läßt seinen Arm auf meiner Schulter liegen, ist eben einfach da.

„Du hast ja auch niemand an dich rangelassen", sagt er nach einer Weile. „War manchmal ganz schön zum Kotzen mit dir."

„Wie?"

Wir werden langsamer. Wir sehen uns nicht an, sondern schauen auf das Trottoir.

„Ach, hör auf. Bei dir hatte doch keiner eine Chance. Nicht mal ich. Na gut, wir haben was draus gemacht, aber solange wir unsere Affäre hatten damals, warst du ein ziemliches Aas."

Ich schweige. Matze spricht weiter, als hätte er nur kurz nachgeprüft, ob ich ihm auch wirklich zuhöre: „Wenn wir miteinander geschlafen haben, hast du danach immer dicht gemacht. Du bist dann in der Wohnung rumgesaust und hast lauter unwichtige Sachen angestellt, Aschenbecher ausgeleert, Kondome weggeräumt, bloß um mich nicht anzugucken. Der Sex war erledigt, und damit hatte es sich für dich."

Matzes Arm auf meiner Schulter wird schwerer. Was soll ich sagen? Am Anfang war er einer von denen, die nur zu mir gekommen sind, um Sex zu haben, von denen ich nichts anderes wollte. Jedenfalls wollte ich nicht an mehr denken, und wenn einer mal mehr wollte und das auch gesagt hat, dann ging es zu Ende. Es gab immer genug andere. Aber Matze ist dennoch wiedergekommen, hat sich nicht von meinen Launen in die Flucht schlagen lassen, von meinen Affären, und von dem Abstand, den ich verlangt habe. Mein Sicherheitsabstand.

„Und nun ist es einfach mal mit dir passiert, mein Kleiner. Jetzt stehst du vor der Burg, und die Zugbrücke ist hochgezogen."

Matze ist sieben Jahre jünger, trotzdem nennt er mich „Kleiner". Er hat recht. Er darf das. Und er hat recht. So klein mit Hut.

Ich bleibe stehen und sehe ihn an. Ich streichle ihm kurz übers Gesicht. Er lächelt etwas gequält, aber es ist Zuneigung in seinen Augen. Ich hoffe, er sieht etwas Ähnliches in meinem Blick. Es dauert nur eine Sekunde, dann gehen wir weiter.

Irgendwo in mir spielt jemand ein Band ab, und ich bewege nur die Lippen dazu.

„Ja", sage ich mit einer Stimme, die wie meine klingt.

Kapitel 6

Es ist eine Postkarte von Berlin mit dem Brandenburger Tor drauf. Sie war einen Tag unterwegs, der Poststempel besagt nur, daß die Karte ein Briefzentrum passiert hat. Ich fand es immer schöner, den genauen Ort entziffern zu können, wenn ich einen Brief ohne Absender erhalten habe. Nun steht da ein Briefzentrum quer über Marlene Dietrich gestempelt, auch noch 10 Pfennig zuviel bezahlt.

Hallo, du! Ich habe das Wochenende mit dir genossen. Ich möchte ganz viel Zeit mit dir verbringen, viel Glück und viel Kampf. Kuß.

Er küßt mich. Ich weiß noch nicht, was eigentlich geschehen ist. Er war nicht in Dresden, statt dessen sind wir in meine Wohnung gefahren am Samstag. Er ist bis Sonntagabend geblieben. Wir waren im Kino, sind durch den Park gegangen, haben im *Café Berio* gesessen, Milchkaffee getrunken und Zeitung gelesen. Er hat meine Hand gehalten und hat mich von Zeit zu Zeit angesehen.

Im Kino hielt er meine Hand den ganzen Film über. Danach, als wir ein Bier in der Kneipe tranken, nahm er sie wieder. Ohne auf die anderen Leute um uns herum zu achten. Manche tuschelten und trauten sich nicht, uns offen zu mustern, versuchten wegzuschauen, wenn sie an uns vorbeigingen.

Wir saßen da, jeder auf seinem Hocker, seine Hand auf meinem Oberschenkel ruhend. Wir sprachen nicht viel. Wir saßen, als wäre da noch immer ein Film, der nur für uns spielte. Als gehörten wir nicht zu den anderen, wie Besucher aus einer anderen Welt. Daheim schliefen wir miteinander. Und danach, als wir auf dem Bett lagen, um zu rauchen und uns anzusehen, da weinte er plötzlich.

„He, he, was ist denn?" flüsterte ich und nahm seinen Kopf in beide Hände, legte mein Gesicht an sein Gesicht.

„Wein doch nicht."

Fast wurde ich hilflos, denn ich wollte ihn trösten, obwohl ich nicht wußte, warum er weinte. Er ist so schön, wenn er lacht.

„Wo warst du so lang?" fragte er leise.

Ich sah ihn an, wischte ihm die Tränen ab und lächelte.

„Hier. Ich war die ganze Zeit hier."

Dann begann er zu lächeln, fremd und unbeholfen, als hätte er das lange nicht mehr probiert. Später versuchte ich zu schlafen. Seine Atemzüge wurden gleichmäßig. Ich hörte ihnen zu.

Noch immer weiß ich nicht, ob ich verliebt bin. Ich wäre gern in ihn verliebt, glaube ich. Er ist es, vielleicht. Man kann sich immer täuschen. Ich will mich nicht täuschen. Weder will ich mich verlieben, ohne verliebt zu sein, noch will ich verliebt sein, und es nicht merken.

Ich wäre gern sicher. Ich wüßte es gern. Niemand kann in die Zukunft sehen, doch trotzdem habe ich mir in den letzten sechs Jahren, in denen ich mich mit Affären über Wasser gehalten habe, immer vorgestellt, daß ich es beim nächsten Mal weiß, wenn mir die Liebe begegnet. Die große Liebe. Ich weiß nicht, ob sie mir schon begegnet ist.

Bei Helge habe ich erst danach bemerkt, daß es mehr als eine Affäre war. Als er Schluß machte, brach ich zusammen. Fast ein Jahr dauerte es, bis ich wieder zu mir kam. Es war eine Krise, meine größte bisher, aber sie hatte mit mir zu tun. Ich ließ ihn gehen, weil ich es nicht besser wußte.

Wir pendelten zwischen Berlin und Hamburg hin und her, schrieben uns fast jeden Tag einen langen Brief, trotzdem fühlte es sich wie eine Affäre an.

Als ich ihn zum letzten Mal besuchte – fast eine Woche blieb ich bei ihm –, sagte er, daß es besser sei, wenn wir es beenden. Wie erwachsene Menschen, ohne Geschrei und mit Vernunft. Ich gab ihm recht. Die kurzen Wochenenden, die Fahrerei, die teuren Bahnfahrten, die wir uns beide damals kaum leisten konnten, alles schien unvernünftig. Ich wohnte in Ostberlin, er in Hamburg. Es war 1990, ich war neu in Berlin, alles überforderte mich. Täglich fand etwas Neues statt, stündlich änderte sich die Welt, in der ich bis dahin lebte. Nachrichten jagten einander, und mir begegnete Helge. Durch ihn verstand ich viel. Er zeigte es mir. Er zeigte mir den Westen. Ich sah ihn durch seine Augen.

Aber es war zuviel. Mein Leben veränderte sich, aber auf diese Veränderung war ich nicht gefaßt.

Sein Mitbewohner zog aus. Helge erzählte es mir, und mir ging kein Licht auf. Und selbst wenn, ich hätte wahrscheinlich nicht gefragt, ob ich einziehen solle. Ich hätte es nicht gewagt, ich hätte kein Nein riskiert. Ich dachte nicht im Traum daran, daß er mich bei sich haben wollte.

Vielleicht hat er darauf gewartet.

Wir waren also vernünftig und machten Schluß. Ich fuhr zurück; er stand am Bahnhof und winkte. Ich winkte auch, und als der Zug losfuhr, wurde ich plötzlich schwer. Die Vernunft hatte mich nicht erleichtert.

Einen Tag später kam ein Brief, der alles für null und nichtig erklärte. Er schrieb, er liebe mich, er könne nicht ohne mich sein, alles röche nach mir, alles, und nun sei ich weg. Er habe es jetzt erst begriffen.

Was sollte ich tun? Erst mal tat ich nichts.

Sein zweiter und letzter Brief kam zwei Tage später. Darin stand: *Betrachte meinen Brief als das letzte Aufbäumen meiner Gefühle für dich.*

Alles veränderte sich. Also veränderte ich mich auch.

Danach kam Olaf. Bei ihm wußte ich in der ersten Nacht, daß es mehr war. Doch dann war ich es, der nach acht Monaten das Handtuch warf. Ich spürte es immer, wenn es zu Ende ging. Ob ich es auch spüre, wenn es anfängt, weiß ich noch immer nicht. Andere wissen es. Es scheint zu funktionieren.

Vielleicht funktioniert es diesmal bei mir. Bei uns. Ich versuche einfach verliebt zu sein. Vielleicht ist das die Lösung. Mit ihm könnte es klappen. Vielleicht macht es keinen Unterschied, ob man verliebt ist oder es sein möchte. Nur wissen muß man es. Sicher sein.

Ich hefte die Postkarte an meiner Pinnwand fest. Vorher lese ich sie noch mal, sehe mir jeden Buchstaben seiner schönen, ausgeschriebenen Handschrift an.

Ich möchte ganz viel Zeit mit dir verbringen, viel Glück und viel Kampf.

Die Postkarte hänge ich neben ein Photo, das ich in meiner ersten Berliner Wohnung geknipst habe. Aus dem Küchenfenster fotografierte ich den Garten. Es hatte gerade geregnet, das Dach des kleinen Schuppens glänzte schwarz und dampfte. Es ist eine alte Postkarte. Er muß sie auf einem Trödelmarkt gefunden haben. Anstelle der Quadriga ist noch die DDR-Fahne aufgepflanzt. Wie ein Gruß aus der Vergangenheit.

Ich muß ihm glauben. Auch wenn ich seinen Überschwang nicht teile, nicht im Moment, aber ich habe jede Sekunde des vergangenen Wochenendes genossen.

Vielleicht passiert es. Möglicherweise ist es schon passiert, und ich habe es nur nicht bemerkt.

Er hatte weiche Knie. Irgend etwas war also. Aber woher weiß er es? Was macht ihn so sicher? Gibt es ein Geheimnis, das nur ich noch nicht weiß? Habe ich etwas verpaßt in meinen vierunddreißig Jahren? Etwas übersehen, etwas Wichtiges?

Wir sind in der *Scheune*. Matze hat sich in eine Ecke verdrückt, ist zu den Schatten auf der anderen Seite des Kellers gegangen.

„Paß auf dich auf“, hatte er noch auf der Treppe nach unten geflüstert, bevor auch er ein Schatten wurde.

Es ist besser, wenn die Männer kein Gesicht haben. Manchmal glimmt eine Zigarette an der Stelle, wo der Mund sein müßte. Ich kann die Männer fühlen, ich rieche sie, schmecke ihren Schweiß. Sie drängen vorbei, halten kurz inne, dann sind wir uns ganz nah, ohne Gesicht. Wir tasten uns ab, durchsuchen uns nach Brauchbarem. Ich finde die Umrisse eines Schwanzes, jemand findet meinen Hintern und schiebt eine Hand in meine Hose.

Ein Reißverschluß ratscht, und der Schwanz schnappt heraus wie ein Clown aus einem Spaßpäckchen. Ich öffne meinen Gürtel, die zweite Hand kommt mir zu Hilfe.

Dann muß ich mich bücken. Die Hände streicheln meinen Kopf, drücken ihn in die richtige Richtung. Eine dritte Hand greift nach meiner Schulter, dann beginne ich ein Duett zu blasen. Virtuos.

Jemand schnauft. Die vierte und die fünfte Hand befühlen meinen Arsch, tasten in die Mitte und prüfen, ob sich ein Verwendungszweck finden läßt. Ich werde mit Spucke vorbehandelt. Hinter mir klickt ein Gürtel, mein Arsch wird zurechtgerückt, dann geht es ganz schnell.

Ich will es genießen. Ich kenne nichts, keine Scham und keinen der Männer. Wir werden uns nie wiedersehen – und falls doch, erkennt der eine den andern nicht. Das ist gut, denn sie beginnen sich abzuwechseln in mir. Eine Kondomverpackung knistert; jemand schnieft an einem Fläschchen.

„Mach die Sau fertig!" flüstert es. Eine Hand klatscht leicht auf mein wippendes Hinterteil.

„Ja, los!" presse ich hervor, bevor mein Mund wieder gestopft wird. Ich habe Hunger, einen quälenden Hunger. Ich weiß, daß ich nachher nicht satt sein werde, aber ich schlinge alles in mich hinein.

Das Fläschchen wird mir vor die Nase gehalten; ich ziehe die Chemie rein, lang und gründlich. Mein Kopf wird sofort heiß, von innen schwarz, und ich bin ganz allein in meiner Schwärze. Mein Gehirn wird zum Schatten.

Sie stoßen zu, treiben mich vor sich her. Ein Schweißtropfen fällt auf meinen Rücken, jemand hält inne, stößt weiter, krallt sich wenig später an mir fest und atmet kurz. Ich spüre es. Ganz allein, eine schwarze Welle schwappt durch meinen Kopf und spült alles fort. Alle Gedanken. Es ist fast wie Glück.

Ich höre die Männer ohne Gesicht atmen. Einer stöhnt auf, und vor meinem Gesicht fällt es ins Schwarze und klatscht auf den Boden. Ein Taschentuch raschelt.

Ich richte mich auf, ich ziehe meine Hosen hoch und drücke mich an die Wand. Mein Schwanz ist noch steif. Ich muß jetzt eine rauchen, aber eine neue Hand kommt, sie schleicht sich von unten an meinen Schritt und knöpft ihn auf, knöpft ihn sich vor. Ich rauche und lasse mich blasen, kalt und ohne daß es mich besonders freut oder ärgert. Die Schwärze hat sich gelichtet. Mein Gehirn ist aus weichem Wachs.

Ich komme, weil ich keine Lust mehr habe. Es ist nicht besonders schön, ich bin nur etwas entspannter. Dann knöpfe ich meinen Stall wieder zu. „Schweinestall", denke ich.

„Na, hast du Spaß gehabt?" fragt Matze, der schon oben an der Bar steht. Er wischt mir mit der Hand Schweißtropfen von der Stirn.

„Bist ja ganz verschwitzt, also hattest du Spaß."

Endlich kann ich lange schlafen. Nun wache ich nicht mehr um halb acht auf und verfluche die Tatsache, daß es Sonntag ist und ich eigentlich so lange schlafen könnte, wie ich wollte. Doch meistens funktioniert das nicht. Dann versuche ich müde zu werden, mich einzukuscheln, mache mir vor, wie herrlich es ist in meinem warmen Bett. Aber es klappt nicht. Ich bin wach, hellwach. Zum Bäumeausreißen. Aber es ist Sonntag. Da will ich keine ausreißen.

Also kuschle ich mich ein, liege an seinem warmen Rücken. Er schläft noch, und ich werde auch gleich wieder einschlafen. Ohne auf die Uhr zu blicken, ohne an der Dämmerung im Raum die Tageszeit abzuschätzen, ohne nervös nach einer Zigarette zu greifen, ohne lustlos am Radio zu schrauben, um es dann wieder ausschalten.

Unter der Bettdecke ist es warm, nur mein Kopf schaut heraus, meine Knie sind angewinkelt und berühren seine Kniekehlen. Mein Schwanz liegt matt an seinem Hintern. Ich will jetzt nicht dran denken, sonst werde ich sofort steif. Die Augen halb geöffnet, halb geschlossen, halb wach, halb schlafend, liege ich und sehe ihm in den schlafenden Nacken, die Stoppeln seines Haaransatzes, das Ohrläppchen. Ich lächle, weil seine Ohren leicht abstehen. Ich finde das schön. Makel sind betörend. Ein Leberfleck, eine Pigmentstörung, eine Nase, die ein wenig zu groß ist, ein leichter Silberblick.

Er hat ein ebenmäßiges Gesicht. Sein Kinn ist breit, männlich, meist unrasiert. Die Augen, stahlblau, können kalt und konzentriert dreinschauen, im nächsten Moment sind sie nur noch warm und freundlich, von einer Sanftmut und einer Zärtlichkeit, von der ich hoffe, er sieht sie auch in meinen Augen.

Und die abstehenden Ohren sind der Makel. Makel ist zuviel gesagt. Sie geben seinem Männergesicht etwas Jungenhaftes, Unbeholfenes. Vielleicht sind es die Ohren, vielleicht auch seine Statur. Schmal, aber nicht schmächtig, muskulös, aber kein Muskelpaket. Seine etwas gedrungene Haltung wiederum würde ihn älter machen, wären nicht diese Ohren. Ich lecke gern an ihnen, beiße leicht in die Ohrläppchen und stecke meine Zunge hinein, wenn wir uns lieben.

Wir haben uns gestern geliebt. Es war das siebte Mal, daß wir uns geliebt haben.

Er ist nicht ungestüm. Ich muß ihn herausfordern, heiß machen. Ich kann das. Er ist so zart, daß ich ihn überall gleichzeitig küssen will. Seinen Nacken, seine Brust, die Haut unter seinen Achseln, das weiche Haar dort, seinen kleinen, straffen Hintern.

Ich entdecke ihn, lege ihn auf den Bauch und beginne, von seinen Füßen aufwärts, jede Stelle zu küssen. Er stöhnt leise, will sich manchmal umdrehen, aber ich lasse ihn nicht. Er bäumt sich auf, wenn ich ihm die Kniekehlen küsse, schaudert, weil meine Zunge die ganze Strecke hoch zu seinen Eiern fährt und sie von hinten neckt. Er zittert, wenn ich zwischen seinen Backen lecke, wenn meine Zunge die Schlucht durchmißt, seinen Rücken hochkriecht, immer an seinem Rückgrat entlang, ihn leicht beißend, bis zu seinem Nacken, dann liege ich auf ihm, genieße, wie er atmet, wie er sich anfühlt, wie sein Herz gegen meine Handflächen schlägt, als ich ihn umarme.

Ich lasse ihn frei, und er dreht sich um. Ich lege mich auf den Rücken.

„Mein Schöner", flüstert er und geht selbst auf die Reise. Ich muß aufstöhnen, weil er alle Zündschlösser findet; er gräbt seine Zähne in meine Kniescheiben, daß ich vor Lust fast schreie, lutscht an meinen Nippeln, küßt mich lange, saugt sich an meinen Lippen fest, drängt sich zwischen meine Beine, legt sich auf mich, unsere Schwänze fühlen den Puls, recken und strecken sich, drängen sich ungeduldig aneinander wie zwei heiße, ungestüme Tiere.

Dann will ich ihn fühlen. Er hält mich fest dabei und sieht mich an. Er dringt ein, vorsichtig und zärtlich. Wir staunen uns an. Staunen über unsere Kraft, die sich an uns festkrallt, uns nicht aus den Armen läßt. Ich umfange ihn mit meinen Beinen, kralle mich in seinen Arsch. „Los", keucht er, „dreh dich um", er bleibt in mir, wir winden uns in eine neue Position. Er knallt mich von hinten durch, hält sich an meinen Arschbacken fest, dreht mich auf die Seite, stößt weiter zu, ich lege meinen Kopf in den Nacken, um einen Kuß zu erbetteln. Er umarmt mich fest, und ich kann es nicht mehr halten. Er ergießt sich über mich. Es bleibt ein Atmen, ganz nah, ganz heiß. Wir sind naßgeschwitzt.

„Du", sagt er, „du."

Er flüstert dieses „Du" und küßt mich zwischen jedem.

„Und du erst", sag ich ihm ins Ohr. Wir lächeln wie zwei Jungen, die ein Versteck vor der Welt gefunden haben. Ein Versteck, von dem aus wir alles hören, was um uns herum geschieht, aber es ist so sicher, daß niemand uns findet.

Er greift zum Nachttisch und holt zwei Zigaretten. Er zündet beide gleichzeitig an und reicht mir eine. Dann legt er seinen Kopf auf mein Becken, schaut an die Decke und raucht. Ich rauche mit der einen Hand, die andere liegt auf seiner Brust, die noch immer feucht ist.

„Hm, dein Engel da oben“, flüstert er und lächelt.

„Ja, mein Engel. Der beschützt mich.“

„Wovor?“

„Vor bösen Träumen, vor Unglück und manchmal auch vor bösen Männern.“

„Woher hast du den eigentlich?“

„Aus einem Schaufenster.“

„Ach, geklaut oder wie?“

„Quatsch. Der hing in der Parfümerie in der Liebknechtstraße als Weihnachtsdeko, da hab ich ihn gesehen. Es standen noch andere Engel rum, aber der war einfach der schönste. Da bin ich rein und hab der Verkäuferin sehr überzeugend und höflich gesagt: ‚Entschuldigen Sie, aber dieser Engel im Schaufenster da hat sich gerade in mich verliebt, kann man den kaufen?‘ Die Verkäuferin hat gelacht und wollte sich erkundigen. Und eine Woche später hat sie ihn mir für fünzig Mark verkauft. Und dann bin ich mit dem Engel unterm Arm nach Hause gestiefelt, und halb Berlin hat sich nach ihm umgeguckt.“

„Schön“, sagt er.

Der Rauch steigt zu meinem Engel hinauf. Ich drücke meine Zigarette aus, er ist mit seiner auch fast fertig.

„Laß uns schlafen.“

„Ja.“

Er legt sich hinter mich, schmiegt sich an meinen Rücken und umfaßt mich. Ich halte seine Hand fest.

„Schlaf schön, Lieber.“

Noch nie hat mich jemand „Lieber“ genannt.

„Ja, du auch. Lieber.“

Ich schlafe ein, ohne müde zu sein, aber ich genieße den Schlaf mit ihm. Die Ruhe. Als wären die Sorgen, der Alltag und die Arbeit weggeschmolzen. Als hätte bisher alles unter einer Schneedecke gelegen, kalt und abweisend. Jetzt erst, da der Schnee schmilzt, sehe ich, wieviel Farben es darunter gibt.

Ich schlafe schnell ein, wenn er mir seine Hand auf die Brust legt und sich an meinen Rücken schmiegt, selbst sein leichtes Schnarchen stört mich nicht. Schon in der ersten Nacht war es mir vertraut, ohne daß ich es wußte.

„Das ist ein Zeichen", hat Matze gesagt. „Wenn du so gut bei ihm schläfst, dann ist das ein Zeichen, daß da wirklich was ist."

Es ist Morgen, vielleicht schon Mittag. Egal. Ich lege mein Gesicht an den duftenden Rücken, der nach Mann und Schlaf, nach Liebe und Schweiß riecht. Ich schlafe wieder ein.

Ich liege auf dem Bett und starre meinen Engel an, das Telefon am Ohr, während Mutter am anderen Ende der Leitung zu schluchzen beginnt.

Sie versucht, es zu verbergen, aber ich bemerke das Zittern in ihrer Stimme. Ich kann sie vor mir sehen, wie sie neben dem Telefon sitzt, wie ihre Brillengläser beschlagen. Wie ihr Blick wäßrig wird, und wie sie in der Schürze nach einem Taschentuch tastet, sich schneuzt, und trotzdem noch Rotz da ist, den sie hochzieht, das Taschentuch noch in der Hand, den Hörer am Ohr.

„Ach, jetzt wein doch nicht, Mutti."

Ich dehne das „Mutti" etwas länger als sonst, ziehe es in eine beschwichtigende Länge, fast wie bei einem Kind, das beruhigt werden will. Ich sehe ihr Gesicht, wie sie versucht, einen leidenden Ausdruck hinzubekommen. Sie kann das sehr gut.

„Komm, wein doch nicht."

Sie schneuzt sich abermals.

„Als ob man an nichts sein Herz hängen dürft." Plötzlich klingt ihre Stimme klar. Wenn sie solche Weisheiten von sich gibt, dann glaube ich manchmal, daß sie gerne Schauspielerin geworden wäre, mit ihrer Stimme bedeutungsschwanger und unheilvoll, mit einer Mimik, die immer mit dem Schlimmsten rechnet – als wäre sie froh, wenn es wirklich einträte.

Ich glaube, sie braucht das.

„Nun komm. Soll ich jetzt ins Kloster oder wie? So was passiert. Ob ich nun mein Herz daran hänge oder nicht."

Mein Herz hängt, aber das muß sie nicht wissen. An ihm hängt es, aber er ist nicht da. Also hängt mein Herz in der Luft, wie ein Drachen, der eben noch tanzte, nun aber taumelt, weil ihm jemand die Schnur gekappt hat.

Ich habe Mutter erzählt, daß ich alleine aus dem Urlaub zurückgekommen bin, habe ihre die Mutti-Version aufgetischt, ohne Details. Sie hat keinen Grund zu heulen; sie weiß einfach zu wenig. Vor ein paar Wochen sagte ich ihr, ich hätte jemanden kennengelernt.

„Da freu ich mich aber", hat sie geantwortet und nicht weiter gefragt. Vielleicht hat sie sich mehr gefreut, als sie am Telefon zugegeben hatte. Ihre Stimme schien jedoch kühl.

Nun weint sie, ohne daß sie den Namen dieses Jemand kennt, ohne je ein Bild von ihm gesehen zu haben. Ich hätte es auch lassen können. Sonst erzähle ich ihr nie von meinen Männern. Zwei hat sie zwar kennengelernt, aber das ist lange her. Beide Männer reichten nicht für mehr als einen Besuch.

„Ich will doch nur, daß du glücklich bist." Wenn sie weint, spricht sie wie ein kleines Mädchen.

„Ich bin in Ordnung. Mach dir mal keinen Kopf."

„Ich mach mir immer Sorgen. Ich denk immer an dich. Das weißt du doch."

Ich hätte nichts sagen sollen. Hoch und heilig schwöre ich mir hiermit, daß es das letzte Mal war. Den nächsten Mann präsentiere ich erst, wenn wir mindestens drei Jahre zusammen sind, vorher nicht. Sie wird keine Bruchlandung mehr mitkriegen, und weil sie sowieso immer mit dem schlimmsten Fall rechnet, ist es gleich, ob ich ihr von meinen Havarien erzähle.

„Ich bin in Ordnung, Mutti. Bei dir alles wieder gut?"

„Es geht halt seinen Gang." Ihre Stimme pegelt sich wieder ein. „Nachher muß ich wieder in den Laden."

Der Laden ist ihr wichtig. An zwei Nachmittagen unter der Woche verkauft sie Kuchen und Torte in einer kleinen Konditorei. Sie ist stolz darauf, noch arbeiten zu können, obwohl sie Rente bekommt.

„Vati macht seinen Mittagsschlaf. Soll ich ihn aufwecken?“

„Nö, muß jetzt nicht sein.“ Ich will nicht alles noch mal erzählen, denn Vater sagt kaum etwas. Es geht nur darum, daß er am Telefon ist, aus Höflichkeit und weil es sich eben so gehört.

Er hat nichts zu sagen oder weiß nicht, wie er das, was er sagen will, ausdrücken soll. Ich bin es gewöhnt. Er hat nie viel gesprochen, jetzt ist er noch mehr aus der Übung als früher. Vielleicht hört er mich gern reden, freut sich auf das Gespräch, aber nach zwei halben Sätzen ist es genug.

„Großer, alles klar?“

„Ja, alles klar. Und bei dir, Vater?“

„Ja, geht.“ Dann ist es für eine Weile still. Manchmal erzähle ich einfach etwas, nur um ihn nicht so stehenzulassen, daß es ihm nicht unangenehm wird, weil er fast nur noch schweigt.

Er sagt: „Na ja, da mach's mal gut. Ich geb dir die Mutti wieder.“

Mutter hat immer geredet. Vater hat immer geschwiegen.

„Ihr wißt doch wie er ist“, hat Mutter manchmal zu uns gesagt. Ja, wir wissen, wie er ist.

Wenn ich die beiden besuche, sehe ich ihm die Freude an. Sie flammt kurz auf in seinen Augen.

„Na, Großer“, sagt er dann zu mir, obwohl ich der Jüngste von uns dreien bin.

„Dann komm doch übers Wochenende nach Hause“, sagt Mutter jetzt. „Wir würden uns so freuen.“

Ja, das würden sie. Ich könnte mich jetzt ins Auto setzen, wäre in fünf Stunden da. Sie würde schnell einkaufen und den Kühlschrank so vollstopfen, daß er nicht mehr schließt. Dann würde sie mich bekochen, am liebsten alle meine Leibgerichte auf einmal.

„Ich muß am Montag wieder arbeiten. Es ist besser, wenn ich meine Sachen in Ordnung bringe.“

Ich sage schon wieder „in Ordnung". Es ist nichts in Ordnung.

Ich habe sie vor vier Monaten zum letzten Mal gesehen. Es wäre wieder Zeit, hinzufahren. Manchmal habe ich Angst, mir irgendwann Vorwürfe machen zu müssen, daß ich zu selten dort war, daß es sie schmerzt.

Mutter könnte kochen und mich mit Klößen und Kuchen verwöhnen. Vater würde mir heimlich Geld zustecken, obwohl ich immer sage, daß es nicht nötig ist. Eigentlich müßte ich ihnen etwas geben. Es ist in Ordnung. Es könnte zwar besser sein, ich könnte öfter hinfahren und vielleicht mehr erzählen. Aber wenn Vater dabei ist, ist es immer peinlich, viel Worte zu machen.

Und ich weiß, daß, wenn er mit uns am Tisch saß, immer eine Bedrückung dabei war. Seine Bedrückung teilten wir. Wie auch Mutters Blicke, die immer erst ängstlich nachprüften, ob er eine Reaktion zeigte, in welcher Stimmung er gerade war.

Und nun schweigen wir alle. Wir Kinder rufen uns nur zu Geburtstagen an, ohne uns etwas zu erzählen, denn alles ist immer „in Ordnung".

„Mach kein Gelaber", hat Vater manchmal gesagt.

„Ich komm schon noch. In diesem Sommer krieg ich das bestimmt hin", sage ich, obwohl ich weiß, daß es nicht stimmt, weil ich den Sommer durcharbeiten werde, weil alle Familienväter und -mütter ihren Jahresurlaub in der Ferienzeit nehmen müssen. Ich werde arbeiten, auch an den Wochenenden, und keine Zeit haben oder einfach zu müde und zu kaputt sein, wenn ich welche haben sollte.

„Dann laß den Kopf nicht hängen." Ihre Stimme klingt schon wieder brüchig, vielleicht weint sie erst richtig, wenn unser Gespräch beendet ist.

Ich könnte ihr erzählen, daß ich in Israel einer Version von Vater begegnet bin. Mir kommt diese Idee ganz plötzlich. Ich sehe meinen Engel an und merke, daß ich meinem Vater begegnet sein muß, seinem Schweigen. Nur, daß ich gegangen bin, daß ich dieser Bedrückung, die mich so überraschte, die mich überfiel, und die mir so vertraut ist, diesmal entfliehen mußte.

„Dann mach's gut. Ich melde mich", sagt Mutter und wirft mir einen Kuß durch die Leitung.

Mutter ist nicht geflohen. Sie hat sein Schweigen einfach ertragen, manchmal zeternd, manchmal stumm und vielleicht auch glücklich.

„Es wird schon, mach dir mal keine Gedanken", versuche ich sie zu trösten.

„Soll ich dir was schicken?" fragt sie.

Sie packt gern Pakete mit Plätzchen, geräucherter Schweinelende und anderen Leckereien. Ich liebe es, aber ich will es nicht so oft haben, denn wenn es da ist, esse ich. Aber ich will nicht essen. Sechs Kilo habe ich abgenommen, aber das werde ich ihr nicht sagen. Vielleicht halte ich dieses Gewicht.

„Nein, brauchst du echt nicht. Ich hab alles hier. Und wenn es noch wärmer wird, da verdirbt vielleicht noch was. Wär doch schade drum."

Sie küßt abermals in die Leitung.

„Paß auf dich auf."

„Klaro. Tschüs und schöne Grüße!"

Sie legt auf. Ich bleibe liegen. Mein Engel hängt still und nachdenklich über mir.

Er hat sich benommen wie mein Vater.

Dieser Gedanke ist plötzlich glasklar in meinem Kopf, scharf und hell. Wie eine Klinge. Was soll ich nun damit machen? Es kann nicht so einfach sein – und so kompliziert.

Ich werde niemanden mit diesem Gedanken behelligen, nicht meinen Vater, nicht meine Mutter. Vielleicht werde ich Maria davon erzählen. Wahrscheinlich wird sie mir mit Freud kommen.

„Klassisch", wird sie sagen, „das ist so klassisch."

Ich habe keine Lust auf ihre Theorien, auf ihre kühle Analyse. Ich spüre den Stein in meinem Magen. Und wenn Mutter diesen Klumpen auch in sich trägt, seit sie mit Vater zusammen ist, von

Anfang an? Diese Angst, daß er etwas verschweigt, daß er zu feige oder unfähig ist, die Wahrheit zu sagen, daß ihm selbst für die Lüge Worte fehlen.

Als ich Mutter sagte, daß ich schwul bin, verschwand meine Angst nicht, sondern paarte sich mit der ihren. Ich wollte sie ins Vertrauen ziehen, aber sie benahm sich wie eine Komplizin.

„Das geht niemanden was an", flüsterte sie. Sogar vor Vater wollte sie es verbergen.

Vielleicht ist ihre Angst der meinen ähnlich.

Ich liege auf meinem Bett, mitten in Berlin, und halte noch immer den Hörer ans Ohr. Mein Engel bewegt sich noch immer nicht, er hat sich eingependelt und sieht stumm in Richtung Fenster.

„Na du?"

Er ruft an. Er muß nicht sagen, wer hier spricht, weil ich am Klingeln des Telefons höre, daß er mich anruft. Es scheint, daß eine Fangschaltung in mir installiert ist, die seinen Ruf empfängt, so daß ich sofort lächle, noch bevor ich abhebe.

„Was gibt's Neues?"

„Och, nicht so viel. Bloß daß mir die Lemminge in der Redaktion unglaublich auf die Nüsse gehen. Alle sind cool und edgy und supi, als hätten sie nur bunte Knete im Kopf. Man kann sich nicht mal auseinandersetzen mit diesen MTV-Zombies."

Seine Stimme klingt hart, wenn er von seiner Arbeit spricht. Es gibt dort Dutzende Praktikantinnen, Mädchen, die sich das Haar rot färben, gepierct sind und Vanessa, Naomi und Laila heißen. Die Jungs nennen sich Pascal, betonen ihren Robert englisch, und der Hosenboden schlabbert ihnen um die Kniekehlen.

Ich habe sie gesehen, als ich ihn abholte. Wie ein Relikt bin ich mir vorgekommen, zu alt und etwas zu fremd. Er fühlt sich wahrscheinlich jeden Tag so. Trotzdem, es ist nur ein Job.

„Ach komm", will ich ihn beschwichtigen, „die tun doch keinem was, denen verreckt höchstens mal ein Tamagotchi. Nimm dir das nicht so zu Herzen."

„Leicht gesagt.“ Er zieht an seiner Zigarette.

Ich liege auf dem Boden und höre ihm zu, auch wenn er nicht spricht. Es ist gut, obwohl der Gebührenzähler weitertickt, ihn einfach am anderen Ende der Leitung zu wissen, weil wir dann irgendwie zusammen sind. Die S-Bahnfahrt zu ihm dauert fünfunddreißig Minuten. Nehme ich den Wagen, kann es passieren, daß ich fünfundvierzig Minuten unterwegs bin. Ich muß durch Mitte, mich durch die Kräne schlängeln, Baustellen meiden, den kürzesten Stau abpassen und möglichst nicht gleich nach Büroschluß fahren. Wenn ich bei ihm aufwache, dauert mein Weg zur Arbeit etwas länger. Es ist seltsam, daß sich die Zeit zu dehnen scheint, denn es macht mir nichts aus.

„Sehen wir uns morgen?“ Am liebsten führe ich sofort los. Aber es ist Mittwoch, und wenn ich jeden Tag zu ihm wollte, ginge es nicht. Obwohl es schön wäre.

„Gerne“, sagt er. Jetzt lächelt er.

„Fehlst mir ganz schön.“

„Du mir auch. Komisch.“

„Was ist komisch, daß wir uns fehlen? Find ich gar nicht komisch. Schön find ich das. So.“

„Ich mein, daß es erst sechs Wochen sind. Manchmal denk ich, das geht schon viel länger mit uns.“

„Sechs Wochen? Du hast recht, das denk ich auch.“

Sechs Wochen, sechs Wochenenden, ein paar Abende unter der Woche. Kino, Essen, Musik hören, miteinander einschlafen.

„Was machst du heute noch?“ frage ich ihn.

„Ich guck noch *Tagesthemen*, dann geh ich ins Bett. Morgen ist große Redaktionssitzung, da kommt die Chefin aus München, olle Kuh.“

„Nu laß doch.“

„‚Fun, fun, fun!‘“ äfft er seine Chefin nach. „‚Das Wichtigste ist, ihr habt fun!‘ Ich kann's nicht mehr hören.“

„Dann streck doch einfach deine Fühler aus. Such dir was anderes.“

„Leicht gesagt."

„Na, daß es einfach wäre, habe ich nicht gesagt. Hetzt dich ja niemand."

„Hast ja recht. Und was machst du heute noch?"

„Wollt eigentlich noch bei Maria vorbeigucken. Wir gehen noch um die Ecke, ein Bier trinken oder so."

„Na dann, kommst du also morgen."

„Ja, so gegen sechs?"

„Mmh, ich freu mich."

„Ich mich auch. Schlaf schön, bis morgen."

Wir legen auf. Ich bleibe noch auf dem Boden liegen. Es ist hart, aber es ist gut, die Wirbelsäule gegen etwas Hartes, Festes zu drücken. Ich lese dann Zeitung, stülpe mir die Kopfhörer über. *Das Glück kennt nur Minuten, der Rest ist Warteraum.* Er hat mir eine Knef-Kassette bespielt. Sechs Wochen. Ich bin stolz. Es fühlt sich gut an.

Ich höre den Titel zu Ende. Er ist traurig, aber ich bin plötzlich resistent gegen traurige Lieder. Sonst versinke ich darin. Dann stelle ich die Roberta-Flack-CD auf Wiederholung und höre *First Time Ever I Saw Your Face*. Zehnmal. Oder *Jesse*, vielleicht *Will You Still Love Me Tomorrow*. Auch die Knef-Songs sind traurig, aber sie sind es auf eine gelassene Art. Ich mag sie, obwohl ich sie früher nicht mochte.

Momentan perlen die Lieder an mir ab, sie sind traurig, doch ich bin gegen Traurigkeit imprägniert. Also sind sie einfach nur schön.

Das Lied ist zu Ende. Ich summe es weiter, ziehe mir die Schuhe an und schalte den Anrufbeantworter ein. Ich würde ihn gern sehen, jetzt und sofort, aber ich gedulde mich, denn ich weiß nicht, was ich ihm sagen sollte. Ich kann nicht alles sagen, weil ich die Worte dafür vergessen habe, falls ich sie je wußte.

Aber ich muß zu Maria. Wir haben uns sechs Wochen nicht gesehen. Sie weiß nicht, was los ist, denn ich habe es ihr noch nicht gesagt. Ich werde es heute erzählen, obwohl ich nicht weiß, was ich ihr sagen soll. Es ist alles so neu. Sie wird mich aber verstehen. Ich habe sie auch verstanden, als sie für Volker schwärmte, wie schön er sei, wie zärtlich, wie gut es ihr täte, daß sie nie gedacht hätte, daß es sie noch mal so erwischt.

Es nieselt. Maria wohnt um die Ecke; es sind genau fünf Minuten zu Fuß. Wenn ich von meiner in ihre Straße abbiege, sehe ich schon, ob in ihrem Wohnzimmer Licht brennt. Es ist ein gelbes Licht.

Das Haus ist alt. Die Balkontür ist durch ein Gitter abgesperrt, weil der Balkon nicht mehr existiert. Er ist nur noch ein Umriß aus abgebrochenen Ziegeln.

Die Haustür quietscht, eigentlich müßte schon abgeschlossen sein, aber sie ist noch offen. Maria wohnt fast alleine im Aufgang. „Eigentlich muß ich hier raus", sagt sie, aber sie kann sich keine andere Wohnung leisten. Im Treppenhaus hängen Spinnweben. Das stört mich, aber ich sage es nicht. Es sind ihre Spinnweben, meine entferne ich alle paar Wochen, obwohl es bei mir nicht viel Spinnen zu geben scheint. Wahrscheinlich gibt es sie nur bei Leuten, die sich wirklich vor Spinnen fürchten. Vor den fetten und haarigen. Die Klingel, eine elektronische Melodie, leiert schon seit Wochen. Aber auch das soll mich nicht stören. Ich mag Marias Gelassenheit in solchen Dingen. Es gibt wichtigere Sachen, und sie kümmert sich eben nur um die wichtigen. Manchmal, wenn das Chaos zu groß ist, macht sie „Klar Schiff", wie sie es nennt. Ich drücke noch mal auf die jaulige Klingel; von drinnen ruft sie „Komm ja schon".

Sie öffnet die Tür: „Hallo, komm rein."

Maria hat ihr schwarzes Leinenkleid an. Sie wirkt darin leicht und elegant, es umspielt sie.

„He, du bist ja rausgeputzt. Gehen wir um die Ecke?" frage ich sie.

„Dacht ich so."

„Gut, da lege ich jetzt nicht ab."

Ich setze mich solange an den kleinen runden Tisch in der Küche. Maria will mich immer ins Wohnzimmer bugsieren, aber ich sitze am liebsten hier am Fenster. Auf der kleinen Tischplatte türmen sich Briefe, dazwischen steht eine kobaltblaue Zuckerdose. Aus der zerknautschten Marlboro-Schachtel schaut das zerdrückte Mundstück der letzten Zigarette heraus.

„Alles klar bei euch?“ rufe ich in Richtung Badezimmer, das eigentlich nur ein langer Schlauch mit elektrischer Duschkabine, Kloschüssel und Waschbecken ist.

„Ja, Volker geht heute mit seinem Freak noch einen trinken. Da schläft er in seiner Bude.“

Der „Freak“ hat seinen Plattenladen neben Volkers *Bio-Stube*.

„Die quatschen doch wieder bis um drei.“ Sie kommt in die Küche, wühlt zwischen den Zeitungen herum, findet eine handtellergroße Muschel und fischt zielsicher zwei silberne Ohrringe aus dem Gewirr von Ringen, Kettchen und Steinen.

„So.“ Sie fädelt die dünnen Haken in ihre Ohrläppchen. „Ich bin dann soweit.“ Sie kramt nach dem Portemonnaie, runzelt die Stirn, als sie es kurz öffnet und den Inhalt nachzählt, dann sieht sie mich an und lächelt: „Von mir aus können wir.“

„In die *Funzel*?“

Maria nickt und nimmt ihre Jacke von der Garderobe. Die *Funzel* ist unsere Eckkneipe. Nichts Besonderes, hier trifft sich nur der Kiez. Es ist keins dieser Szenelokale, in denen sich Künstler treffen oder die, die sich dafür halten. Keine überspannten Touristen aus Süddeutschland, die „Spaß“ mit einem kurzen A haben wollen. Keine aschblonden Bundestagsverwaltungssekretärinnen oder Beamtengattinen, die eben aus Bonn hergezogen sind und sich durchs Nachtleben bewegen wie durch eine billige Boutique, während ihre Männer im Salz-und-Pfeffer-Sakko die Hemdkragen offenstehen lassen. Die *Funzel* ist auch keine Schwulenkneipe. Es ist überhaupt keine Kneipe, in die man zufällig und neugierig gerät.

Wir sind beide gern hier. Obwohl manchmal ausgefranste Dauerwellen in Patchworklederjacken herumkeifen, obwohl Quartalstrinker lautstark Politik kommentieren und „Braunen“ bestellen,

Skatbrüder bei jedem Stich auf den Tisch hämmern, während verspätete Männer in Arbeitsklamotten am Tresen hocken und jeden Frauenhintern anzüglich begrinsen. Es ist gemütlich.

Malte winkt von hinter der Theke. Wir setzen uns an den einzigen freien Tisch. Ausnahmsweise nehme ich mit dem Rücken zum Raum Platz. Maria auf der gepolsterten Bank. Hinter ihr hängt ein großer Spiegel mit schwerem Goldrahmen.

„Na ihr, allet klar?“ ruft Malte im T-Shirt und Jeans, ein kariertes Geschirrtuch in der Hand, und stützt sich auf meine Stuhllehne.

„Ja, klaro“, sage ich.

„Ja, Malte, wie geht's denn Jenni?“ fragt Maria.

Maltes Augen werden ganz kurz traurig, aber er fängt sich sofort wieder.

„Na, wie det so is, die Chemotherapie is halt 'n dickes Ding.“ Er nickt, während er das sagt. Maria sieht ihn an. „Aber et muß ja irjendwie weiterjehn. Die macht det schon, die Jenni.“

„Bestell ihr Grüße“, sagt Maria.

„Mach ick doch glatt. Was darf's denn sein bei euch zwei Hübschen?“

„Ich nehm ein Bier, ein großes.“

„Ich glaub, ich nehm einen Rotwein. Einen trockenen.“

Malte nickt. Dann blickt er mich schelmisch an und neigt den Kopf etwas zur Seite: „Heute keene Gurke, junger Mann? Hab janz früsche da.“

Maria lacht, ich grinse: „Gut, eine große Gurke.“

„Dacht ich's mir doch.“

In der *Funzel* esse ich immer meine Spreewaldgurke.

„Also, 'n großet Flens, 'n trocknen Roten für die Dame und eene Gurke, wa?“

„Exakt, Maestro“, sage ich. Wir lachen. Malte schlurft zurück zur Theke.

„Was gibt's bei dir? Wir haben uns ja ewig nicht gesehen“, sagt Maria und zündet sich eine Zigarette an.

„Ja, es gibt was", setze ich an, „weiß bloß nicht, wie ich es sagen soll. Ist alles noch ganz frisch."

Maria zieht die rechte Augenbraue hoch. „Ach."

„Ich glaub, mich hat's erwischt, und zwar ganz schön."

Maria sagt noch mal „Ach" und zieht die Augenbraue noch höher.

Während Malte den Wein, das Bier und den Teller mit der längs aufgeschnittenen Gurke auf den Tisch stellt, „Bitte schön" murmelt und ich ihm zunicke, rutscht die Braue wieder auf normale Höhe: „Erzähl mal."

„Er ist neununddreißig, wohnt in Wilmersdorf, arbeitet bei einer Zeitschrift und wir sehen uns jetzt schon sechs Wochen."

„Aha?"

„Und ich glaub, er ist auch verliebt. Was ja mal was Neues wäre zur Abwechslung."

„Und?"

„Und er ist Hildegard-Knef-Fan, ist nicht blöd, kann ganze Sätze bilden, hat wunderschöne Augen und ...", ich denke kurz nach, suche an der Decke nach weiteren Unds, „und sieht gut aus."

Maria schweigt und nippt am Rotwein, dann sieht sie mich wieder an, als warte sie auf irgend etwas. Ich liefere es: „Eigentlich ist er schön. Ja. Richtig schön ist der."

Maria zieht an der Zigarette, trinkt noch einen, jetzt etwas größeren Schluck Wein.

„Schönheit reicht aber nicht auf Dauer."

Sie stellt das Glas wieder ab und sieht mich an, als erwarte sie etwas. Sie blickt nicht feindselig, sondern hat wieder den ruhigen und tiefen Analytikerblick.

„Was soll das denn jetzt, Maria?"

„Nur so, weil es eben so ist."

Irgendwie glaube ich nicht, was sie gerade gesagt hat. Was ich ihr gerade gestanden habe, paßt nicht dazu, ebensowenig meine Gefühle, schon gar nicht Marias kalter Gesichtsausdruck.

„Na, schönen Dank auch."

Ich merke, daß ich mich ärgere, daß ich es nicht will, aber ihre Feststellung frißt sich in Windeseile in meine Eingeweide. Wie ein Brandloch in eine Tischdecke.

„Gut, reden wir von was anderem, wenn das nicht geht. Oder wir brechen gleich ab", sage ich.

Ihre Augen werden sanfter. In mir beginnt die Wut ein größeres Loch zu fressen.

„Ach, Mensch. Wieviel habe ich jetzt schon kennengelernt von deinen Männern? Wie oft warst du verknallt, warst dann wieder enttäuscht. Ich kann's eigentlich nicht mehr hören."

„Wie? Waren's drei oder vier in den letzten sechs Jahren, mit denen ich dich belästigt habe? Den ganzen Rest, wo ich dir nichts, aber auch nichts gesteckt habe, den hast du nicht mal geahnt, meine Liebe."

Es ist, als spielten wir Schach, nur daß die Figuren sich nicht an die Felder halten und springen, wie es ihnen gefällt.

„O doch, das hab ich." Sie grinst mich etwas anzüglich und wissend an. Mein Ärger schwelt längst nicht mehr, er brennt. Die erste Flamme züngelt mir die Brust hoch. Jetzt schiesse ich auch.

„Gut. Dann entschuldige ich mich hiermit, daß ich so flatterhaft bin und die wahre Liebe nicht pachten konnte wie du. Und ich verspreche dir hiermit hoch und heilig, daß ich dich nie wieder, nie wieder, einem Mann vorstellen werde. Das kannste auch schriftlich kriegen."

Sie entgegnet nichts, ihre Zigarette ist fast aufgeraucht, sie trinkt wieder, schaut an mir vorbei. Ich sehe in den Spiegel. Nur der Rücken eines Mannes fällt mir auf. Er steht am Spielautomaten, eine elektronische Fanfare kündigt den fälligen Münzeinwurf an.

Dann sagt Maria doch noch etwas.

„Ich hab mich immer auf sie eingestellt, war ja auch nett manchmal. Wir waren im Kino, wir waren essen, immer mit 'nem anderen. Du hast ja selbst die Namen schon vergessen. Ich weiß einfach nicht, was ich davon halten soll, tut mir leid. Ich nehm das nicht mehr ernst."

Ich trinke einen großen Schluck Bier, nicht um den Durst, sondern um den lodernden Zorn zu löschen, es ist ein Großbrand. Ich bin wütend, ich bin hilflos und wütend, was mich noch wütender macht. Das Bierglas knallt mit einem dumpfen Wumms auf den Tisch. Plötzlich kommen mir meine sechs Wochen klein und nichtig vor. Ich kann Maria nicht widerlegen, ich bin wütend, weil sie recht hat, und ich bin wütend, weil es ungerecht ist.

„Dann bleibt's dabei. Ich werde dich mit meinen Männerbekanntschaften nicht mehr behelligen. Tut mir leid, daß dir das soviel Umstände gemacht hat. Tut mir echt leid. Wußt ich nicht."

Aufstehen könnte ich und gehen. Ich könnte ihr sagen, daß sie einfach Glück gehabt hat, daß es mit ihrem Volker schon zwei Jahre dauert, daß sie sich ansonsten aufführt wie eine überhebliche Kuh und daß man meines Wissens das Glück nicht verdienen kann. Es kommt, oder es kommt nicht.

Ich esse meine Gurke und versuche nicht zornig auszusehen. Ich kaue bewußt langsam. Ich will ihr nicht zeigen, daß mir meine schönen sechs Wochen plötzlich zusammenschmelzen, daß ich plötzlich nicht mehr sicher bin, daß ich Angst habe, daß es genauso passiert wie sonst. Vor zirka dreißig Minuten war ich noch sicher, waren die sechs Wochen eine Leistung, ein Anfang, kein schlechter Anfang. Ich tue nichts. Würde ich zeigen, wie wütend ich bin, gäbe ihr meine Wut recht. Ich gönne ihr diesen Triumph nicht. Und sie reagiert ebenfalls nicht. Kein „Tut mir leid" kommt über ihre Lippen.

Ich trinke mein Bier und esse das letzte Stück Gurke, ohne sie zu fragen, ob sie denn auch eine gewollt hätte. Ich bezahle die Gurke alleine, also esse ich sie auch alleine. Ich werde auch für mein Bier und ihren Wein bezahlen.

„Bezahl deinen Scheiß selber!" könnte ich ihr entgegen spucken, irgendeine Gemeinheit will ich mir noch einfallen lassen. Ich könnte sagen, wie bescheuert ich ihren langhaarigen Müsli-Volker finde, daß er für mich nicht mal in die engere Wahl käme, daß er zu überhaupt keiner Wahl stünde, weil jeder meiner

Typen, und wenn sie auch nur eine Nacht oder eine halbe Stunde mit mir zusammen waren, geiler aussahen als ihr blöder Hetero-Volker.

Vielleicht aber sollte ich ihr von uns erzählen, davon, wie wir uns geliebt haben, auf welche Weise er „Du“ zu mir sagt, und daß er weiche Knie bei unserem ersten Kuß hatte. Ich könnte sogar lügen, daß ich auch weiche Knie hatte, nur aus Prinzip.

Aber es klänge jetzt alles lächerlich.

Ich bin nicht fähig, einfach aufzustehen, bei Malte an der Theke zu bezahlen und sie hier sitzen zu lassen. Zusammen mit ihrer unglaublichen Unverfrorenheit.

Aber ich lasse sie nicht sitzen. Würde ich jetzt aufstehen, wäre es das Ende unserer Freundschaft. Soviel ist mir klar. Ich bin mir nicht sicher, ob sie das auch weiß, ob sie damit rechnet. Ich sehe sie an und sehe nichts. Sie hat sich nicht verändert.

Sie sieht noch genauso aus, raucht schon wieder, hat das Weinglas schon fast ausgetrunken und guckt mich an, als wäre nichts passiert, als hätten wir gerade vom Wetter gesprochen.

Kein Wort mehr.

Statt dessen winke ich Malte.

„Nochma detselbe?“

„Nö, mach mal die Rechnung.“

„Det war der Wein, 'n großet Flens , det macht denn ....“

„Vergiß die Gurke nicht, eine Speewaldgurke“, sage ich und versuche zu lachen.

„Ach ja, der Gurkenhai, det jeht heute uffs Haus. Elfsiebzig sind's denn.“

Ich lege einen Zwanziger hin.

„Mach vierzehn.“

„Oki, danke, schönen Abend noch.“

„Gleichfalls“, murmeln wir.

Ohne ein Wort gehen wir, trotz allem noch nebeneinander. Kurz bevor Maria zu ihrer Wohnung abbiegt, bleibt sie stehen. „Dann gute Nacht. Sehen wir uns am Wochenende?“

Sie steht auf dem Trottoir und sieht mich an.

„Nein, das glaub ich nicht, daß wir uns am Wochenende sehen."

„Na, dann." Sie zögert noch einen Moment, als wollte sie noch etwas sagen.

Ich komme ihr zuvor: „Na, dann." Dann drehe ich mich um, einfach so, ohne zu warten, was noch hätte sein können, und ohne ihr einen Kuß auf die Wange zu drücken. Der Niesel hat aufgehört, meine Schritte hallen auf dem Kopfsteinpflaster. Beim Laufen sehe ich mir das Pflaster genau an. Jeden Schritt. Ich drehe mich nicht um. Vielleicht wartet Maria noch auf mein Winken. Sonst drehen wir uns immer um und winken kurz. Diesmal nicht. Ich gehe nach Hause. Einfach so. Mit der ganzen Wut und mit allem.

Ich versuche an ihn zu denken, lasse die sechs Wochen an mir vorbeiziehen, überprüfe, ob wir uns wirklich das alles gesagt haben, was wir uns sagten, und ob es Anzeichen der Lüge gegeben hat – bei ihm oder bei mir. Im Treppenhaus erlischt das Licht, bevor ich an meiner Tür bin, ich taste nach dem Schlüsselloch. Auch die Wohnung ist dunkel. Ich will jetzt kein Licht und tappe im Dunkeln durch das Zimmer.

Ich will, daß es diesmal länger dauert. Ich stehe an meinem Fenster und sehe in den dunkelgrauen Nachthimmel, wo sich der Mond über dem Hausgiebel gegenüber durch die vorbeiziehenden Wolken wie blasses, durchsichtiges Pergament abzeichnet.

The First Time Ever I Saw Your Face singt Roberta leise in mir. Es ist schön, aber nun ist es auch wieder traurig. In mir haben sich Angst und Wut eingenistet. Wut auf Maria und Angst, daß sie recht haben könnte.

„Bitte, laß es diesmal klappen, laß es einfach länger dauern, bitte", flüstere ich.

Kapitel 7

Es ist seltsam. Zum ersten Mal sitzt ein schlafender Mann auf meinem Beifahrersitz. Er ist eingenickt, die Karte liegt etwas zerdrückt auf seinem Schoß. Ab und zu werfe ich einen Blick auf ihn. Ich würde gerne länger hinsehen.

Wenn er schläft, sieht er aus wie ein Kind. Sein männliches Gesicht ist ganz entspannt und weich, seine Lippen, seine Stirn, die Augenbrauen, alles an ihm ist glatt und schön. Im Moment hat er jedoch die kleine senkrechte Falte zwischen den Brauen, als ob er sich aufs Schlafen konzentrierte. Ich lächle, und ich gebe mir Mühe beim Fahren, daß er schlafen kann. Es ist ein gutes Gefühl.

Vorhin lag seine Hand die ganze Zeit auf meinem Schenkel, sooft ich konnte, habe ich sie gestreichelt.

„Nehmen Sie mal beide Hände", hat er schmunzelnd gesagt.

„Und womit soll ich lenken?"

Wir kicherten. Ich glaube, er freut sich auch. Ich bin ungeduldig. Wir haben uns einfach entschlossen, wegzufahren. Es ist Ostern, ich muß zwar am Montag wieder arbeiten, aber jetzt ist es Freitag, also bleiben uns über zwei Tage. Ohne Plan.

Jedenfalls weiß er nicht, daß ich ein Zimmer in Kloster Zinna reserviert habe. Eins mit Himmelbett. Jo hat gesagt, es ginge natürlich klar. Jo besitzt das kleine Hotel, und wir kennen uns lange. Ich bin nur selten da, denn er und sein Freund haben immer zu tun. Am Wochenende ist das Restaurant voll. Es hat sich herumgesprochen.

Manchmal komme ich allein, manchmal bringe ich Freunde mit. Matze und Heiner waren schon mit mir hier, Maria natürlich auch. Mit Olaf habe ich damals nur Kaffee getrunken. Es war ein Sonntagnachmittag. Und dann war ich mit einem da, dessen Namen ich vergessen habe. Und vielleicht auch vergessen wollte. Holger. Ich weiß ihn natürlich noch. Der kleine, verlogene Typ von der Ostsee. Eigentlich nicht klein, sondern groß, breitschultrig und stämmig, mit einer warmen, tiefen Stimme. Ich wollte ihn beeindrucken. Wir verbrachten eine Nacht in der Försterei. Es war unsere letzte. Eine Woche später sagte er mir, daß er doch einen Freund habe. In Hamburg. Er gestand es mir am Telefon.

Niemals wieder, das habe ich mir geschworen, will ich Jo und seinem Freund einen dieser Männer präsentieren. Die beiden sind zehn Jahre zusammen. Ich schäme mich vor ihnen. Obwohl sie nie auch nur ein Wort darüber verloren haben.

Vielleicht werden sie mir eines Tages sagen, daß sie diese Männergeschichten mißbilligen. Wie es Maria getan hat, mit der ich seitdem nicht gesprochen habe. Das ist drei Wochen her. Auch sie hat sich nicht gemeldet.

Nun haben wir neun Wochen. Es ist noch schön, es wird schöner sogar. Er schläft, ich fahre ihn. Ich nehme nicht die Autobahn, ich will ihm die Alleen zeigen, die jetzt hellgrün und frisch sind. Die Sonne bricht durch die Kronen, die einen grünen Tunnel bilden, aus dem es Licht regnet.

Neben mir seufzt es. Die Karte auf seinen Knien raschelt. Er zuckt hoch und gibt ein leises „Oh“ von sich.

„Ausgeschlafen?“

„Mmh.“ Er räkelt sich. „So 'n bißchen. Hat mich einfach weggezogen.“

„Ha, die Narkose war wirksam“, sage ich. „Sie haben keine Chance. Niemand wird Sie finden, und niemand wird Sie schreien hören.“

Ich setze mein Camorra-Gesicht dazu auf und werfe ihm einen kurzen, verschwörerischen Blick zu. Er schaut zurück und lacht.

„Dann hab ich wohl keine Chance."

„Ich hoffe nicht", sage ich, „du kennst meinen Plan noch nicht."

„Wo sind wir?"

„Mitten im wunderbaren Land Brandenburg. Achten Sie auf die Alleen, auf die wunderhübschen Feldsteinkirchlein und auf die herumstehenden ABM-Kräfte in der einzigartigen, dörflichen Umgebung."

Er lacht: „Stehen die ABM-Kräfte auch zu Ostern da?"

„Was denkst du denn. Wer soll sonst die mundbemalten Öko-Eier verstecken?"

„Das sollte ich mal sagen."

„Ich bin hier der Ossi, also darf ich das. Vielleicht sehen wir ja noch Westberliner, die gerade ihr Alteigentum zwangsräumen. Das gibt immer gute Bilder."

„Sei nicht so böse."

„Mach doch nur Spaß. Würd ich doch nie machen."

„Was? Böse sein?"

„Nö, vertriebene Ommas knipsen."

„Doch, du *bist* böse."

„Ich laß das einfach raus, sonst frißt es innerlich. Sonst würde ich nämlich richtig böse werden. So ein alter böser Mann, der kleinen Kindern den Roller umschubst. Aber eigentlich bin ich lieb. Meistens."

„Ich dürfte das jedenfalls nicht sagen, als Wessi."

„Eben, deswegen sag ich's ja."

„Und warum?"

„Ist eben meine Art, damit umzugehen. Jedenfalls bin ich kein Jammer-Ossi. Die Sorte geht mir schon lang auf die Nüsse. Und genauso nerven mich die Westmenschen, die hier rumfahren wie im Menschen-Zoo."

Die Hand auf meinem Knie streichelt mich beruhigend. „Ist doch nicht mehr so schlimm."

„Nein, da hast du recht. Aber es hat mich krank gemacht. Ich war eine Weile ganz froh, daß man mir den Ostler nicht ansieht." Probeweise verstelle ich meine Stimme: „Was? Sie sind aus'm Osten? Das hätt ich aber nicht gedacht."

„Und?" fragt er.

„Du bist einfach nicht ernst genommen worden, du nicht und deine Meinung schon gar nicht. Woher sollte man sich hier eine Meinung bilden, wo doch alles manipuliert war? Da gab's eben Westmenschen, die mit dir sprachen, als wärst du gehirnamputiert."

„Denkst du noch manchmal an vorher?"Seine Stimme ist ruhig und weich. Wenn er vom Job spricht, vom Büro, von den Kiddies, die Grüße mit H schreiben, dann wird seine Stimme hart.

Ich denke nach. Vorher, das klingt, als wäre die Wende eine Sintflut oder wenigstens ein Krieg gewesen.

„Manchmal. Wenn ich was rieche, was ich lange nicht gerochen habe. Jetzt gibt es zum Beispiel *Vita Cola*. Da kaufe ich mir manchmal eine Flasche. Früher hab ich die getrunken, als Kind. Die schmeckt jetzt irgendwie nach damals. Das ist manchmal ganz gut. Aber sonst ..."

Ich denke nach, was damals für mich ist. Es ist sehr weit weg.

„Einmal bin ich durch Ostberlin gefahren, das war so zwei Jahre nach der Wende, da hielt ich mit meinem alten Lada an einer Ampel, und an der Straßenecke stand ein Polizist. Da hatte die Polizei noch die alten VP-Uniformen. Und plötzlich bekam ich einen Riesenschreck. Bloß für eine Sekunde. So nach dem Motto: War alles bloß ein Traum, alles ist wieder wie vorher. Und irgendwie war ich dann froh, daß es kein Traum war."

Ich sehe kurz zu ihm hinüber. Er hört zu und lächelt etwas.

„Wo fahren wir eigentlich hin?"

„Sag ich dir nicht. Das gehört zu meinem Plan."

„Sag doch mal."

„Kennst du Kloster Zinna?"

„Nö, glaub nicht." Dann sagt er: „Doch. Schon von gehört hab ich. Gibt's da nicht ein Forsthaus oder so?"

Er legt seine Hand wieder auf meinen Schenkel. Ich lege meine Hand auf seine.

„Das ist die *Alte Försterei*. Da fahren wir auch hin."

„Soll gut sein."

„Ist gut."

„Wann sind wir da?"

„Viertelstunde."

Wir fahren durch Luckenwalde. Trotz des Frühlings, trotz der Frauen in bunten Kostümen, trotz der Männer in hellen Hosen, sieht es trostlos aus.

„Jüterbog ist schöner", sage ich.

Er schweigt und zündet sich eine Zigarette an.

Letzte Woche, als wir bei mir waren, hat er gefragt: „Stört's dich, wenn ich mal nichts sage?"

„Nö, ich muß ja auch nicht ständig reden. Oder findest du, ich texte dich zu?"

„Quatsch. War nur so 'ne Frage."

Dann hat er geschwiegen. Wir schwiegen beide, den ganzen Nachmittag lang. Ich saß am Schreibtisch und ging ein neues Konzept durch, schrieb ein paar überfällige e-mails, trank Kaffee, während er auf der Couch lag und las.

Einige Male, auf dem Weg zur Küche, wenn ich mir Kaffee holte oder den Aschenbecher ausleerte, strich ich ihm über den Kopf, ging sofort weiter, ohne ihn anzusehen, was mir etwas Überwindung abverlangte. Ich würde ihn gern länger ansehen, eigentlich ständig, aber er will das jetzt nicht. Man kann sich nicht ständig ansehen, ich muß mich daran gewöhnen. Auch reden geht nicht immer.

Es war schön, ihn einfach da zu wissen. Sein Schweigen hätte mir gefehlt an diesem Nachmittag.

Manchmal ist er zurückhaltend. Er will nicht immer Sex, obwohl ich ständig mit ihm schlafen könnte. Ich muß herausfinden, wann er will. Einmal hat er gesagt: „Jetzt nicht". Das hat mich getroffen, aber ich habe es nicht zugegeben, denn es ist sein gutes Recht, nicht zu wollen.

Andererseits hat er sich, nachdem wir drei Stunden geschwiegen hatten, von mir ins Schlafzimmer tragen lassen. Als hätte ich ihn erst wach küssen müssen. Dann haben wir miteinander geschlafen. Er war wieder in mir. Ich würde gern in ihm sein. Einmal habe ich ihn genommen, langsam und zärtlich. „Ich bin das nicht so gewöhnt", hatte er geflüstert.

Als ich dann auf ihm lag, ihn küßte, sagte er „Lieber" zu mir.

„Ich wünsche es mir öfter, aber dazu bin ich zu verkrampft", gab er danach zu. Seither habe ich es zweimal versucht, aber es ging nicht. Ich will ihn nicht zwingen. Er soll Lust empfinden, er soll es genießen, wie ich es genieße, wenn er mich besteigt und ich ihn dabei festhalte.

„Daß du dich immer so fallen lassen kannst", sagte er letzte Woche.

„Wieso?"

„Na, beim Sex."

„Wenn ich geil bin, bin ich geil. Und dich find ich noch geiler."

„Ich kann das nicht so."

„Wieso? Du brauchst dich doch nicht zu schämen."

Dann hat er gelächelt, etwas schmerzlich vielleicht. Da habe ich ihn geküßt, und ich habe es ihm gesagt. Zum ersten Mal vielleicht, denn ich kann mich an die vorherigen Male nicht erinnern. Vielleicht sagte ich es, dann könnte es sein, daß ich log, ohne zu wollen oder aus purer Verlegenheit. Wenn ich es sagte, dann ist es sechs Jahre her. Mindestens. Ich sagte es ihm, ganz leise und ganz nah an seinem Ohr.

„Ich hab dich lieb. Du."

Aber ich fühlte, daß mir die Augen tränten, und ich verbarg mein Gesicht an seinem Hals. Er war verlegen.

Das letzte Stück Landstraße nach Luckenwalde ist schön; sie führt mitten durch den Wald. Seine Hand liegt immer noch auf meinem Knie, manchmal, wenn ich nicht schalten muß, streichle ich sie.

In Kloster Zinna biege ich ab, parke neben dem Haus unter einem blühenden Apfelbaum.

„Wir sind da."

Er nickt und steigt aus, schaut sich um, zündet sich eine Zigarette an.

„Laufen wir ein Stück?"

„Ja, gern", sagt er kurz.

Wir gehen schweigend zum Kloster, vorbei an den kleinen Weberhäuschen. Man könnte in die Zimmer sehen, die Fenster sind niedrig, aber verhangen mit dichten Gardinen. An manchen Hoftüren steht „Hier wache ich" unter dem Konterfei eines Schäferhundes. Ich deute auf den hohen Backsteingiebel: „Das Kloster."

Wie oft ich hier war, weiß ich gar nicht mehr. Das Museum ist heute geschlossen, nur die Klosterkirche am Friedhof hat auf. Ich gehe hinein, er folgt mir. Im Dämmerlicht scheinen die dunklen Bänke verwaist; ein schwarzer Kronleuchter aus Schmiedeeisen hängt drohend an einer langen, schwarzen Kette in der Mitte vor der Kanzel.

Ich setze mich auf die erste Bank. Er geht durch das Mittelschiff, sieht sich die hohen Rundbögen an, die mit ihren blauen Ornamenten fast orientalisch wirken.

Wir bleiben eine Weile. Ich zeige ihm den Marmorschädel, der eine Sanduhr trägt. Der Tod. Darunter schläft ein Marmormann mit Locken. Ich kann die Inschrift aber nicht lesen.

Wir gehen durch die Gänge, unter der Orgel hindurch, zum Altar, vorbei an den Gedenktafeln vom Ersten Weltkrieg, ums Taufbecken herum, als hätten wir nichts miteinander zu tun, als wären wir zwei Fremde, die zufällig zur selben Zeit hier sind, die sich ignorieren, weil sie fremd sind, weil sie sich nicht trauen, das Wort aneinander zu richten, weil sie sich schämen oder sich unwohl fühlen. Ich lasse ihn allein in der Kirche, lehne mich draußen an die Mauer und schaue in die Buchenkronen, blinzele in die Sonne. Im Frühling ist es manchmal, als wären meine Augen Fenster, und die Sonne scheint in sie hinein, in mich hinein, wie in ein dunkles, lange nicht gelüftetes Zimmer.

„Na?"

Er ist wieder da, steht neben mir, lächelt, und seine Augen, die jetzt wieder bei mir sind, sehen mich sanft an. Ich küsse ihn jetzt nicht. Vielleicht küßt er mich? Nichts geschieht.

„Schön hier", sagt er.

„Ja, das ist mein Lieblingsplatz."

Das ist wahr. Wenn ich nach Kloster Zinna komme, fällt der Alltag von mir ab, als existiere dieser Ort in einer anderen Zeit, in einer Art Paralleluniversum, das nichts mit dem meinen zu tun hat.

Aber das sage ich ihm nicht. Später vielleicht, wenn ich merken sollte, daß auch er dieses Stück Welt mag. Es ist mein Ort. Wir gehen zur Försterei, und ich spüre, daß es mich bedrückt, ihn Jo vorzustellen. Er weiß, daß ich verliebt bin, ich habe es am Telefon erzählt, als ich das Zimmer bestellte.

„Das ist ja schön, lern ich ihn kennen?" fragte er sofort.

Es ist Lampenfieber. Wieder gehen wir schweigend unseren langen Schatten hinterher.

Die Tür zum Flur quietscht leise, wir stehen unter einem Geweih. Er sieht sich um und lächelt, staunt, schlendert ins Vorzimmer, streicht über den Flügel, steckt die Hände in die Hosentaschen, bleibt stehen und sieht sich um, während ich langsam, ihm Zeit gebend, Richtung Restaurant gehe.

„Hallo! Da bist du ja. Allein?"

Jo kommt mir entgegen, und wir geben uns einen Kuß. Er strahlt, aber das tut er immer. Ich habe ihn nie mißmutig gesehen. Seit ich ihn kenne, scheint es, daß er schöner wird.

„Nein, nicht allein."

Jetzt ist auch er neben mir, ich stelle ihn vor. Jo lächelt ihn an, sie geben sich die Hand.

„Wollt ihr essen?"

„Ja, klar."

Jo führt uns zu unserem Tisch neben dem Kachelofen, nickt und huscht gleich wieder in die Küche. Sie haben immer zu tun.

Nie ist Zeit. Obwohl er immer zu tun hat, gibt er mir nie das Gefühl, daß ich unpassend komme, daß er gestreßt oder genervt ist. Vielleicht ist das ein Geheimnis, das ich erst noch ergründen muß.

Wir sehen die Karte an. Ich entscheide mich recht schnell für einen italienischen Rotwein und für den Frischlingsrücken. Er blättert noch.

„Klingt ja alles lecker", sagt er.

„Dafür bürge ich." Er entscheidet sich für den Heilbutt, einen Weißwein trinkt er dazu. Wir bestellen.

„Bist du oft hier?"

„Ja, aber trotzdem nicht oft genug. Ich brauch das ab und zu. Ein gutes Essen und die Atmosphäre hier. Das ist einfach nötig manchmal."

Er lächelt wieder und sieht mich kurz, aber genau an.

Es ist ein ruhiges Mahl. Wir prosten uns schweigend zu und essen.

„Gut", sagt er. Weiter spricht er nicht.

„Ist irgendwas mit dir?" frage ich dann doch.

„Nö, mir geht nur soviel im Kopf rum, wegen Job und so. Der Verein nervt mich immer mehr."

Was soll ich dazu sagen? Ich weiß, daß er von der Redaktion gefrustet ist und daß ich da nichts tun kann. Ich mache meine Arbeit gern, schreibe gern, habe nette Kollegen, bin zwar auch im Streß, aber es zahlt sich aus. Zum ersten Mal verdiene ich gut und fühle mich noch dazu wohl. Ich kann ihm nichts sagen, außer: Such dir was Neues. Dann aber wird er entgegnen, daß er bald vierzig wird, daß das also alles gar nicht mehr so einfach ist. Im Unterton heißt das: Du bist zu jung, um das zu verstehen. Sechs Jahre liegen zwischen uns; mir sind diese sechs Jahre egal. Ihm offenbar nicht.

„Die machen auch gutes Frühstück hier", sage ich. Ich will ihn ablenken und meine Überraschung präsentieren. Wenn er bedrückt ist, möchte ich ihn nicht auch bedrücken. Er soll sich leicht fühlen bei mir, daß er die andere Welt für einen Moment vergißt, wenn ich bei ihm bin.

„Aha", sagt er höflich, aber desinteressiert, denn er weiß nicht, worauf ich eigentlich hinaus will.

„Ich meine, hast du Lust, das auszuprobieren?"

„Was?"

„Das Frühstück."

Er sieht mich fragend an. Ich will ihn küssen, aber ich geniere mich.

„Ich habe uns ein Zimmer reserviert. Mit Frühstück, Himmelbett und einer wunderschönen Aussicht. Mein Osternest für dich, sozusagen."

„Echt?" Er lacht und drückt unter dem Tisch sein Knie gegen meins. Ich bin froh.

Jo kommt an den Tisch. „Hat es euch geschmeckt?"

„Wie immer, vorzüglich", antworte ich ihm.

„Ich zeig euch dann das Zimmer, ja?" Jo strahlt mich an. Dann setzt er hinzu: „Laß uns wieder mal in Berlin treffen. Da haben wir mehr Zeit als hier."

„Aber jederzeit", sage ich, obwohl wir beide wissen, daß wir es erst zweimal geschafft haben, uns auf einen Drink zu treffen. Es war schön; wir bringen uns kleine Aufmerksamkeiten mit. Er spricht nicht, wirkt schüchtern. Jo läßt sich nichts anmerken.

„Da woll'n wir mal", sage ich aufmunternd. Jo bringt uns zum Zimmer, schließt auf, wünscht uns „Viel Spaß" und geht sofort.

Das Himmelbett ist ein Traum, die Tür zum Bad sieht aus wie eine Schuppentür. Er mustert alles genau, prüft die Wasserhähne im Bad, setzt sich aufs Bett und wippt ein wenig. Ich geh zu ihm hin, und wir schlafen miteinander. Selbstverständlich und ganz zärtlich. Am Ende halte ich sein Gesicht in beiden Händen und sehe ihn an, während wir kommen. Seine Augen verzaubern mich, und ich richte all meine Zauberkraft auf ihn. Berlin, die Arbeit, sein Schweigen, Maria und meine Wut auf sie – alles ist weit weg. Ich bin bei ihm, er ist bei mir. Mehr brauche ich nicht. Auch die

Vorstellung, die nächsten Jahre mit ihm zusammen zu sein, macht mir keine Angst. Ja, ich weiß es sogar, ich weiß, daß ich es will. Ich würde es ihm versprechen, hier und jetzt, aber ich traue mich nicht, sondern lege meinen Kopf an seinen Hals und küsse ihn sanft.

Dann rauchen wir, wie immer, trinken den Wein, den ich aufs Zimmer habe bringen lassen.

„Was hältst du von Urlaub?" fragt er plötzlich.

„Viel", sage ich, „ die letzten zwei Jahre hatt ich praktisch keinen."

„Ich brauch auch welchen. Hätte Lust, nach Israel zu fahren."

Möchte er mit mir fahren oder allein? Soll ich ihm zu verstehen geben, daß ich gerne mitkäme? Wartet er darauf, oder will er mir beibringen, daß er alleine nach Israel fliegt? Ich weiß es nicht, deshalb bleibe ich neutral. „Aha, ich war nie in Israel."

„Ich wollte auch Lara wiedersehen."

„Lara?"

„Ich war schon oft in Israel. Da habe ich auch Lara kennengelernt. Auf einer Party. Am nächsten Tag trafen wir uns zum Kaffee." In seiner Stimme liegt ein weit entferntes Lächeln. „Gott, das ist schon zwölf Jahre her, glaub ich. Die ist 'ne ganz Liebe; wir haben uns gleich gemocht. Inzwischen ist Lara auch schon über fünfzig." Dann aber erzählt er eine andere Geschichte, zündet sich noch ein Zigarette an, trinkt einen Schluck Wein und fährt fort, ohne mich anzusehen.

„Ich hab sie danach oft besucht, und sie kam auch einige Male nach Berlin. Und dann, vor sieben Jahren, habe ich Itay kennengelernt. Er war ein Arbeitskollege von Lara. Sie hat ihn mir eigentlich vorgestellt. Gott, was war ich verliebt. Ich war sogar drauf und dran, nach Israel überzusiedeln."

Er sieht an die Decke. Ich kann das zwar nicht genau sehen, aber ich merke, wo die Glut seiner Zigarette hinzeigt. Obwohl er die Geschichte so erzählt hat, als sei ich nicht da, als sei es gar nicht wichtig, einen Zuhörer dabei zu haben, frage ich: „Und?"

„Gott, ich war in den schönen Itay verliebt, wirklich ein Bild von einem Mann. Oder eher ein Junge. Er war 27 damals, hat in Tel Aviv Jura studiert, war ganz aufgeweckt, und wir haben uns wirklich geliebt. Ich war fest davon überzeugt, daß ich mit ihm zusammensein wollte. War ein teures Unternehmen, so dreimal im Jahr nach Tel Aviv zu fliegen."

Es tut weh, wenn er von der Schönheit anderer spricht. Zwar flüstert er mir zu, wenn wir uns lieben, daß ich schön sei, aber nun, im Dunkeln neben ihm, beginne ich eine Art Trauer zu fühlen. Eifersucht – die hilfloseste Art des Verlangens. Eigentlich bin ich nicht eifersüchtig, denn das ist ein Gefühl, das ich im Kopf regele. Im Innern bin ich es aber, ich gebe mir nur nicht die Blöße, es zu zeigen. Vielleicht ist das falsch. Vielleicht auch nicht. Möglicherweise ist meine Trauer nur eine getarnte Form der Eifersucht – oder eine Art Angst.

„Und", er macht eine kleine Pause. „Und", sagt er noch mal, „im letzten Moment ist dann alles anders gekommen. Ich hatte sogar schon ein paar Möbel verscherbelt, war kurz davor, meine Lebensversicherung zu kündigen und solche Sachen. Ich hab in Gedanken schon in Tel Aviv gewohnt. Und dann", er zögert und zieht mich etwas näher an sich heran, „dann hab ich mich verliebt. In einen aus Berlin. Was ich nicht mehr für möglich gehalten hätte. Und da habe ich alles abgeblasen und bin eben nicht ausgereist."

„Und was hat Itay dazu gesagt?" Ich stütze meinen Kopf auf meine Hand und sehe ihn an. Das heißt, ich schaue das an, was ich von seinem Gesicht erkennen kann.

„Was soll er gesagt haben?"

„Du hast ihm das nie erklärt? Ich mein, daß du dich verliebt hattest und deswegen nicht gekommen bist."

Ich will es nicht, aber ich weiß, daß meine Stirn sich runzelt, mißbilligend. Es ist dunkel, wir liegen nebeneinander, er ist noch immer an der Decke mit seinem Blick. Und das ist gut, denn er würde sonst sehen, daß ich verachte, was er tat.

„Ja, ich weiß, ich bin da feige", sagt er.

„Das ist nicht nur feige, das ist scheiße. Weil der das doch fühlt, wenn du lügst. Du kannst doch nicht einfach jemanden anlügen, den du geliebt hast."

„Ja, das ist mir auch alles klar. Aber ich kann das nicht so. Ich bin feige, ich weiß."

Meine Trauer wird plötzlich ein helles Flackern der Angst. Als würde ich mir selber zu schwer, lasse ich meinen Kopf ins Kissen sinken. Ich will jetzt meinen Verstand einschalten und etwas Richtiges sagen. Er hat sich benommen wie ein Arschloch. Ein großes Arschloch. Mir ist egal, ob es richtig oder falsch ist. Ich liege auf dem Rücken und starre wie er an die Decke, als liefe ein Film dort oben.

„Mach so was bitte nicht mit mir", sage ich plötzlich, selber erschrocken über diesen Gedanken. Ob er ihn auch erschreckt, dieser Gedanke, ob er die Angst fühlt, kann ich nicht sehen. Er legt mir die Hand auf die Brust. Dann kommt er ganz nah und küßt mich. Ich möchte ein Versprechen einfordern. Keines, das ewige Liebe verheißt, sondern er soll mir schwören: „Nie, nie werde ich dich so gemein und feige abservieren. Nie!"

Doch wir küssen uns. Sein Geruch betört mich, seine Wärme, seine Haut, alles. Es ist lange her, das mit Itay. Es ist Vergangenheit, sage ich mir, weil auch ich eine Vergangenheit habe. Jetzt ist die Gegenwart, und in dieser Gegenwart halte ich ihn fest.

Kapitel 8

Es ist Freitag. Übermorgen käme ich erst zurück, wenn ich nicht schon da wäre. Er ist übermorgen wieder hier, wird gegen 15.00 Uhr in Berlin-Tegel landen. Maria trinkt Kaffee. Sie hat einfach geklingelt. Ich erzähle ihr, daß ich mit Matze und Heiner weg war. Mehr nicht, keine Details. Sie hat sich gefangen, wie es scheint.

„Hat sich Volker noch mal gemeldet?"

Sie schüttelt den Kopf. „Und wenn, was soll er denn sagen?"

„Hätt ja sein können. Geht's dir gut damit?"

„Ich weiß, daß es richtig war. Ich muß mich nur wieder dran gewöhnen, allein zu sein."

„Und geht's?"

Sie lacht. Maria lacht, etwas ungeübt noch, aber sie lacht. Ich versuche ihr Lachen aufzunehmen. Aber sie läßt es nicht zu, jedenfalls nicht lange.

„Und du? Am Sonntag kommt er wieder, was?"

Sie scheint mir alles anzusehen. Ihr Lachen ist der Konzentration gewichen, wie ein heftiger Wetterumschwung. Sie sieht mich an, als würde sie meine Antwort kennen. Das tut sie zwar nicht, aber sie ist sich sicher, genau die richtige Frage gestellt zu haben.

„Ja, am Sonntag kommt er wieder", bestätige ich.

„Das ist übermorgen."

„Ja, das ist übermorgen."

„Und?“

„Was, und? Soll ich hinrennen, ‚Schön, daß du wieder da bist!‘ sagen und so tun, als ob nichts gewesen wäre? Und ‚Schönen Dank auch für den zauberhaften Urlaub‘, vielleicht noch?“

„Daß er dich ziemlich im Regen hat stehen lassen, ist schon klar, aber glaubst du, er meldet sich?“

„Ich habe keine Ahnung, Maria. Ich weiß nicht, was ich machen soll. Und was er will oder nicht will, weiß ich noch viel weniger.“

Ich könnte ihr erzählen, welche Varianten ich schon durchgespielt habe, welche mir im Traum begegnet sind. Daß er einfach kommt und da ist, nichts sagt und wieder verschwindet, daß ich bei ihm klingele und ein fremder Mann öffnet. Ich träume von Israel, von einem Berg, auf dem er steht, als sei er aus Stein. Die Sonne brennt, aber der Stein ist eiskalt. Von Flughäfen habe ich allerdings noch nicht geträumt.

„Vielleicht wartet er auf ein Zeichen von dir.“

„Ich habe ihm alle Zeichen gegeben. Mehr konnte ich wirklich nicht.“

„Vielleicht mußt du eben den Anfang machen. Noch mal.“

Welchen Anfang? Ich habe keine Ahnung, wovon sie spricht, weil ich keine Ahnung haben will.

„Wenn du ihn noch willst“, setzt Maria hinzu, etwas leiser, aber dennoch eindringlich. Sie forscht in meinem Gesicht, sucht nach einer Reaktion. „Willst du ihn denn noch?“ fragt sie.

Aber ich weiß nicht einmal das. Ich könnte diese schlichte Ja-Nein-Frage nicht beantworten. Ich will ihn. Ja. Aber ich will den, der er vor ein paar Wochen noch zu sein schien, ohne zu wissen, ob der noch existiert und ob es ihn je wirklich gegeben hat. Den will ich, den würde ich zurückhaben wollen. Genau den. Und keinen anderen.

Maria sitzt da, raucht, und es scheint, als wäre sie durch nichts zu erschüttern. Wenn ich sie nicht besser kennen würde, könnte ich drauf reinfallen.

„Ihr habt euch eben nicht vertraut."

„Was?" Eigentlich will ich nicht darüber reden. Ich habe alles gesagt, ich kann es Maria nicht erklären. Sie würde es nicht verstehen. „Du hast dich nach ihm verzehrt", meinte sie als Erklärung für meinen Gewichtsverlust. „Schön", sagte ich, „die neue *Brigitte*-Diät." Ich will nicht darüber sprechen, ich weiß nicht, was noch gesagt werden kann. Weh tun würde ich ihm gern, ihm etwas an den Kopf werfen, was ihn verletzt. Aber vielleicht hat meine Abreise ihn getroffen. Ich hoffe es. Vielleicht bin ich abgereist, um ihm diese Tage heimzuzahlen, damit er sich für den Rest unseres Urlaubs, den er nun allein verbringt, schuldig und beschissen fühlt. Aber möglicherweise ist er erleichtert, daß sich die Dinge so entwickelt haben, ohne daß er etwas dafür tun mußte. „Ich bin feige", hat er gesagt. Er war zu feige für mich. Nun kann er feige bleiben, ich habe ihn entlastet, er muß nichts erklären, braucht nicht mutig zu sein. Er kann es mir in die Schuhe schieben.

Maria hat mein Schweigen bemerkt und läßt sich nicht beeindrucken.

„Ich meine, du hast deiner Liebe nicht vertraut, sonst hätte dich das nicht so aus der Bahn geworfen."

„Ich weiß überhaupt nicht, was du meinst."

„Na, wenn du ihn wirklich liebst, dann wärst du geblieben, aber da du das nicht genau weißt, bist du abgedüst, so einfach ist das."

„Oh, das ist interessant, Mrs. Spock. Wenn ich also wirklich liebe, heißt das, ich kann alles mit mir machen lassen. Schönen Dank auch."

„Quatsch! Aber vielleicht hat ihn wirklich was gequält. Vielleicht hat er mit sich was klären müssen. Und es kann sein, daß es ihn verstört hat, daß ihr euch liebt."

„Trotzdem. Wenn mich jemand liebt, rein theoretisch jetzt, und sich aber genau entgegengesetzt verhält, als wäre ich nämlich der letzte Arsch, als wär ich gar nicht da, dann gibt's ja wohl einen Haken in deiner sauberen Theorie."

Maria holt zum Schlag aus. Diesen Blick kenne ich. Aber diesmal will ich zurückschlagen. „Blöde, selbstgerechte Hetero-Kuh", denkt es in mir.

„Das ist es ja. Weil du der wichtigste Mensch in seinem Leben bist, hat er dich wie den unwichtigsten behandelt, weil er gar nicht weiß, was er machen soll. Wahrscheinlich ist ihm erst in Israel aufgegangen, daß er dich wirklich liebt. Und das hat ihm so große Angst gemacht, daß am Ende das passiert ist."

„Oh. Wir hätten dich mitnehmen sollen, zur Supervision. Oder hast du ein paar von deinen minderjährigen Psycho-Kommilitonen von der Uni übrig, daß ich beim nächsten Mal einen ausleihen kann."

Ich bin immer wieder von ihrer Kaltblütigkeit beeindruckt. Aber genau das fehlt mir jetzt: Kaltblütigkeit. Genau abwägen können, was die beste Taktik ist. Soll ich ihn abholen? Wenn ja, was soll ich sagen? Hätte es einen Zweck? Würde ich mich abermals verraten fühlen, würde er mich stehenlassen? Nein, nicht noch einmal, ich will das nicht noch einmal erleben. Dann bleibe ich lieber allein. Dann ist es mir egal, ob meine Liebe schon vor diesem Urlaub eine Illusion war oder eine reale Chance. Dann ist selbst das unerheblich. Ich habe es nicht gelernt zu verzeihen. Nicht so schnell. Ich habe immer erst verziehen, wenn alles zu Ende war, wenn ich nicht mehr gelitten habe, wenn es keinen Grund gab, noch einmal anzufangen, wenn es ganz und gar vorbei war – dann habe ich verziehen. Ich habe die schönen Zeiten erkannt und war dankbar, daß es eine Zeitlang so schön war. Den Rest habe ich vergessen. Diesmal kann ich das nicht. Würde ich ihm jetzt ein Angebot machen und er nähme es nicht an, wüßte ich nicht, was ich dann tun sollte. Ich bin wütend auf Maria, denn ich bin wütend auf ihn. Und auf mich.

„Du hättest das einfach ertragen müssen", sagt sie jetzt.

Ich sehe sie an, erwidere ihren Blick, versuche ihr kalt und unbeirrbar in die Augen zu schauen.

„Klaro, dann hätt ich mich gleich neben der Himmelfahrtskirche in Jerusalem einäschern lassen können. Haste fein gemacht,

Maria. Hübsche Theorie. Das paßt mir aber nicht. Wenn jemand so reagiert, was soll ich dann mit ihm? Wenn er seine Konflikte so bewältigt, dann ist es eben nicht der Richtige für mich. Damit müßte ich dann die nächsten Jahre umgehen: Lösen wir gerade wieder einen Konflikt und wollen nicht gestört werden? Oh, natürlich, dann mach ich mich mal aus dem Staub, bis alles wieder gut ist. Ich soll mich dann immer drauf einstellen. Ich muß gucken, wie er sich gerade fühlt, ob er sprechen will oder sich gerade in seiner Höhle verkriecht. Ich bin dann der Blöde, den man einfach so stehenläßt wie einen Schuljungen und der dann noch so bescheuert sein soll und sich für diesen tollen Liebesbeweis bedankt. Nein. Tut mir leid. Das will ich nicht. Und das geht so nicht. Nicht mit mir."

Ich merke, daß Maria die Brauen zusammenzieht, weil ich laut geworden bin. Ich bin laut geworden, ohne es selber zu merken. Ich beuge mich über den Tisch und sehe in ihre leere Tasse, nehme die Kanne und schenke ihr und mir Kaffee nach. Ich bin aber noch nicht fertig.

„Das macht man vielleicht bei euch so. Da kannst du das Heimchen spielen und deine weibliche Harmoniesucht ausleben. So funktioniert das bei mir aber nicht, das kann ich dir auch schriftlich geben. Ich könnt ja noch meine Mutter anrufen, die ist auch so eine Harmonie-Spezialistin. Und daß es bei euch auch mal schiefgeht, obwohl alles viel bedeutungsvoller ist als bei uns Schwulen, wo es eh nie auf Dauer ist, brauchst du mir jetzt nicht zu sagen. Volker ist ja auch weg. Also komm mir nicht damit, laß jetzt nicht deine Hete raushängen, sonst kotze ich nämlich."

Mein Herz rast. Sie beißt sich auf die Unterlippe. Die Kanne ist leer, ich stelle sie hin, in der verchromten Oberfläche kann ich mein Gesicht sehen, verzerrt wie in einem Spaßspiegel auf dem Rummel. Ich fühle etwas wie Genugtuung. „Getroffen", denke ich.

Maria nimmt einen Schluck und stellt die Tasse wie eine Kriegserklärung vor sich hin.

„Dann wart eben auf deine Rosa-Sorgenfrei-Kiste“, sagt sie ruhig, gezwungen ruhig. Ihre Stimme zittert.

„Schönen Dank auch! Darauf wart ich eben nicht, verdammt.“

Ich weiß, daß ich noch immer laut bin und daß es einfach nicht leiser geht. Ich haue mit der Faust auf den Tisch; sie zuckt zusammen und sieht für einen Moment ängstlich aus. „Nein, darauf warte ich ganz bestimmt nicht. Aber es könnte doch mal sein, daß sich diese Scheißprobleme einfach für eine Weile verpissen, einfach mal so für ein Dreivierteljahr oder länger. Einfach verpissen sollen sie sich! Dann…“, mein Finger spießt in die Luft, „dann kann ich immer noch da rangehen. An diesen Scheißdreck!“

Meine Faust knallt auf den Tisch, der Löffel auf Marias Untertasse macht einen Satz.

„Warum kommt dieser ganze Scheißdreck immer am Anfang? Immer gleich und sofort? Kann da nicht mal was wachsen?“

Maria greift über den Tisch und hält meine Hand fest, sagt meinen Namen, als hätte ich eine tödliche Krankheit.

„So funktioniert das aber nicht. Du suchst dir die Typen auch aus.“ Sie ist so beschissen ruhig, so beschissen ausgeglichen. Ich bin es nicht.

„Laß mich mit deiner Hetero-Scheiße zufrieden! Verfickt, du selbstgerechtes Stück. Eine Chance. Ich will bloß eine Chance. Einmal! Nicht immer diese Scheißprobleme gleich!“ Ich schreie.

Maria sagt meinen Namen, besänftigend, wie eine Mutter, deren Kind nicht einschlafen will.

Mein Kopf sinkt auf meinen Arm, ohne daß ich es verhindern kann. Sie sagt meinen Namen noch einmal; jetzt klingt sie wie das Kind, das sie eben noch trösten wollte. Und ich weine. Endlich. Ein Krampf hat mich erfaßt und schüttelt mich.

Es ist keine Befreiung.

Es ist ein herrlicher Ostersamstag. Wir fahren wieder nach Berlin. Er hat sich bedankt für die Nacht im Himmelbett und mir nach dem Frühstück ein Päckchen zu Ostern gegeben. Ich habe mich darüber gefreut. Es ist eine Knef-CD und ein hellblaues Hemd. Er will, daß ich immer helle Sachen trage. Sie stehen mir. Mir ist eingefallen, daß in meinem Schrank wirklich nur schwarze oder dunkle Hemden hängen, waldgrün, weinrot – alles ist dunkel. Ich habe mir das Hemd schnell noch angezogen, ihn gefragt, wie es mir steht. Da hat er gesagt: „Du schöner Mann“ und hat mich umarmt.

Ich fahre die andere Strecke über Jüterbog zurück. Luckenwalde will ich uns nicht zweimal zumuten. Es ist ein wunderschöner Tag. Dennoch: Er will zurück nach Berlin.

Diesmal schläft er nicht, aber er schweigt. Ich will nicht fragen, weil ich ihn nicht nerven will, also schweige ich auch und schiebe die Knef in den CD-Player.

Die Welt ging unter am Zürichsee, bei dreißig Grad im Schatten. Wir müssen nicht sprechen, wir können zuhören. *Tage hängen wie Trauerweiden*. Einmal lege ich meine Hand auf seinen Schenkel. Er hält sie eine Weile. Ich bin beruhigt. Ich habe die Geschichte mit Itay vergessen, ich will sie vergessen haben. Oder jedenfalls so tun. *Eins und eins, das macht zwei, drum küss und denk nicht dabei, denn Denken schadet der Illusion.* Der Tag ist zu schön, zu hell, das Grün ist zu frisch. Wir fahren durch Alleen, wir beide, niemand sonst, und ich möchte, daß es so bleibt.

„Danke noch mal für die Nacht, das Essen und so. War wirklich schön.“

„Nichts zu danken.“ Ich strahle ihn an. Zwar hatten Jo und ich wieder keine Zeit, er kam nur nach dem Essen noch mal an den Tisch, erzählte das Wichtigste, daß alles okay ist, daß der Laden läuft und daß er jetzt zum ersten Mal eine Woche wegfahren wird, allein. Und wie er sich drauf freut.

Dann zeigte er uns das Zimmer. Er führte uns durch die Korridore, vorbei an herrlichen Biedermeierschränken, an erlesenen Kommoden, bemalten Bauerntruhen und einem Kachelofen. Dann schloß Jo das Zimmer auf und sagte: „Bitte schön!“

Ich lächelte ihn an und achtete dabei genau auf sein Gesicht. Ich wartete auf die Freude, auf das Staunen. Zunächst lag da nur eine

Unsicherheit in seinen Zügen, als wäre er auf Forschungsreise und hätte gerade die Grabkammer einer ägyptischen Königin entdeckt. Erst als Jo weg war, lächelte er, umarmte mich und sagte: „Das ist ja toll!“

Es hat funktioniert. Vielleicht ist es auch deswegen so schön heute. An solchen Tagen ist die Welt, ob es nun sonnig ist oder ob es regnet, immer etwas heller als sonst. Als Kind dachte ich, daß Sonntage von Natur aus heller wären als Wochentage. Was wahrscheinlich nur damit zusammenhing, daß wir alle unter der Woche frühmorgens aus dem Haus mußten und somit nie sahen, wie die Wohnung am Vormittag aussah. Die Sonntage hatten immer etwas Besonderes, es waren hellere Tage. Alle waren da, Vater bereitete den Braten zu, Mutter setzte Kartoffeln auf, denn Sonntags gab es Klöße.

Heute gibt es keine Klöße, aber ich habe dieses Gefühl, als könnte es welche geben. Es würde passen zu diesem hellen Tag. Es ist Frühling. Und neben mir sitzt ein Mann, mein Mann. Dieser Gedanke macht den Tag noch heller. „Mein Mann“, denke ich. Und ich denke es gern. Ich habe die Veränderungen bemerkt, die Abwesenheit der Unruhe am Samstagabend. Es schmerzt mich nicht mehr, wenn ich Pärchen auf der Straße sehe, wenn herzzerreißend gutaussehende Typen mich nicht beachten. Ich achte auf sie auch nicht mehr, denn sie sind uninteressant geworden, ich bin nicht mehr geil auf ihre geilen Blicke.

Nicht daß sich alles geändert hätte. Ich bin noch der, der ich vor ein paar Wochen war, trotzdem ist alles anders.

„Was hältst du denn nun von Israel?“ fragt er plötzlich.

„Warum nicht“, sage ich. „Hätt schon Lust, mit dir zusammen hinzufahren. Wenn du es mir zeigst.“

Er sagt nur: „Gut.“ Ich sehe jedoch, daß er zufrieden schmunzelt. Wahrscheinlich schmunzele ich auch. Der Tag birst fast vor Licht und Zufriedenheit.

„Du bist ein schöner Mann, darf ich dich behalten?“

Da lacht er kurz auf und legt seine warme Hand an meinen Nacken. „Ach du", seufzt er. Vielleicht war das ein Ja?

Wir fahren nach Hause. Wir werden vielleicht heute nachmittag im *Ufer* Milchkaffee trinken, ich lese *Die Zeit*, er den *Tagesspiegel*, danach gehen wir zu ihm, werden vielleicht fernsehen heute abend, zusammen einschlafen und morgen lange im Bett bleiben. Auch wenn wir nichts tun, wir machen es gemeinsam. Es ist ganz einfach. Ich dachte immer, es wäre komplizierter. Im Moment scheint alles logisch und einfach, ohne Probleme. Ich habe mich daran gewöhnt, an ihn und an den Gedanken, daß es diesmal länger dauert, vielleicht viel länger. „Mein Mann", denke ich, und es macht mir keine Angst. Vielleicht kommt er noch mit zu mir. Wir werden sehen. Wir haben alle Zeit der Welt.

Wir fahren nach Hause. Ob das nun bei ihm ist oder bei mir, es ist zu Hause.

Ich habe Maria zwei Wochen nicht gesehen und nicht gesprochen. Auch sie meldet sich nicht. Es tut mir inzwischen leid. Ich war wütend, bin es vielleicht immer noch. Vielleicht tut es ihr auch leid.

„Die blöde Kuh, daß die so rumzickt, hätt ich ja nicht gedacht, macht einen auf tolerant, und dann..."

Matze bricht den Satz ab, beginnt einen neuen: „Die ist doch nur neidisch. Die kommt nicht damit klar, daß du jetzt auch zu zweit bist und nicht mehr der unglückliche Schwule. Der war ihr nämlich lieber. Da konnte die sich immer eine Note besser fühlen."

Und Heiner sagt: „Die Heten denken, daß das bei uns alles Spielerei ist. Die denken immer, wir ficken nur rum, und damit hat sich's. Bloß weil die sich das nicht trauen, einfach mal rumzuficken."

Ich muß nichts sagen. Matze läßt nicht locker: „Hat sie vielleicht Probleme mit ihrem Volker?" Er sagt es spöttisch und verächtlich. Er hat Volker zweimal gesehen und nur zu mir geflüstert: „Was will die denn mit dem?"

Ich zucke nur mit den Schultern. Matze steht am Gasherd und rührt die Sauce zurecht, Heiner stubst ihn beiseite und schaut in die Röhre, bewaffnet mit einem Schaschlik-Spieß, um zu testen, ob der Braten durch ist. Ich sitze am Küchentisch, sehe dem Gewimmel zu, trinke Bier und zucke noch mal mit den Schultern, aber da beide beschäftigt sind und das nicht sehen, sage ich: „Was weiß ich."

„Kann ja sein. Klingt jedenfalls so. Und da kommst du, und bei dir klappt's einfach mal. Da wird sie plötzlich zickig. Sie kennt dich ja eigentlich nur solo."

„Na ja", gebe ich zu bedenken, „mit den Typen hat sie schon recht. Es waren schon einige."

„Na und? Das ist ja wohl deine Sache. Da hat die sich überhaupt kein Urteil anzumaßen. Oder hast du ihr gesagt, daß du ihren Volker für eine häßliche Gräte hältst?"

„Quatsch!"

„Na siehst du. Die könnte sich doch einfach für dich freuen", wirft Heiner ein, „ob es nun zwei Wochen, zwei Monate oder zwei Jahre dauert, das sagt doch nichts über Gefühle aus."

Ich weiß, sie haben recht, aber sie kennen Maria kaum. Ich kenne sie sehr gut. Obwohl ich dachte, ich kenne sie besser. Ich weiß nicht. Sie fehlt mir. Soviel kann ich sagen.

„Ich werd halt mal gucken, was ich da mache. So einfach über 'n Jordan will ich eine Freundschaft nicht schmeißen."

Matze kommt mit einem Holzlöffel und hält ihn mir vorsichtig hin: „Koste mal."

„Mensch, das ist heiß. Ich blase erst mal, wenn's recht ist."

Matze grinst anzüglich und erwidert: „Ja, blase du erst mal, kannste ja auch am besten."

Ich grinse auch, nippe und schlürfe.

„Mmh, *formidable*!"

„Dacht ich mir", sagt Matze gekonnt kühl und geht zurück zum Herd.

„Die Sau ist auch durch", brummt Heiner, vor der Röhre hockend. Jetzt grinsen wir alle.

„Tja", sagt Matze, „wenn sie durch ist, die Sau, dann können wir essen." Wir lachen und gehen ins Wohnzimmer. Der Tisch ist gedeckt, Paula, die schwarze Katze, liegt auf der Heizung und blinzelt uns mißtrauisch an. Matze deutet auf sie: „Schau dir das faule Stück an. Eines Tages zischt es, und Paula ist verdampft."

Wir setzen uns, ich schenke Wein ein, Heiner trägt auf.

„Lecker. Das kann ich gar nicht gut machen. Auf jeden Fall muß ich besser kochen lernen. Er kocht nämlich auch nicht schlecht. Gebt ihr auch Nachhilfestunden?"

„Na, die beiden Male, die du für uns gekocht hast, hat's doch geschmeckt." Matze lacht. Heiner nickt.

„Danke."

„Und sonst?" fragt Heiner, nachdem auch er sich hingesetzt, die Serviette auf den Schoß gelegt und den ersten Bissen gekostet hat. „Bei euch ist doch noch alles in Ordnung?"

„Ja, denk ich doch. Wir waren Ostern in Kloster Zinna. War schön. Ich hatte ein Zimmer reserviert, als Überraschung. Er hat sich gefreut, glaub ich."

„Bon appetit", sagen wir drei fast gleichzeitig.

Matze kaut beim Sprechen: „Na siehst du, da soll Mariechen mal meckern, wie sie will. Bei euch klappt das. Wenn du den nicht mehr willst, kannst du mir seine Nummer geben. Ist wirklich ein schicker Mann."

Matze hat bisher nur das Bild gesehen. Für ihn habe ich die Datei ICH2 geöffnet. „Gratulation", sagte er, „ist ja ein geiles Teil."

„Matze, wenn das mit uns nicht mehr klappt, wird er öffentlich verbrannt oder ich meuchle dich. Laß ja die Finger davon."

„Jajaja."

„Wir wollen nach Israel fahren. Für zwei Wochen."

„Ihr habt's aber eilig", sagt Heiner trocken und beißt in ein Baguette.

„Eilig oder nicht", Matze greift über den Tisch und zwackt mir in die Backe, „du hast dir das verdient, bist nämlich ein Lieber."

Dann setzt er noch schelmisch ein spitzes „eigentlich“ an den Satz. „Wann soll's losgehen?“

„Anfang Juni.“

Heiner legt die Stirn in Falten: „Das ist ja bald.“

„Nicht, daß dich noch eine Horde junger Palästinenser als Geisel nimmt.“

„Bei denen wär's vielleicht als Geisel gar nicht so schlecht. Ich will ja nicht antisemitisch sein, aber die Orthodoxen machen mich nicht so an. Ich find die ziemlich häßlich. Bei denen bin ich lieber keine Geisel.“

„Okay“, lacht Matze, „wir kaufen dich dann von den Palästinensern frei. Falls du das willst.“ Matze und Heiner kichern.

„Ich hab schon ein mulmiges Gefühl“, sage ich.

Matze leckt sich Sauce vom Finger, dann sagt er bestimmt: „Jetzt hör auf, genieß es einfach. Was wird, weiß sowieso niemand. Unke nicht, alter Mann.“

„Nö“, sage ich schuldbewußt, „du hast ja recht, junges Ding. Die Palästinenser hätten eh lieber dich als Geisel. Dir steht bestimmt auch so ein Palästinensertuch besser als mir.“

Wir lachen alle drei, und Paula läßt sich genervt, aber sehr würdevoll vom Heizkörper gleiten und schreitet von dannen.

„Ziege!“ ruft ihr Matze hinterher.

Kapitel 9

Samstag. Ich hänge Wäsche auf die Leine. Ich mag es, wenn die Sachen draußen trocknen können. Erstens, weil dann nicht der sperrige Wäscheständer im Schlafzimmer herumsteht, zweitens, weil alles dann duftet. Ich hänge die Handtücher auf; ich habe rote und blaue Plastikklammern und welche aus Holz. Ich nehme nie zwei verschiedene für ein Wäschestück. Ich weiß, daß es egal ist, aber ich kann nicht anders. Gerade weil es egal ist. Im Hof nebenan dribbelt ein Junge im Bayerndreß vor sich hin und schielt zu mir mißtrauisch rüber. Ich weiß, daß er es ziemlich albern findet, daß ein Mann Wäsche aufhängt. Ein Kollege sagte einmal völlig erstaunt, als ich von der Wäsche sprach: „Wie? Du wäschst deine Wäsche selber?"

Ich sah ihn abfällig an, dann setzte ich umgehend zum K.O.-Hieb an: „Wer, glaubst du, macht das sonst für mich? Meine spanische Hausangestellte oder was? Übrigens: da ich nicht verheiratet bin, hab ich auch keine Servicestation mit Titten in der Küche rumstehen, die mich bekocht, Staub wischt und eben mal meine dreckigen Socken sortiert." Ich hätte gern noch gesagt, daß man diese Station samstags nach der Sportschau oder in einer Werbepause noch gratis besteigen kann, aber es reichte.

Der Junge schielt weiter und grient. Ich weiß nicht, was er denkt. Ob sein Vater auch ein Bayerndreß hat, und seine Mutter sich gerade die Haare aufdreht, dem Alten dann Rühreier macht, während der sich vormittags um halb zehn die erste Büchse Bier zwischen seine schlechten Zähne gluckern läßt.

Ich nehme den leeren Wäschekorb unter den Arm und stelle das Klammerkörbchen neben den Wäschemast. Er sieht mich jetzt an, rotzfrech und neugierig. Ich schaue zurück, schneide eine gemeine Grimasse und mache „Wooooääh" wie ein Werwolf. Das Kind bleibt wie angewurzelt stehen, der Ball hopst ratlos an den Zaun. Dann gehe ich unbeeindruckt und ganz ruhig ins Haus. Ich sehe dennoch im Briefkasten nach. Es ist nur die Telekom-Rechnung von gestern drin.

Frau Krawuttke kommt mir entgegen. Sie ist der gute Geist des Hauses und bekommt alles mit: Sie nimmt meine Päckchen entgegen, wenn ich nicht da bin, redet mit dem Hausverwalter, achtet auf die neuen Mieter im oberen Stock und schließt abends um neun die Haustür ab. Sie ist Witwe und den ganzen Tag zu Hause. Eigentlich ist sie eine schöne Frau. Obwohl sie immer, wenn ich ihr ein Kompliment mache, abwiegelt: „Ich altes Ding".

„Guten Morgen", rufe ich ihr zu.

Sie lacht mich an: „Ach, schon am Wäschemachen? Das hab ich ja heute auch noch vor."

„Na, bei dem Wetter", sage ich, deute mit dem Kopf zum Fenster, gehe zwei Stufen die Treppe hoch und warte, ob noch etwas kommt.

„Sie haben aber Farbe", staunt sie und mustert meinen Teint.

„Ja, ich war in Israel." Ich versuche meine Stimme begeistert und erholt klingen zu lassen.

„Was ich fragen wollte: War das neulich Ihr Bruder?"

„Wer?"

„Der Mann, mit dem Sie da zum Auto gegangen sind, als ich vom Einkaufen kam. Sie sehen sich ja so ähnlich, da hab ich zu meiner Tochter gesagt, das ist bestimmt Ihr Bruder."

„Ja, mein Bruder", sage ich. Mein Bruder! Es ist zu komisch. Sieht man sich ähnlich, wenn man ineinander verliebt ist? In mir krampft sich etwas zusammen.

„Na dann, schönen Tag noch, Frau Krawuttke."

Ich schließe die Wohnungstür schnell auf, weil das Telefon klingelt. Ich will nicht daran denken, daß er es sein könnte. Er kommt erst morgen, er wird nicht anrufen. Ich laufe ins Schlafzimmer, nehme den Hörer ab und sage ein bißchen außer Atem: „Ja? Hallo?"

„Ich bin's, Sebastian."

„Hallo, Moin."

„Was ist denn mit dir, hast du gerade Sex?"

„Nein, bin bloß grad reingerannt, weil ich das Telefon hörte."

„Und? Haste Bock?"

Die dritte Trommel, die mit den Socken und Slips, wird noch gut anderthalb Stunden brauchen. Also habe ich Zeit. Und Lust habe ich sowieso. Auch wenn ich keine habe. Irgendwie.

„Ja, klar. Und wann?"

Wir haben dieses Gespräch schon so oft geführt, daß es fast sinnlos ist, daß wir auf unsere Antworten warten.

„Zwanzig Minuten", sagt er.

„Okay, bis gleich."

„Bis dann." Er legt auf. Die Wohnung ist aufgeräumt. Ich ziehe mich aus und gehe schnell unter die Dusche. Ich will duften, wenn er kommt. Das Wasser ist heiß, ich genieße es, wasche mir die Haare, spüle alles wieder ab und frottiere mich vor dem großen Spiegel. Ich wollte mir eine Waage kaufen, aber dann dachte ich, ein Spiegel ist besser. Vielleicht sehe ich dann auch, was mich stört an mir.

„Du Schöner", flüstert es. „Du", sagt er, „du, du."

Nicht die Augen schließen. Es ist jetzt keine Zeit, sich beim Weinen anzusehen. Sebastian kommt gleich. Der schöne, muskulöse Sebastian. Ich weiß noch, wie fassungslos ich war, als er damals anrief, nachdem wir es zum ersten Mal miteinander getrieben hatten. Ich kriegte keinen hoch, weil er so perfekt war. Seine glatte, makellose Haut, die harten Muskeln, an denen ich mich festklammerte, der feste, runde Arsch, der Schwanz, um einiges größer als meiner. Es war zuviel, er war zu unglaublich. Ein Traum von Mann, nicht möglich, daß er wirklich auf meinem Bett lag. Ich hätte nie damit gerechnet, daß er sich jemals wieder melden würde. Er tat es. Und nannte mich „geiles Stück", sagte „siehst geil aus", wenn er kam und sich gierig auf mich stürzte.

Noch immer weiß ich nicht, ob ich schön bin. Aber inzwischen kann ich mich im Spiegel ansehen. Es ist mir auch egal geworden, weil ich schöne Menschen erlebt habe, die durch eine Geste, durch ein Wort plötzlich häßlich und abstoßend wurden.

Er ist schöner geworden. Mit jedem Tag ist er schöner geworden.

Hätten wir uns nicht auf der Straße geküßt an jenem Abend, hätte er nicht von seinen weichen Knien erzählt, er wäre längst vergessen, nicht einmal seinen Namen hätte ich mir gemerkt, so unscheinbar ist er gewesen. Sein Bild wäre dann irgendwann von meiner Festplatte geflogen. Ich hätte es mir vorher noch einmal angeschaut, das nette Abendessen wäre mir eingefallen. Klick hätte ich gemacht. ICH2 hätte noch eine Weile im Papierkorb vor sich hin gedämmert, dann, irgendwann, hätte ich auf „Papierkorb leeren" geklickt. „Alle Objekte löschen?"

Ja, alle. Mit einem Mausklick. Ganz einfach.

Es ist mir gut gegangen, bevor ich ihn traf. Ich war zufrieden. Zum ersten Mal erfüllte mich mein Job, fand ich Anerkennung, machte Fortschritte und faßte Fuß. Zum ersten Mal dachte ich nicht an einen Mann. Ich hatte aufgehört, mir Vorstellungen zu machen, wie er denn aussehen sollte, mein Traummann. Ich hatte keinen Traummann mehr, und ich habe keinen vermißt. Er war nicht mein Traummann. Aber er ist es jetzt: Der Mann meiner Träume ist er geworden. Ich träume von ihm und will es nicht. Er ist ein Schatten über jedem meiner Träume. Ein nicht eingelöstes Versprechen, eine unausgesprochene Lüge.

„Klick", sage ich. Das wär doch praktisch. Einfach auf der Festplatte aufräumen, Dateien löschen, Bilder, Sätze, Vorgänge – einfach markieren und entfernen. Doch auch auf einem Computer hinterlassen gelöschte Dateien Spuren.

Es klingelt. Ich frage nicht, wer da ist, sondern drücke den Summer, öffne die Tür, verstecke mich aber dahinter und lausche auf Sebastians Schritte. Er lugt um die Ecke, sieht mich, nackt und frisch geduscht, und grinst: „He, du geiles Stück."

Dann fällt er über mich her, und während meine Hände in seine Jogginghose greifen, beißt er sich an meinem Hals fest. Es wird später bestimmt ein großer, dunkelroter Knutschfleck. Wir schaffen es gerade bis zum Wohnzimmerteppich.

Seit dem Wochenende in Kloster Zinna haben wir uns nicht gesehen. Wir haben auch nicht telefoniert. Er sagte, er habe viel zu tun. Das habe ich auch. Ich hätte gern angerufen, aber ich will ihn nicht nerven, also warte ich seit fast vier Tagen auf einen Anruf. Er hat lange keine e-mail mehr geschickt. Sonst lasen wir beide das Horoskop des anderen im Netz und sendeten es einander zu. Einfach so. Ich mag nicht mehr warten und wähle seine Nummer. Ich weiß sie auswendig, ich weiß nur die Nummern, die ich brauche; alle anderen vergesse ich, nicht einmal die Telefonnummer meiner Mutter habe ich im Kopf. Wir sprechen uns zu selten.

Es klingelt dreimal. „Hallo?"

„Hi, ich bin's, wollt nur mal fragen, wie es dir geht."

„Ach, hallo, mir geht's soweit. Streß und so. Und bei dir?" Im Hintergrund singt Hildegard Knef *Wenn die Welt zu ändern wär*.

„Alles klar eigentlich. Wollt nur mal deine Stimme hören."

Jemand hustet bei ihm. Ich weiß nicht, ob die Knef bei ihren frühen Plattenaufnahmen gehustet hat.

„Schön. Kannst du nachher noch mal anrufen? Robert ist gerade da, und wir essen gleich."

„Aha, klar, kannst dich ja melden, wenn ihr fertig seid oder so."

„Bis dann."

„Ciao."

Alles klar, es geht ihm gut, er hört Hildegard Knef, Robert hat gehustet. Ich kenne keinen Robert, er hat mir nie von einem Robert erzählt. Einmal trafen wir seine beste Freundin Beate, dann stellte er mich seinem besten Freund vor. Aber der heißt Ralf, nicht Robert. Robert ist weder bei seinen Ex-Geschichten aufgetaucht, noch hörte ich den Namen Robert, als er über die Redaktion erzählte. Und nun kocht er für diesen Robert.

Einmal hat er für mich gekocht. „Ohne Zwiebeln? Das ist ja fast unmöglich, ich tu überall Zwiebeln rein." Dann lachte er und zauberte eine Sauce zur Pasta. Ohne Zwiebeln, dafür mit viel Knoblauch. Für Robert spielen Zwiebeln sicherlich keine Rolle.

Ich werde lesen, schauen, was es im Fernsehen gibt, mir eine Stulle schmieren, ein Bier trinken vielleicht. Ich könnte mich in die Wanne legen, Zeitung lesen, endlich Maria anrufen und mich mit ihr aussöhnen – während er mit Robert zu Abend ißt.

Wie mag so ein Robert aussehen? Robert klingt wie dunkles, volles Haar, vielleicht Locken. Ein Robert hat breite Schultern und dunkelbraune Augen, einen Dreitagebart vielleicht. Robert klingt äußerst gutaussehend, Robert klingt nach einem Schwanz, der länger als achtzehn Zentimeter ist. Robert klingt nett, verführerisch, Robert klingt mindesten fünf Jahre jünger als ich. Ich habe nie einen Robert getroffen. Vielleicht schlief ich mal mit einem, ohne zu wissen, daß es ein Robert ist. Oder ich habe den Namen vergessen, weil es einfach zu lange her ist. Ich kenne keinen Robert, habe nie einen gekannt, und er hat mir nie von einem Robert erzählt. Ich bin nicht eifersüchtig. Er kann Essen kochen, für wen er will, er muß mir nicht über jeden Schritt Rechenschaft ablegen.

Robert ist vielleicht ein alter Freund, den er zufällig im *Ufer* getroffen hat. Ein Kollege aus früheren Zeiten, ein Bekannter seines Ex-Freundes, ein Studienkollege möglicherweise oder einfach ein Cousin, der zu Besuch ist. Robert kann ein netter, völlig harmloser, zauberhafter Mensch sein. Vielleicht auch mein Nebenbuhler. Das einzige Indiz dafür ist, daß ich diesen Namen nie gehört habe, genau das macht ihn verdächtig.

Ich könnte warten, bis sie mit Essen fertig sind, mit Reden, vielleicht sind sie auch mit dem Sex fertig, wenn bei mir das Telefon klingelt, falls es klingelt. Vielleicht ist Robert dann noch da, und er lügt mich an. Wäre dieses Husten nicht gewesen, vielleicht hätte er mir gar nichts von einem Robert erzählt, sondern Kopfschmerzen vorgetäuscht.

Das sind Mutmaßungen, denn ich bin nicht eifersüchtig. Es gibt keine Garantien. Von mir nicht und nicht von ihm, falls er sich just heute verknallt in einen schwarzgelockten und sicher behaarten Robert, dann ist es eben so. Er steht auf behaarte Männer. Ich bin behaart. Aber würde er am Telefon Robert erwähnen, wenn es nicht harmlos wäre? Er hätte ihn ja verschweigen können, ich hätte das Husten vergessen. Gut, er wird mich anrufen, wenn Robert gegangen ist. Falls Robert heute noch geht.

Es ist halb neun. Ich rufe Maria an. Seit drei Wochen haben wir kein Wort miteinander gewechselt. Nicht einmal, daß ich Urlaub mache in gut vierzehn Tagen, weiß sie. Ich muß es ihr erzählen. Vielleicht ist Volker nicht da, und sie hat Zeit auf ein Bier in der *Funzel*. Ich will mich entschuldigen. Ich wähle ihre Nummer; sie geht sofort an den Apparat.

„Hallo, ich lebe noch, ich bin's."

„Hallo." Ihre Stimme klingt etwas reserviert.

„Maria, ich hab keine Ruhe, bis wir das von neulich nicht geklärt haben. Kann ich rumkommen? Friedenspfeife rauchen?"

„Ja, kannst du."

„Dann bring ich ein Fläschchen Rotwein mit?"

„Ja, gern, bis gleich."

„Okay, in zehn Minuten bin ich da."

Wir legen auf. Ich gehe in die Küche, wo noch ein passabler Pinot Noir im Schrank steht, ziehe mir Schuhe an, nehme meine Jacke vom Haken, haste noch mal ins Schlafzimmer, um den Anrufbeantworter einzuschalten, und eile, ja, ich eile, zu Maria. Ich renne die Treppe hinunter, lasse die Haustür hinter mir zufallen, laufe über das Pflaster, daß meine Schritte widerhallen. Es brennt schwaches Licht in ihrem Fenster. Ich freue mich darauf, sie zu sehen.

„Das ging aber schnell. Komm rein", sagt sie.

Ich setze mich hin, sie nimmt mir die Jacke ab und gibt mir einen Korkenzieher für den Rotwein. Mit einem Plopp ziehe ich den Korken raus, sie bringt Gläser, setzt sich auf ihren Sessel.

„Kommt Volker heute nicht?"

„Nö, er macht Abrechnung."

„Maria, ich will mich entschuldigen für meine Überreaktion. Es wäre kindisch, wenn wir jetzt wegen meiner Männer ein blödes Verhältnis zueinander hätten. Und außerdem will ich, daß du ihn kennenlernst, denn ich glaub, er ist mir ziemlich wichtig. Ich hab auch verstanden, was du meinst. Ich mein, ich kann's nachvollziehen. Aber es hat mir halt weh getan."

Maria nimmt ihr Glas, schnuppert und prostet mir zu. Dann lächelt sie.

„Ich hab mir schon Vorwürfe gemacht, denn so hart, wie's wahrscheinlich klang, war's gar nicht gemeint." Sie hebt das Glas noch etwas höher: „Prost. Auf uns."

„Prost." Mir fällt ein Stein vom Herzen.

Dann reden wir über ihr Studium, über Volker und daß er an den Wochenenden meist fix und fertig ist, daß Maria darunter leidet und eigentlich mehr will. „Es reicht mir einfach nicht. Aber dann denke ich wieder, ich bin ungerecht", sagt sie.

Ich versuche Ratschläge zu geben, erzähle davon, daß es ja auch mal Krisen geben muß, daß es nicht immer Friede-Freude-Eierkuchen sein kann. Wir trinken ein zweites Glas, reden über Beziehung an sich. Die Zeit vergeht, wird totgeschlagen, schneller als ich es allein, zusammen mit dem Gedanken an diesen Robert, geschafft hätte.

Wir sind wieder Freunde, Maria und ich. Nur eines schwöre ich mir. Ich schwöre mir, daß sie ihn zunächst nicht kennenlernen wird. Ich bin vorsichtig, und ich habe Angst vor ihrem Urteil. „In vierzehn Tagen fliegen wir nach Israel, für zwei Wochen."

„Echt? Wie seid ihr denn da drauf gekommen?"

„Urlaub brauchen wir beide, und weil er schon etliche Male dort war, kann ich mitkommen. Allein würde ich da nie hinfliegen."

„Bestimmt keine schlechte Idee. Wie lange seid ihr jetzt zusammen?“

„Fast drei Monate sind es jetzt.“ Völlig neutral und ohne Stolz will ich es sagen, denn gegenüber den zwei Jahren von Maria und ihrem Volker sind drei Monate nichts. Zumal ich mit den drei Monaten hochstaple; es sind noch nicht ganz drei Monate. Für mich ist es viel, wenn auch nicht genug. Und wenn wir aus dem Urlaub wiederkommen, wenn wir weiter zusammenbleiben, dann wird sie ihn irgendwann kennenlernen. Dann kann ich vielleicht sagen, daß es schon fast ein Jahr ist, kann ihr beweisen, daß seine Schönheit wirklich schön und daß unsere Liebe ebenso gut wie ihre ist.

Als der Wein alle ist, zeigt die Uhr auf Mitternacht.

„Ich muß jetzt aber“, sage ich.

Im Flur ziehe ich meine Jacke an, und Maria lächelt. Wir umarmen uns.

„Ich bin froh, daß wir das geregelt haben“, sage ich.

„Ja“, sagt sie, „ich auch.“ Dann gibt sie mir einen Kuß auf die Wange und streichelt mein Gesicht ganz kurz. „Ich wünsch dir doch Glück“, flüstert sie fast entschuldigend.

Ich gehe nach Hause. Ich will ins Bett und nicht auf den Anrufbeantworter sehen, nicht kontrollieren, ob es blinkt und eine Nachricht anzeigt, nicht den Knopf drücken, nicht hören, daß er nicht angerufen hat oder einfach Hallo sagt. Ich will es nicht, denn ich will schnellstens den Namen Robert vergessen. Und ich will auch nicht nach ihm fragen. Falls er wichtig ist, werde ich es merken.

Der Anrufbeantworter blinkt nicht.

Sebastian ist weg, die Wäsche ist trocken, und an meinem Hals blüht ein Knutschfleck so groß wie ein Fünfmarkstück. Ich bügle. Es ist kurz nach fünf. Ich habe die Wäsche abgenommen, mir eine Kanne Kaffee gekocht, ab und zu stelle ich das Bügeleisen aufrecht hin und nehme einen Schluck, rauche eine Zigarette. Hausarbeit tut manchmal gut. Ich konzentriere mich auf Bügelfalten, auf die richtige Dampfstufe am Bügeleisen, versuche sorgfältig zu sein, bändige die ausgeleierte Baumwolle der T-Shirts, achte darauf, daß die Hemdkragen nicht abstehen. Es ist eine schöne Arbeit, die mich nicht nachdenken läßt. Ich spüre den Druck in meinem Bauch, aber er ist nicht so schlimm, denn mir tut dank Sebastian der Hintern weh. Das lenkt ab, lenkt ab von Maria, von morgen, von danach und von der Entscheidung, die ich treffen muß.

Im Moment tue ich nichts, sondern bügle mein Lieblingshemd. Es ist zwar schon etwas verwaschen, aber gerade deshalb sieht es so lässig aus. Ich hätte jetzt Zeit, mir in Ruhe alles zurechtzulegen. Ich würde morgen am Flughafen stehen, ihn empfangen und vorbereitet sein auf jede seiner Reaktionen. Den Coolen könnte ich spielen, wenn er cool ist, wenn er lächelt, lächeln. Wenn er mich ignoriert, werde ich mich einfach umdrehen und gehen, ohne einen Blick über die Schulter zu werfen, und dabei wünschen, daß er mir nachsieht. Daß er stehenbleibt, allein inmitten des Gewusels am Flughafen, wie in einem Film mit traurigem Ausgang, wenn nur die Zuschauer wissen, daß zwei füreinander geschaffen sind, und sie es einfach nicht begreifen. Solche Filme sind mir lieber. Es gibt kein Happy-End, das einen neidisch macht, obwohl es klar ist, daß da nur ein Film spielt, eine Illusion, ein zusammengeschnittener Vorgang, der sich so nie zugetragen hat und so nie passieren wird.

Ich fülle Wasser nach. Das Bügeleisen zischt dankbar. Seit ich dieses sündhaft teure Gerät habe, macht mir das Bügeln Spaß. Es dampft, hustet, röchelt und zischt auf dem neuesten Stand der Haushaltstechnik. Die T-Shirts liegen fein säuberlich aufgeschichtet auf der Couch, daneben wächst der Stapel mit den Hemden, übrig sind dann noch die Kopfkissenbezüge und ein paar Geschirrtücher. Selbst die plätte ich, seit ich dieses Gerät habe.

Ich sehe dabei fern und höre eine CD. Das heißt, der Fernseher läuft ohne Ton. Ich sehe, wie Menschen mich ansprechen, und ohne die Information wirken sie nutzlos und unglücklich, ihr

Lächeln ist gezwungen und einstudiert. Bei Volksmusiksendungen hopsen sie mit angewinkelten Armen herum, die Hände zu aufmunternden Fäusten geballt, und blecken die Zähne, was ohne die Musik aussieht, als wollten sie sich gegenseitig die gutgelaunten Halsschlagadern durchbeißen.

Die Ernsthaftigkeit der Nachrichtensprecher, die hirnlose Unverschämtheit der Talkshowpüppchen, die sichtliche Anstrengung eines Rap auf MTV, das alles kann ich sehen, ohne Ton. Im CD-Player spielt wieder Roberta Flack. *Killing Me Softly*, singt sie, schon zum viertenmal. Die Fernbedienung liegt griffbereit, ich kann es so oft hören, wie ich will. Beim Plätten kann ich das Lied ertragen. Sogar *Jesse, It's Lonely, Come Home* kann ich ertragen.

Ich suche nach Sachen, die ich noch bügeln könnte. Es ist Samstagabend, ich habe Zeit. Ich weiß nicht, ob sich Maria melden wird, vielleicht um ins Kino zu gehen. Der Abend mit Matze und Heiner vorgestern war lang genug; wir müssen nicht schon wieder trinken und zwischen Männern herumstehen, die auch nur herumstehen. Ich habe keine Lust dazu. Früher hatte ich immer Lust, früher ist nicht lange her, drei Monate. Ich will das jetzt nicht ausrechnen, denn ich bin mit einem Hemdkragen beschäftigt.

Ich könnte auch alleine weggehen. Aber ich will es nicht wirklich. Seit ich geweint habe, seit Maria mir schweigend den Kopf gestreichelt hat und am Ende meinte: „Du mußt viel öfter weinen", bin ich schwach, so schwach, als wäre ich krank. Obwohl ich jetzt am Bügelbrett stehe, obwohl eine Frau in der Werbung blaue Flüssigkeit auf eine Slipeinlage träufelt, obwohl Roberta Flack singt. Es ist eine Art Müdigkeit, und gleichzeitig bin ich wach.

„Du bist ganz schön durcheinander", sagte sie an der Tür.

Sechs Jahre war ich nicht verliebt. Ich habe mich gut unterhalten, sie haben sich gut unterhalten. Es war angenehm, sich mit netten Fremden zu treffen, mit gutaussehenden Männern, wortgewandt und geil. Ein hübscher Zeitvertreib. Nichts klang nach, alles war im Moment, niemand fehlte mir, ich fehlte niemandem.

Alles hatte seine Ordnung. Ich habe meinen Traumprinzen getötet, und ein angenehmes Nichts hat seinen Platz eingenommen. Außer diesem Gefühl, daß irgendwann einer kommt, der mehr von mir wissen will und sich traut, nach mehr zu verlangen. Ein Gefühl anstelle des Prinzen. Es ist mir gut gegangen, ich war ein gut besuchter Freizeitpark.

Es ist passiert. Wenn es aber noch mal sechs Jahre dauert, bis ich wieder soweit bin? Dann wäre ich vierzig. Dann ist die Liebe vielleicht bloß das Resultat reiflicher Überlegung, der kleinste und vernünftigste gemeinsame Nenner von zwei Männern, die wissen, daß sie nicht jünger werden, und denen die Augenblicke, in denen sie sich jung und unbesiegbar fühlen, immer knapper sind. Ich wollte nie eine Vernunftehe, keine Beziehung, um nicht allein zu sein. Ich wollte ebenfalls nie allein leben, es hat sich so ergeben. Ich habe es immer alleine geschafft und war stolz darauf. Ich brauchte niemanden. Die Männer, die ich für schwach hielt, die sich aneinander klammerten, um sich nicht zu verlieren, die Familie spielten, während sie sich hinterrücks im Park betrogen, habe ich verachtet. Ich habe die Muttersöhnchen verachtet, und verachtet habe ich die versteckten, die getarnten Schwulen, die sich und anderen ihr Leben zurechtlogen, ebenso wie die Pärchen, die es nicht mehr miteinander aushielten, aber zusammenblieben, weil ihnen das bekannte Hier und Jetzt immer noch besser schien als das unbekannte Danach. Ich habe ihre Inkonsequenz verachtet. Und wenn ich inkonsequent war, verachtete ich mich. Obwohl ich weiß, daß es nicht möglich ist, immer und überall konsequent zu sein und keine Kompromisse einzugehen.

Ich ziehe den Stecker vom Bügeleisen aus der Dose, lege ihn über das Brett, er baumelt.

Ich bin konsequent, ich bin abgereist. Eine Woche vor Ende unseres Urlaubs habe ich kurzerhand den Flug umgebucht, habe mich auf dem Flughafen bis auf die Knochen durchsuchen lassen, eine Nacht wartend in Heathrow verbracht und bin gegangen. Ich war konsequent, aber ich bin nicht stolz darauf. Ich habe getan, was ich mir beigebracht habe: Verlasse die Bühne lieber gleich und mit einem Donnerhall, laß dich nie wegschicken, geh lieber selber.

Nach und nach räume ich die Wäsche in den Schrank, staple die weißen T-Shirts neben die schwarzen, obenauf dann noch die mit V-Ausschnitt. Die Hemden tue ich auf Kleiderbügel und hänge sie in den Schrank, mehr in die Mitte, denn links außen hängen die Jacketts, rechts ein Mantel und zwei Winterjacken. Die Kleiderstange biegt sich.

Er hat mir diese Entscheidung aufgedrängt, um sie mir vorwerfen zu können. Ob er das bewußt getan hat, ist mir ein Rätsel, ist das Rätsel, das ich ohne ihn nicht lösen kann.

„Mach nicht wieder dicht", hat Matze gesagt. Ich schließe den Schrank, im Spiegel steht ein Mann, nur mit einer Jeans, mit freiem Oberkörper und einem unverschämten Knutschfleck am Hals. Vielleicht gehe ich aus. Solange ich so braun bin, sollte ich ausgehen. Vielleicht hat er das in den letzten Tagen getan. Hat sich arabische Bengels geangelt am Toten Meer, hat sich anbaggern lassen am Strand, um in den Dünen mit waschbrettbäuchigen Schönheiten rumzumachen. Möglicherweise haben sie ihn gefickt, wie er sich das immer von mir gewünscht hat, ohne es zuzulassen. Meine Schuld also, daß er sich nicht hat ficken lassen können.

„Ja, ich weiß, ich bin feige", sagt er, auf seinem Bett liegend, und lächelt verzeihend, verzeiht sich selber. Nie wieder werde ich mich nach solch einem Satz küssen lassen.

Er geht heute noch mit Lara essen. Das tun sie immer, wenn er in Tel Aviv ist, sie gehen am letzten Abend gemeinsam essen. Wird sie ihm Ratschläge geben? Wird sie sagen: „Ruf ihn an, rette, was zu retten ist"? Redet sie ihm ins Gewissen, wie Maria es immer mit mir tut? Sagt sie ihm, daß es womöglich ein Fehler war, so feige zu sein? Oder reden sie gar nicht darüber? Sie genießen die Zeit zusammen, Lara wird ihn ansehen und sich wünschen, daß er hetero und sie zehn Jahre jünger wäre.

„Wenn du jemals konvertierst, dann gib mir Bescheid", hat sie lachend gesagt, aber ich wußte, daß es ernst gemeint war. Sie wird das Thema nicht anschneiden, denn sie hat ihn jetzt für sich allein.

Im Photoapparat ist der Film, der einzige, den ich gemacht habe. Der Apparat liegt im Wohnzimmer auf der Anrichte. Ich nehme ihn in die Hand. Bilder von Jerusalem, von der goldenen Kuppel der Hauptmoschee, Bilder von Olivenbäumen, der Auferstehungskirche. Auf einer Photographie sind wir zu sehen, die Klagemauer im Rücken. „Gib die Kamera her", hat Lara gesagt und deutete auf die Mauer: „Stellt euch hin, ich mach ein Bild."

Wir gehorchten, stellten uns wie zwei Soldaten auf Fronturlaub nebeneinander auf, ohne uns zu berühren, ohne daß einer den Arm auf die Schulter des anderen gelegt hätte. Ich will diese Bilder nicht sehen.

Auf dem Film sind noch drei Bilder übrig, ich verknipse sie, halte das Objektiv dabei gegen die Wand. Der Blitz löst dreimal aus, dann gibt es ein summendes Geräusch, und der Film wird zurückgespult. Die Kamera piept.

Ein Fluch! „Möge dein größter Wunsch in Erfüllung gehen", das sei der schlimmste jüdische Fluch, hat mir Lara erzählt. Ich brauche einen anderen, einen besseren. Ich ziehe den belichteten Film langsam heraus, Zentimeter für Zentimeter, Bild für Bild.

„Verlieb dich in einen Feigling. Krieg den Feigling, den du verdienst, den Feigling, der mindestens so feige ist wie du."

Der Film liegt auf dem Boden; ich werfe ihn in den Müll. „Du feiges Schwein", murmele ich, „du verdammtes, feiges Dreckschwein!"

Ich weiß, daß mein Fluch erhört worden ist, daß es passieren wird, ich will es glauben, also weiß ich es. Ich fühle mich nicht besser dadurch. Haß und Schmerz brennen ähnlich. Haß ist eindeutiger.

Ich ziehe mir das ärmellose Hemd an. Ich will zeigen, was ich habe: meine braunen Oberarme, meine behaarte Brust, meinen festen Arsch in der engen, sandfarbenen Jeans. Irgendwas wird sich finden, irgendwer wird mich finden. Niemand rechnet mit mir. Ich bin morgen erst wieder da. Morgen ist Sonntag, morgen nachmittag bin ich offiziell zurück. Als ich den Schlüssel in die Wohnungstür stecke, höre ich das Telefon klingen. Es ist vielleicht Maria, möglicherweise auch Matze, eventuell Mutter, unwahrscheinlich, daß Sebastian schon wieder anruft.

Auf keinen Fall ist er es. Dazu ist er zu feige. Der Anrufbeantworter ist nicht eingeschaltet. Ich schließe ab, zweimal, und gehe. Es ist Samstag.

Die Tickets liegen bei ihm auf dem Eßtisch. Es ist Samstagnachmittag, wir gehen einkaufen. Ich habe eine Liste gemacht: Sonnenöl, ein großes Badetuch für den Strand, Kondome, zwei Basecaps wegen der Sonne. Er sucht noch eine Badehose, denn er will an den Strand.

„Ein Buch wär auch nicht schlecht", sagt er und sieht auf die Uhr. Es ist spät, wir haben lange geschlafen und erst gegen zwölf gefrühstückt.

„Für einen Buchladen wird's wahrscheinlich zu spät. Aber ich nehm einen Stapel mit, die wollte ich sowieso abarbeiten."

Ich komme kaum zum Lesen, jetzt noch weniger, da wir an den Wochenenden meist zusammen sind. Eigentlich tun wir dann nichts. Einkaufen waren wir oft. Ich habe mir endlich eine neue Stereoanlage gekauft und einen Eßtisch. Die wollte ich mir längst zulegen. Mit ihm zusammen geht es leichter. Es macht mehr Spaß. Ich habe in den letzten Wochen viel Geld ausgegeben. Der Tisch, die Anlage – einen Eierkocher habe ich mir geleistet, denn seit ich ihn kenne, frühstücke ich wieder wie ein Mensch, decke den Tisch, kaufe sogar Blumen und koche zwei Eier. Medium. Er hat sich einen Schrank gekauft; wir montierten gemeinsam eine Kleiderstange hinein. Es scheint, als ginge alles einfacher. Ich fahre Umwege, gehe nach der Arbeit gleich zu ihm, hetze mich morgens ab, um ins Büro zu kommen, aber es macht mir nichts aus. Ich höre die Knef-Kassette im Auto und summe mit. Ich summe oft. Meine Stirn hat sich entspannt in den letzten

Wochen, sonst liegt sie immer in Falten, als ginge etwas Wichtiges, etwas sehr Belastendes dahinter vor. Seit ich ihn kenne, bin ich ruhiger, freue mich darauf, ihn zu sehen, freue mich auf den Urlaub. „In einer Woche", denke ich und muß lächeln. Während er verschiedene Basecaps aufsetzt und sich kritisch im Spiegel über dem Wühltisch beäugt, wandern meine Finger an einem Stapel Badetücher hinunter. Ich entscheide mich für ein Blau, wie das Meer auf hemmungslos retuschierten Postkarten. In meiner Vorstellung sieht Israel etwa so aus: tiefblaues Meer, gelbweiße Wüste, strahlender Himmel, Hitze, schöne Menschen mit edlen Gesichtern.

„Ich hab die Tickets", hat er gesagt, und ich freute mich wie ein kleines Kind. Plötzlich konnte ich nicht mehr stillsitzen, blätterte im Reiseführer, lernte als erstes *slicha*, das hebräische Wort für Entschuldigung, weil es das einfachste ist.

„Ich bin ganz wuschig", sagte ich freudestrahlend.

Er setzt die nächste Mütze auf, schüttelt den Kopf, nimmt sie wieder ab, wühlt nach einer anderen.

„Ist das Handtuch okay?" frage ich.

Er dreht sich kurz um.

„Ja, geht doch." Er wirkt etwas genervt.

„Dann nehm ich gleich zwei."

Er nickt. Er sieht blaß aus und gestreßt. Er ist wieder schweigsam heute. Ich weiß, daß ihn die Arbeit bedrückt. Jedenfalls tut er so, als sei es die Arbeit. Hat er sich anfangs noch über die Redaktion, die Leserbriefe und die hochfrisierten Blondinen beschwert, spricht er jetzt kaum noch davon. Beim letzten Mal sagte ich: „Nimm dir das nicht so zu Herzen. Die sind doch nicht deinetwegen blöd, die sind einfach so blöd, die können nichts dafür. Sieh zu, daß du den Tussen was beibringt. Vielleicht verstehen's diese Gremlins irgendwann, falls sie nicht vorher an irgendner Techno-Seuche verrecken."

Er murmelte etwas. Es klang wie: „Hat doch alles keinen Zweck."

„Such dir halt was anderes, wenn's denn so schlimm ist", habe ich einmal gesagt. Es folgte ein kleiner Vortrag. Er belehrte mich, daß er schließlich bald vierzig sei, daß er sich sehr wohl schon beworben hätte, daß es aber alles andere als einfach wäre, denn eigentlich wolle er was ganz anders machen. Was, wisse er auch nicht so genau, aber auf keinen Fall wolle er solange warten, bis ihn seine Chefin, diese Lifestyle-Mumie, diese Fickmich-Palme, rauswirft. Aber es sei alles nicht so einfach, wie ich mir das vorstellte. Und schließlich wolle er in Berlin bleiben und nicht schon wieder umziehen.

Ich sage nicht mehr, daß er sich was Neues suchen soll. Sein Gesichtsausdruck verändert sich völlig, wenn er vom Büro spricht, ja, wenn er nur daran denkt. Seine Lippen werden schmal und seine Augen hart, selbst seine Stimme klingt dann blechern. Wenn er nicht lächelt, wenn die Sanftheit aus seinem Blick verschwindet und sein Mund diesen bitteren Zug annimmt, dann altert er um Jahre.

Er nimmt nun doch das schwarze Basecap; ich entscheide mich schnell für ein olivgrünes. „Guck mal", sage ich und richte das Schild zurecht, „willst du so mit mir verreisen?"

Er nickt wieder und lächelt nicht. Ich überspiele das. Er darf schweigen, darf ernst, schlechtgelaunt und mit sich beschäftigt sein. Das bin ich auch manchmal. Ich bin es aber lieber allein.

Wir schlendern durch den Laden; jeder schlängelt sich durch andere Regale, nach Nützlichem suchend. Aber wir haben alles. Kondome, Handtücher, Mützen, Sonnenmilch Lichtschutzfaktor 16. Auf meinem Zettel sind alle Positionen abgehakt. Wir stehen hintereinander an der Kasse, als hätten wir nichts miteinander zu tun. Ich denke plötzlich an einen Namen, denke diesen Namen und will ihn wegwischen wie ein falsch geschriebenes Wort an einer Tafel. Robert. Ich habe nicht gefragt, ich habe, nein, ich wollte ihn vergessen, ihn nicht erwähnen, nicht fragen, wer das denn sei, für den er kocht, an einem Donnerstagabend. Die Kassiererin grinst, als sie den Scanner an die Kondompackung hält, etwas schelmisch, sympathisch. „Alles?"

„Ja, danke."

Er wartet draußen, ich sehe sein Profil, er hat sich eine Zigarette angezündet. Ich schaue auf die Uhr; es ist schon kurz vor fünf.

Draußen zünde ich mir eine an und bleibe neben ihm stehen. „So, wir dürften alles haben."

„Ja", antwortet er. Wir gehen nach Hause, vorbei an Schaufenstern, und pusten Rauch in diesen Samstagnachmittag. Die Stadt wird langsam ruhiger.

„Wollen wir noch auf einen Kaffee ins *Ufer*?"

Er sieht in meine Richtung, schaut dann auf seine Armbanduhr: „Laß uns erst das Zeug nach oben bringen."

Soviel Zeug ist es nicht, aber ich widerspreche nicht. Wir gehen also zu ihm, ächzen die fünf Stockwerke hoch, legen die Sachen in den Flur. Ich gehe aufs Klo, schaue mir im Sitzen die braunen Muster auf den Kacheln an und finde sie noch immer häßlich. Aber ich sehe sie an, weil ich an einen Robert denke. Er hat Robert nicht erwähnt. Vielleicht ist dieser Robert zu unwichtig, um von ihm zu sprechen, obwohl er mir schöne Grüße hätte ausrichten können. Falls sie sich lange nicht gesehen haben, müßte er diesem Robert von mir erzählt haben. Vielleicht bin ich kindisch.

Ich wasche mir die Hände, sehe mich im Spiegel und schwöre, daß ich das Thema nicht anschneiden werde, daß es taktisch unklug wäre, wenn ich den Namen Robert ins Spiel brächte. Nein, ich werde es nicht tun, denke ich, während ich mir die Hände abtrockne.

Er ist auf der Terrasse. Ich gehe zum Kühlschrank, um mir ein Glas Wasser einzuschenken. Nebenbei will ich nachsehen, ob das Poppersfläschchen noch in der Kühlschranktür ist, auf der rechten Seite im mittleren Plastikregal. Das Fläschchen stand immer in der linken Ecke. Wenn es jetzt nicht da steht, wenn es sich vielleicht im Schlafzimmer befindet, dann wird dieser Robert immer mehr zum Thema. Ich öffne den Kühlschrank. Die Poppersflasche ist noch an der Stelle, aber sie steht nicht mehr, sie liegt. Das kann alles bedeuten. Sie kann beim Türzumachen versehentlich umgekippt sein. Er könnte sie aber auch wieder genau dort hingestellt haben, weil er befürchtete, mir könnte eine Veränderung auffallen, und dann ist das Fläschchen eben danach umgefallen. „Es gibt keine Zufälle", sagt Maria immer. Es kann alles bedeuten. Ich schenke mir ein Glas Wasser ein und gehe zu ihm auf die Terrasse.

Er gießt Blumen; er hat sich Pflanzen gekauft: Das Geviert ist vollgestellt mit Terracottatöpfen, es hängen auch Blumen an der Wand. Er hat sie inzwischen alle bepflanzt, doch ich kenne ihre Bezeichnung nicht.

Ich sehe über die Dächer, auf den Mercedesstern, die Kräne, den hellen Himmel. Es ist nicht unfreundlich. Vielleicht hat sich die Stadt so schnell beruhigt, weil viele ins Umland ausgeflogen sind. Wieviel mögen es sein an einem Wochenende? Wie hoch ist die Zahl der Kräne in Berlin? Wieviel Kilometer sind es bis nach Israel? Wer ist eigentlich Robert?

„Wer ist eigentlich Robert?" Ich kann es nicht lassen. Ich habe es betont nebenbei angeschnitten, aber ich bin etwas wütend über meine Eifersucht.

„Robert?" sagt er, als hätte er diesen Namen eben erst gehört. Er stößt etwas Luft durch die Nase, dann atmet er durch. Es klingt beiläufig, nicht gefährlich, vernünftig, als sei die Poppersflasche wirklich aus Versehen umgefallen. Vielleicht war das Zeug längst verflogen.

„Robert ist der Mann, mit dem ich vor dir ein Verhältnis hatte."

Jetzt lächelt er sogar ein wenig. Zum ersten Mal lächelt er heute. Ich entgegne nichts.

„Aha." Das muß reichen. Doch er bemerkt, daß ich auf mehr warte.

„Der hat einfach wieder mal angerufen, und da habe ich gesagt, daß ich was kochen könnte, nichts weiter."

Weil ich mich jetzt wieder zur Stadt umdrehe, die Kräne ansehe, den hellen Himmel und den sich langsam drehenden Mercedesstern, fühlt er sich bemüßigt, noch etwas zu sagen.

„Wirklich nichts weiter."

„So hab ich's auch nicht gemeint. Ich hab den Namen nur noch nicht gehört, und du hast ihn so selbstverständlich gesagt am Telefon, daß ich dachte, ich sollte ihn kennen."

Warum darf ich eigentlich nicht eifersüchtig sein? Auf dieser Terrasse, mit all den Pflanzen, auf der ich schon mit ihm gefrühstückt habe, mit ihm, den ich meinen Freund nenne? Ich könnte eifersüchtig sein, ich könnte ihm zeigen, daß ich es bin. Vielleicht würde ihm das schmeicheln.

„Da war mal was. Robert war mal in mich ziemlich verliebt. Aber ich habe das dann abgebogen."

Gut, immerhin, meine Instinkte sind noch intakt. Auch wenn die Poppersflasche doch nur aus Versehen umgefallen ist.

„Und? Ist er immer noch verliebt?" Die Frage stellt sich von ganz alleine.

„Nö, glaub ich nicht." Er zuckt mit den Schultern, während er mit einer kleinen Schaufel in einem Blumentopf herumstochert.

Ich zünde mir eine Zigarette an, lehne mich über die Brüstung und sehe in die Luft.

„Sag mal, würde es dir was ausmachen, zu dir zu fahren heute abend? Ich will einfach mal ein bißchen alleine sein."

Ich ziehe den Rauch tief ein. Die Luft ist schön hier draußen. Dann drehe ich mich um, streife die Asche in den Aschenbecher auf dem nackten Plastiktisch und sehe ihn an: „Nein, es macht mir nichts aus."

„Dann ist ja gut, bin einfach gestreßt und brauch mal 'ne Auszeit."

„Ja, klar, *no problem*."

„Ich komm dann morgen zu dir."

Ich drücke die Zigarette aus, in diesem Moment sieht er wieder auf die Uhr.

„Wie spät ist es?" frage ich.

„Halb sechs."

„Na, dann will ich mal."

Wir küssen uns zum Abschied. Kurz. Es ist ein normaler Kuß, ohne Schnörkel. Ich gehe die Treppen hinunter. Meine Instinkte funktionieren. Er hat auf meine Fragen geantwortet, vielleicht sogar damit gerechnet. Trotzdem hat er meine Zweifel nicht ausgeräumt. Ich könnte mich verstecken, warten, bis die große Eingangstür quietscht, mich dann an die Wand drücken, nur um zu sehen, ob ein dunkelhaariger Mann mit Elan die Treppen bis zum fünften Stock hochsteigt, ja fast hochrennt, immer mit einem Schritt zwei Stufen nehmend. Im Auto denke ich, daß ich sitzen bleiben könnte, warten, ob ein Mann, der wie ein Robert aussieht, klingelt.

Die Träume sind immer dieselben. Er spricht nicht. Er ist da, und irgendwie freue ich mich, daß er da ist, aber er redet nicht mit mir. Nur das Glänzen in seinen Augen und das Gefühl in meinem Magen sagen mir, daß er es wirklich ist. Manchmal lächelt er sanft, bevor er verschwindet, dann zeigt er mir ein bitteres Gesicht, das mir alle Schuld aufhalst.

Ich habe gelernt, daß ich nicht weglaufen kann in meinen Träumen. Beim Rennen werden die Beine bleischwer, der Boden unter den Füßen gibt nach, und eine unsichtbare Strömung spült mich zurück. Also habe ich gelernt, stehenzubleiben. Irgendwer hat mir mal gesagt, daß es die hohe Kunst des Träumens sei, wenn man die Person, vor der man Angst hat, fragt, wer sie sei. So weit bin ich noch nicht gekommen, aber ich bleibe stehen und gehe, wenn ich keinen anderen Weg weiß, auf diese Person zu. Doch der Traum endet dann. Bei ihm kann das nicht funktionieren. Ich weiß, wer er ist. Warum er mich verlassen hat, weiß ich nicht. Mir fiele keine Frage ein. Ich habe ihn verlassen. Er wirft mir das vor. Ich werfe es mir auch vor. Aber, ob nun im Traum oder in der Realität, mir fällt kein anderer Weg ein, den ich hätte nehmen können.

Es ist Morgen, Sonntag. Vielleicht ist er schon unterwegs, ich habe die Zeitverschiebung nicht nachgerechnet. Es wäre zuviel Mühe. Mein Engel bewegt sich nicht; es ist, als schliefe auch er, als ruhte er sich aus.

Ich will nicht auf die Uhr sehen, weil ich schon wieder rauche, weil es, so oder so, viel zu früh zum Rauchen ist. Aufwachen und eine Kippe im Mund, eigentlich hasse ich das.

Die letzte Zigarette habe ich kurz vor drei ausgedrückt. Da war der Junge schon gegangen. Er fragte, ob die S-Bahn durchfährt am Samstag. „Ja, die fährt jede Stunde, so kurz nach halb immer", antwortete ich gewissenhaft. Aber da ich nicht unhöflich sein wollte und weil der Bursche schön war und geil, sagte ich noch halbherzig: „Du kannst aber auch hier pennen, kein Problem."

„Ist schon okay", hat er gemurmelt. Ich schaute ihm beim Anziehen zu. Wir fragten nicht nach Alter. Er war höchstens dreiundzwanzig, mit blondem Flaum behaart, braunäugig, mit einem schönen, schmalen Arsch, der sich fast wie Samt anfühlte. Er war gierig. Und es war schön. Jens oder Jan hieß er. Vielleicht auch Jörn. Im *Prinzknecht* hatte er mir seinen Namen gesagt. Ich habe ihn vergessen. „Bis die Tage denn", hat er an der Tür gesagt und wissend gelächelt.

„Ja, bis die Tage, pass' auf dich auf."

Es ist schon hell. Nackt und mit zerzaustem Kopf und verfilztem Brusthaar, weil ich nicht geduscht habe, seit sich Jan, Jens oder Jörn sehr jung, ungestüm und reichlich über mich ergossen hat, schlurfe ich in die Küche. Ich brauche Kaffee, viel Kaffee. Es ist Sonntag, die Sonne scheint. Ich habe noch genug Zeit zu duschen, genug Zeit, um Entscheidungen zu treffen. Noch habe ich Urlaub. Also kann ich unschlüssig und nicht angezogen vor meiner Kaffeemaschine stehen und aufs Küchenbord glotzen. Ich streiche über meine Brust und befühle den Rest von der Nacht. Ich nestle die Filtertüte in die Maschine, zähle die Kaffeelöffel ab, stelle die Kanne unter den Filter und drücke den Knopf. Dann bleibe ich in meiner Küche stehen und kratze mich am Arsch. Ich schleiche, immer noch eine Hand am Hintern, zum Sonnenfenster, setze mich auf den Korbsessel und lege die Beine hoch. Mit der Fernbedienung stelle ich die Anlage an, es ist *Info-Radio*. Ich kann jetzt keinen dieser gutgelaunten Radiosender ertragen. Die Sonne scheint mir auf den Bauch, auf meine verklebte Brust, auf meinen schlaffen Schwanz. Im Radio diskutieren Pastoren über Kirche und Moral, ich muß also nicht zuhören. Die Dachdecker sind heute nicht da, nur das Dach. Hier sitzen bleiben, denke ich, solange die Sonne es irgendwie schafft, bis sie ums Haus gewandert ist. Bis es Abend ist, bis ich weiß, was ich heute getan, wie ich mich entschieden habe.

Das Telefon klingelt. Es klingelt im Schlafzimmer, die Nebenstelle im Flur klingelt auch, neben mir auf dem Tisch klingelt das Schnurlose. Dreimal.

„Ja?" frage ich vorsichtig, halb freundlich, halb abweisend, neutral, nicht erwartungsvoll. Weder will ich traurig klingen, noch besonders gut gelaunt.

„Ich bin's, die Mutti."

„Ach, hallo, was gibt's Neues?" Ich will jetzt auch nicht enttäuscht klingen, aber wir haben erst diese Woche gesprochen. Sie wird nichts Neues zu berichten haben, außer es ist jemand gestorben.

Sie zögert. Ich nehme die Beine von der Fensterbank und setze mich ordentlich hin.

„Ich wollt nur fragen, wie es dir so geht. Hab mir ein bißchen Sorgen gemacht."

Wenn Mutter zugibt, sich ein bißchen Sorgen gemacht zu haben, dann hat sie sich viel Sorgen gemacht und womöglich nicht oder sehr schlecht geschlafen. Manchmal glaube ich, sie macht sich gerne Sorgen.

„Es geht so. Was soll ich sagen. Nicht überragend. Aber auch nicht ganz so schlecht."

„Ich würde dir gern irgendwie helfen", sagt sie.

„Helfen kannst du mir da auch nicht. Wie willst du mir helfen?"

„Ich weiß, ja." Sie zieht das Ja lang. Wir schweigen beide ein paar Sekunden, die Kaffeemaschine klingt fertig.

„Was willst du also machen heute?"

Ich weiß sofort, was sie meint. Sie weiß, daß er heute zurückkommt. Sie kennt die Daten; ich habe sie ihr selber gesagt vor dem

Urlaub, aber ich dachte nicht, daß sie sich das merkt. Sonst klingt es immer so, als würde sie alles vergessen, was ich ihr sage. Normalerweise fragt sie nach Neuigkeiten, und wenn ich ihr etwas erzählen will, schneidet sie mir das Wort ab wegen irgendeiner Nichtigkeit. Diesmal ist sie im Bilde, und ihre Stimme ist klar, so klar, wie ich sie seit Jahren nicht mehr gehört habe. Wie ihr Lachen. Als ich klein war, lachten wir viel. Ich habe ihr glockenhelles Lachen, das immer aus ihrer Brust zu gluckern schien, das ihren ganzen Körper schüttelte, nicht mehr vernommen seither. Wir umarmten uns manchmal alle am Abend, bevor ich ins Bett gebracht wurde. Mutter, Christa, Georg und ich – Vater war nie dabei – rückten für eine große Umarmung eng zusammen. Mutter sagte: „Unser kleiner Schmusekittel". Dann antwortete ich mit der Bestimmtheit eines Kindes: „Wir haben uns alle lieb!" Ich sagte diesen Satz so oft, bis wir ihn alle zusammen, die Köpfe wie zu einer Vorschwörung zusammengesteckt, deklamierten: „Wir haben uns alle lieb!" Dann lachten wir ganz laut.

„Was willst du also machen?" fragt Mutter abermals.

„Was ich machen will? Ich hab keine Ahnung, Mutti."

„Holst du ihn ab?"

„Ich weiß es doch nicht."

Wo sie sonst immer Umwege machte, zielt sie plötzlich genau, kommt ohne Umschweife auf den Punkt.

„Ich habe mich bei dir nie eingemischt, dazu weiß ich auch zu wenig. Aber manche Sachen sind überall gleich, ob das nun Männer sind oder Frauen." Mir zuckt die linke Augenbraue hoch. Ich traue meinen Ohren nicht, aber die Stimme, die ich fast nicht mehr meiner Mutter zuordnen könnte, weil sie noch nie so mit mir geredet hat, fährt unbeirrt fort: „Dein Vater und ich, wir hatten auch unsre Krisen. Manchmal muß man da zurückstecken. Ich mein, es ist nicht so einfach manchmal. Du weißt ja, wie er ist."

Sie hat noch nie darüber gesprochen. Als Kind bin ich immer ins Kinderzimmer gegangen, wenn sie sich gestritten haben.

Meist waren wir aber schon im Bett, und ich hielt mir mit dem Kissen die Ohren zu.

„Vielleicht hat's ja einen Zweck, wenn du…", sie holt noch mal Luft, „wenn du einfach den Anfang machst." Ich gehe, die unglaubliche Stimme meiner Mutter im Ohr, in die Küche und nehme eine Tasse aus dem Schrank. „Vielleicht tut's ihm auch längst leid. Und wenn du dann am Flughafen bist, freut er sich vielleicht."

„Ja, vielleicht."

„Ich will mich ja nicht einmischen. Ihr habt euer Zeug immer allein geregelt, das weiß ich. Aber ich denk halt…", sie unterbricht wieder, es fällt ihr schwer. „Ich denk halt, daß es nicht immer alles so einfach ist. Auch das Zusammenraufen nicht. Und mancher kann nicht, wie er will, der kann halt nicht sagen, wie es ihm ums Herz ist manchmal. Nicht weil er keine Gefühle hätte. Es hat ihm einfach niemand gezeigt, wie man so was sagt." Das war der Wink mit dem Zaunpfahl zu Vater. Aber das ist jetzt egal. Ich schenke die Tasse fast bis zum Rand voll und gehe langsam zum Sessel zurück. Sie will mir also ins Gewissen reden.

„Das weiß ich doch, Mutti."

„Ich glaub nicht, daß du das weißt", sagt sie plötzlich mit einer so ungewohnten Schärfe, daß ich völlig perplex in den Sessel falle und aufrecht wie ein Klosterschüler sitzen bleibe.

„Du hast das noch nicht gehabt, so über Jahre mit jemandem zusammen. Entweder man steckt zurück, oder man steckt nicht zurück. Also, wenn ich damals auf stur geschaltet hätt, wär's zur Scheidung gekommen. Bei deinem Vater und mir."

„Wann damals?"

„Als du gekommen bist. Da hätten wir uns fast getrennt. Das heißt, ich hätte mich getrennt. Aber da war alles nicht so einfach wie heute. Ich meine, ich wollte es. Fast. Ich war kurz davor. Da hätt ich aber mit euch dreien allein dagestanden. Was sollt ich machen?"

Was soll ich sagen?

„Und dann?“ Ich hebe die Tasse und will einen Schluck nehmen, stelle sie aber sofort wieder hin.

„Dann hat's eben wieder funktioniert. Wir waren so alt wie du jetzt. Dann ging's eben wieder. Ich glaub auch, daß es gut war, daß alles so gekommen ist.“

Ich sehe sie vor mir. Jahrelang haben Eltern kein Alter, sie scheinen auf der Stelle zu treten. Auf Bildern sehe ich nun, wie jung und wie hübsch sie waren. Das ist mir erst aufgefallen, als ich selber über dreißig war. Plötzlich entdecke ich, wie ähnlich ich ihnen sein muß und wie sich für sie die Welt ändert, wenn die Kinder erwachsen sind. Bis heute hatte ich das Gefühl, daß ich für Mutter noch der Halbwüchsige bin, daß sie mit mir sprach, als sei ich siebzehn. Aber heute redet sie mit mir, als sei ich erwachsen.

„Weißt du noch, Mutti: Wir haben uns alle lieb?“

„Ja, mein Schatz, das weiß ich noch. Das war schön mit euch. Ich habe das genossen, weil du der letzte warst und weil es die schönste Zeit ist für eine Mutter, wenn die Kinder klein sind.“

Obwohl wir nur telefonieren, höre ich meine Mutter lächeln. Aber wir sind noch nicht fertig. Sie hat mich angerufen, sie hat gefragt, sie hat angefangen. Wer weiß, vielleicht ist sie morgen wieder die Mutter, die sie bis zu diesem Anruf war. Ich muß die Gunst der Stunde nutzen.

„Warum wolltest du dich trennen?“

„Hm.“ Es klingt etwas ratlos, aber auch verträumt. „Wir waren auch jung. Fast wär ich zu einem andern gerannt. Damals. Aber der war auch verheiratet. Also ging es eben nicht.“

„Ach, mit wem denn?“

„Das sag ich dir nicht.“

Jetzt trinke ich doch Kaffee, eigentlich könnte ich einen Whisky gebrauchen, irgend etwas Hartes. Einen Schnaps.

„War der auch verliebt in dich?“

„Das weiß ich nicht. Das ist egal. Ich will bloß nicht, daß du was Falsches machst, daß du dir Sachen vorwirfst später.“

„Denkst du noch manchmal dran? Daß es hätte klappen können?"

Sie zögert.

„Es ist lange her." Sie legt noch eine Pause ein, der Satz hängt unvollendet in der Leitung. „Nein, ich hab ihn nicht geliebt. Es ist gut, wie alles gekommen ist."

Ich glaube ihr. Obwohl es nicht von Belang ist, ob ich ihr das abnehme oder nicht. Es ist ihre Geschichte, sie hätte sie mir nicht erzählen müssen. Sie hat sonst niemandem davon erzählt, da bin ich sicher. Es wäre zu gefährlich gewesen.

„Also, überleg dir, was du heute machst. Vielleicht sind da noch andere Möglichkeiten. Wirf es aber nicht so schnell weg."

„Danke, Mutti. Ich überleg mir das heute. Ich bin so fifty-fifty. Will ja auch nicht dastehen wie ein Maulaffe, damit er mich einfach links liegen läßt."

„Meinst du, er kriegt das fertig?" Plötzlich klingt ihre Stimme ganz mütterlich, tief und beruhigend.

„Ich weiß es nicht."

Es ist nicht das erste Mal, daß ich ratlos bin. Die Premiere besteht darin, daß ich es vor ihr zugebe. Ich möchte mehr wissen, mehr über meine Mutter, mehr über diesen Mann, dessen Namen sie mir nicht sagt.

„Habt ihr euch damals noch lang getroffen?"

„Nein, als du da warst, haben wir Schluß gemacht, sonst hätt's Mord und Totschlag geben. Dein Vater hat ihn gekannt."

Ein blöder Gedanke kommt mir in den Sinn. Eigentlich will ich ihn nicht denken, aussprechen schon gar nicht, außerdem kann jeder meine Ähnlichkeit mit Vater sehen. Ich habe seine Stirn, seinen Mund, und meine Augen sind so grün wie seine, aber da wir gerade dabei sind, tu ich es.

„Aber ich bin nicht von dem, oder?" Es rauscht in der Leitung. „Mutti, bist du noch da?"

„Nein, du bist nicht von dem. Aber – es hätte sein können."

Sie ist leiser geworden. Wir telefonieren einmal die Woche, normalerweise. In den letzten zehn Jahren, seit ich weggezogen bin, haben wir also etwa 520 Telefonate geführt. Aber wir haben nie so miteinander gesprochen.

„Es tut mir leid. War 'ne schlimme Zeit für dich, was?"

„Ja, aber das ist jetzt vorbei. Du hast noch genug Zeit. Du bist unabhängig. Mach was."

„Mutti?"

„Ja?"

„Ich dank dir."

„Schon gut." Plötzlich ist sie wieder die Mutti, die ich kenne, die Geschäftige, immer mit den Gedanken einen Schritt voraus oder noch ganz woanders. „Ich muß jetzt Essen machen, sonst zerkochen mir die Kartoffeln. Mach's gut, mein Schatz."

Sie wirft mir einen Kuß durch die Leitung, diesmal küsse ich zurück. Zum ersten Mal küsse ich meine Mutter durchs Telefon.

„Tschüs", sage ich, aber sie hat schon aufgelegt. Mehr werde ich nicht erfahren. Nicht von ihr. Ich könnte Christa anrufen. Sie ist elf Jahre älter als ich, sie wird das mitbekommen haben. Aber ich tue es nicht, es wäre Verrat. Wenn Mutter mir nicht mehr erzählt, dann wird das seinen Grund haben. Es ist so unwirklich. Noch immer glaube ich nicht, daß dieses Gespräch eben stattgefunden hat. Ich schüttle mit dem Kopf. Was macht man sich für Gedanken über die Eltern? Wer denkt schon, daß sie auch jung waren, daß sie sich auch noch mal verlieben wollten. Bei den Eltern waren alle Messen gesungen mit vierundreißig; da waren wir drei da. Drei kleine, selbstsüchtige Tatsachen. Alles war entschieden.

Bei mir ist nichts entschieden.

Kapitel 10

Alarm! Alles schreit Alarm. Sonntag. Er hat gesagt, er will kommen. Hat er gesagt. Gestern. Ich habe es genau gehört. Also muß er anrufen, daß er sich auf den Weg macht. Oder er muß anrufen und sagen, daß er zu Hause bleibt.

Oder muß er nicht? Es ist halb fünf, Sonntag. Er hatte Zeit, auszuschlafen, Frühstück zu machen und bei sich zu sein, und er hatte Zeit, anzurufen. Verdammt! Er ist es mir schuldig. Ich bin wütend, in meinem Bauch braut sich ein Unwetter zusammen, es ist die pure Angst. Daß er mich vergessen hat, daß er nicht anruft, weil er etwas anderes zu tun hat, daß es etwas ist, das er mir nicht sagen möchte. Weil er zu feige ist, wie er selber sagt.

Robert. Vielleicht war er gestern abend bei ihm, vielleicht ist er es noch. Wenn ich jetzt anrufe, wird er mir freilich nicht sagen, daß ich mich später noch mal melden soll, weil Robert noch da ist, weil sie zufällig mal Kaffee trinken wollen, weil sie ficken. Es ist halb fünf. Ein Anruf hätte genügt, so was wie „Ich hab keine Lust, bin einfach zu kaputt, sei nicht sauer“ oder „Laß uns vor 'm Urlaub noch etwas alleine sein. Wir werden bald zwei Wochen aufeinander hocken.“

Vielleicht auch das: „Ich will dich heute nicht sehen. Ich muß über uns nachdenken“. Dann käme ein Storno, was mich 250 Mark kosten würde, noch billig. Ich könnte es nicht mal diesem Robert in Rechnung stellen.

Ich muß jetzt anrufen, ich muß wissen, warum er mich nicht anruft.

Es klingelt dreimal. Er sagt seinen Namen.

„Tach, ich bin's. Ich wollte dir nur sagen, daß du durchaus einen Spruch machen kannst, wenn du heute nicht kommen willst. Das ist kein Problem. Ich kann meine Zeit auch anders verplempern, aber du hast gesagt, du kommst, und jetzt kommst du offenbar nicht. Das ist nicht die feine englische Art, das paßt mir nicht."

Es braucht offenbar eine Sekunde, bis er begreift.

„Moment", sagt er und betont beide Silben wie ein Studienrat, „ich habe nicht gesagt, daß ich komme."

„Oh?" entgegne ich und unterdrücke nur schwer die Wut, die in mir hochwallt. „Dann habe ich mich wohl gestern verhört, dann nichts für ungut und schönen Sonntag noch."

Na bitte, ein Storno kostet 250 Mark.

„Halt!" Seine Stimme klingt hart. „Ich habe gesagt, ich komme heute zu dir."

Er versucht es zu retten, ich weiß, daß etwas nicht stimmt.

„Ja, und es wäre kein Problem, nicht zu kommen, aber das könntest du einfach sagen."

„Ich komme. In einer Stunde bin ich da."

Es klingt dienstlich, es klingt offiziell. Er hat mich nicht getröstet, hat nicht gesagt, daß es ein Versehen war oder eine Unnachsichtigkeit, daß er mit sich zu tun hat und daß ich das verstehen soll.

„Gut, dann sehen wir uns", sage ich, aber er hat schon aufgelegt.

Vor dem Schlafzimmerschrank steht schon die Reisetasche. Ich habe sie abgestaubt und ausgewischt. Auf dem Wäscheständer hängen feuchte Socken, Hemden und Slips. Sogar meinen Reisepaß habe ich schon herausgekramt und auf den Schreibtisch gelegt, zusammen mit dem Reiseführer für Israel und dem Gayguide. Am kommenden Samstag fliegen wir nämlich. 250 Mark würde mich eine Stornierung kosten, so steht es im Vertrag; die Tickets liegen bei ihm. 250 Mark, das ist teuer, aber immer noch billig. Er würde mir doch sagen, wenn ich stornieren sollte. Er wird es mir womöglich nachher eröffnen, ohne natürlich den Namen Robert zu erwähnen. Es könnte unser erster Streit werden, womöglich unsere erste Krise. Wenn ein Robert dafür der Grund ist, weiß ich, daß es der letzte Streit sein wird. Weil ich mich kenne. Weil ich gehen werde, wenn ein Robert da ist. Zwischen Robert und mir müßte er sich entscheiden. Und wenn er das nicht tut, wenn er zögert, weil er es vielleicht nicht weiß, dann würde ich gehen, sofort.

Ich bin immer gegangen, ich habe nie gewartet. Jeder muß wissen, was er will. Wenn er es nicht weiß, kann ich nichts dafür. Ich warte nicht, ich stelle kein Ultimatum, an dessen Ende ich mich dann wegschicken lassen muß. Dann gehe ich lieber gleich von alleine. Wenn jetzt die Wiederholung kommt, wenn das gleiche Stück erneut aufgeführt wird, muß ich abermals die Bühne verlassen. Wie immer, wie schon oft. Es ist anscheinend immer der gleiche Grund, ob er nun unter Fabian, Patrick, Lars oder Frank firmiert. Und nun heißt er eben Robert.

Wieso reiche ich nicht? Wieso muß ich ergänzt werden? Was fehlt mir? Was haben Fabian, Patrick, Lars, Frank und Robert, was ich nicht habe? Wenn jetzt Robert der Grund ist, werde ich gehen.

Ich prüfe, ob die Socken schon trocken sind. Sie sind es nicht. Ich blättere in meinem Reisepaß, sehe unnützerweise nach dem Gültigkeitsdatum, lege ihn wieder auf den Schreibtisch und beginne aufzuräumen, Notizzettel zu zerreißen, Karteikarten zu ordnen. Ich lege die CDs auf einen Stapel, hole einen Lappen und wische den Computerbildschirm ab. Ich sehe auf die Uhr. Er wird gleich da sein. Heute werde nicht ich gehen, er ist bei mir, also muß er es tun, falls es soweit kommt.

Er klingelt. Ich haste zur Tür, drücke den Summer, warte, öffne noch nicht, sondern spähe durch den Spion, bis ich ihn die Treppe heraufkommen sehe, dann erst mache ich auf. Er soll nicht das Gefühl haben, daß ich warte.

„Hallo!" Er küßt mich auf die Wange, trocken und schnell, weicht aus und geht ins Wohnzimmer, setzt sich auf die Couch, legt die Jeansjacke neben sich auf den Fußboden. Ich gehe hinterher, hebe sie auf und hänge sie auf einen Bügel an die Garderobe.

Er sitzt da, ich setze mich an den Tisch, ihm gegenüber. Es ist plötzlich dämmrig. Er legt die Hand neben sich auf die Couch und sagt: „Komm doch mal her.“ Er lächelt.

Ich komme, ich tue, was er mir sagt. Aber ich sitze nicht zu nah.

„Entschuldige, wenn da was schiefgelaufen ist“, sagt er.

„Es geht nicht ums Schieflaufen, sondern darum, daß du dich melden kannst. Ich will dich doch nicht gängeln oder so. Du kannst aber sagen, wenn du keinen Bock hast.“

Er holt Luft.

„Ja, ich bin das einfach nicht mehr gewöhnt.“ Er reißt ab, bleibt schweigend sitzen, sieht mich an und schaut wieder weg.

„Was bist du nicht mehr gewöhnt?“

„Ich war auch lange alleine, da kann ich das nicht so.“

Ich versuche ruhig und logisch zu denken, ruhig und logisch zu sprechen.

„Es geht nur um einen Anruf.“

„Es tut mir leid, aber ich sage es gleich: Es kann wieder passieren.“

Ich habe mich verhört, das kann nicht wahr sein. Er hat das jetzt nicht gesagt.

„Was? Es kann was wieder passieren? Wenn du sagst, du kommst, dann richte ich mich drauf ein. Soll ich das riechen, wenn du keinen Bock hast oder wie?“

„Ich bin das nicht mehr gewöhnt.“ Er nimmt eine Zigarette aus der Brusttasche. „Und ich hab ein Problem mit Verantwortung.“

„Verantwortung, aha“, sage ich, während er die Kippe unschlüssig zwischen den Fingern hält. „Ich finde, das hat einfach was mit Respekt zu tun. Respekt vor meiner Zeit zum Beispiel. Oder soll ich dich gefälligst noch anrufen und dich fragen, ob du kommen willst oder nicht? Das ist ja wohl ein bißchen bescheuert.“

„Ich weiß ja, was du meinst, aber ich kann das nicht immer.“

„Wo ist das Problem?“

Er klopft der Zigarette auf den Filter, als wäre sie schlecht gestopft.

„Ich habe keinen Garantieschein für dich. Ich meine, ich weiß nicht, was morgen kommt."

Robert, die Poppersflasche, 250 Mark für die Stornierung. Ich zähle zusammen, ich rechne mir nur aus, was los sein könnte. Aber ich halte das vorläufige Ergebnis meiner Gleichung zurück, sage nicht vor. Er muß auch gerechnet haben.

„Was soll das denn jetzt? Einen Garantieschein hab ich nicht verlangt, hab ich für dich auch nicht in der Tasche. Aber wenn wir zusammen sind, wie lange das auch immer dauert, dann find ich, gehört sich das so."

Die Zigarette liegt jetzt zwischen uns. Er sitzt, die Hände vor sich verschränkt, und sieht sie sich an.

„Ich kann da auch nicht raus aus meiner Haut", sagt er.

„Was soll ich jetzt sagen, wenn ich dir nicht mal einen Anruf wert bin?"

„Ich weiß, aber es kann wieder passieren."

Warum? Wegen eines abgetakelten Lovers, der sich wiedergemeldet hat? Wegen einer Nacht mit Poppers? Wegen Robert? Oder weswegen? Soll ich ihn fragen, ob ich überhaupt noch nach Israel mitkommen soll? Ob er immer noch mit mir wegfahren will? Er kramt nach einem Feuerzeug; ich leg ihm meins hin. Er nimmt es, zündet die Zigarette an, bleibt still. Ich sehe ihn an, seinen Mund und die Augen, sehe sein Gesicht im Widerschein der Flamme, wie er die Lippen zusammenzieht und pafft. Ich traue mich nicht, ihn anzufassen. Ich möchte ihn streicheln, aber er ist weit weg, neben mir auf der Couch.

Ich muß die Fragen stellen. Ich frage nicht nach Robert und nicht nach der Stornierung.

„Sag mal", hole ich aus, ohne genau zu wissen, was ich sagen werde. Sein Kopf dreht sich zu mir, jetzt lächelt er sogar. „Sag mal, bist du eigentlich noch in mich verliebt?" Ich stelle diese Frage, weil sie mir im Moment am wichtigsten erscheint. Wenn er sie verneint, ist alles zu Ende, nicht mal ein Robert hätte dann noch Bedeutung, selbst wenn er der Grund für das Nein ist.

Er sagt nicht „Du, du, du" nah an meinem Ohr, küßt mir nicht den Hals und flüstert, daß ich sein Schöner sei oder sein Lieber. Er legt mir nicht seine Hand auf meine Hand und hält sie fest, lächelt nicht schelmisch, um mich gleich am Ohrläppchen zu zupfen.

Er sagt nur: „Ja." Und sieht mich kurz an.

Es ist still im Zimmer. Wir sitzen uns gegenüber. Da sitzt der Mann, den ich will.

Er hat „Ja" gesagt.

Ich kann also auf Robert und Konsorten scheißen. Ich scheiß auf die Welt, scheiß auf Maria und ihre Zweifel, scheiß auf meine Mutter und scheiß auf ihre Angst, daß sowieso alles schiefgeht im Leben. Es gibt jemanden, der ja sagt, wenn ich ihn frage, ob er mich liebt. Scheiß auf alle, die das nicht haben, die Ratschläge geben und nicht wissen, wovon sie sprechen. Und ich scheiß ebenso auf umgefallene Poppersflaschen, auf schweigsame Nachmittage und auf meine Panik. Ich will glücklich sein, und dafür scheiße ich auf noch viel mehr. Ich versuche eine Berührung, während ich überlege, auf was ich noch alles scheißen könnte.

Wir küssen uns. Ich hole mir diesen Kuß, weil er mir gehört, alle seine Küsse gehören mir. Einfach nach seinem Nacken greifen, ihn zu mir ziehen. Er hält die Zigarette immer noch in der Hand, deswegen stehe ich auf, nehme sie ihm ab und ziehe ihn hoch. Umarme ihn, packe ihn am Arsch und trage ihn aufs Bett. Lege mich auf ihn und nehme ihn, ich nehme, was mir gehört. Was ich will. Er wehrt sich nicht.

„Es tut mir weh", sagt er später. Ich höre es nicht. Ich nehme ihn und halte ihn dabei fest, bis es mir kommt. Bis wir nebeneinander liegen, meinen Engel ansehen und rauchen. Kein Wort ist mehr gefallen.

Er schaut auf die Uhr: „Ich muß dann langsam."

„Okay."

Er zieht sich an. Ich gehe ins Bad, wasche mich und pinkle. Ich ziehe meinen Bademantel über. Er steht schon an der Tür. Wir küssen uns noch einmal. Er drückt die Klinke herunter, wartet, aber er sagt nichts.

Ich sage auch nichts, statt dessen sagen wir beide: „Es tut mir leid." Gleichzeitig, als hätten wir nur auf das richtige Stichwort gewartet. Dann geht er. Ich versuche froh zu sein.

Das Telefon klingelt, ich hebe sofort ab. Möglicherweise wird es einer dieser Sonntage, an dem alle wie zufällig anrufen. Wie bestellt. Ich weiß nicht, ob ich mich heute darüber freuen soll. Telefonate fressen Zeit, ich will aber Zeit haben bis zum Nachmittag.

„Hi, ich bin's", sagt Maria.

„Moin", antworte ich.

„Bist du schon wach? Stör ich dich?"

„Nö, trink grad Kaffee." Ich sage Maria nichts von dem Gespräch mit Mutter.

„Soll ich rumkommen? Hab noch Kuchen da."

Ich überlege, ob ich Maria ertrage heute morgen. Ich weiß nicht, ob auch sie mich fragen wird, was ich tun werde.

„Wie spät ist es?"

„Kurz nach zehn", sagt sie.

„Gut, komm einfach rum."

„Okay, in zehn Minuten bin ich da."

Ich stelle den Hörer auf die Ladestation und beäuge ihn mißtrauisch. Nicht, daß er jetzt gleich wieder klingelt. Ich muß mich anziehen. Meine Haare sind zerwühlt; in meinen Augen klebt gelber Schlaf. Zum Duschen ist jetzt keine Zeit. Ich wasche mir das Gesicht, putze mir leidlich die Zähne, ziehe mir ein T-Shirt über, suche nach einer Jeans. Dabei entdecke ich neben dem Bett das Kondom von Jens, Jan oder Jörn. Die Packung hat sich auf der anderen Seite versteckt. Maria muß nicht sehen, daß ich Spaß hatte. Spaß ist vielleicht auch das falsche Wort. Ich nenne es Zerstreuung.

Abermals setze ich Kaffee auf, stelle den Sessel an den Tisch zurück, lehne das Fenster an. Es klingelt, wir sind immer pünktlich. Sie sagt „Huhu" in die Wechselsprechanlage. Ich stelle mich auf die Schwelle und warte, höre, wie sie die Treppe hochsteigt, bis ihr Kopf zwischen den Geländersprossen auftaucht.

„Hallohallo." Sie hat ein Sonntagsgesicht, ihre Haare sind frischgetönt. Maria strahlt.

„Hallihallo, komm doch rein."

„Ich habe Bienenstich und Streuselkuchen mit Pudding mitgebracht."

Sie hält mir das Paket hin wie ein Geschenk. Ich bringe es in die Küche, rufe von dort „Setz dich" ins Wohnzimmer.

„Hast du aufgeräumt?" Sie sieht sich um, als hätte sie das Zimmer noch nie gesehen.

„Nö, jedenfalls nicht heute. Bin halt nicht dazu gekommen, Unordnung herzustellen."

„Unordnung herstellen", wiederholt sie und verdreht gutgelaunt die Augen.

Ich lege die Platzdeckchen hin und hole mein rotes Geschirr aus dem Schrank. Schließlich ist Sonntag. Maria drapiert den Kuchen auf den Teller, leckt sich etwas Pudding vom Finger. „Mmh, lecker, lecker."

„Der Kaffee ist gleich fertig", sage ich, stelle die Zuckerdose neben ihren Platz und setze mich zu ihr. „Wo hast du denn den Kuchen jetzt her?"

„Na, der Bäcker hat doch heute bis elf auf. Das ist zwar Kuchen von gestern, der ist aber noch eßbar."

„Ist auch blöd, aufzumachen und alten Kuchen zu verscherbeln."

„So richtig lohnen sich die Sonntage wohl doch nicht. Da steht auch so 'ne gepiercte Tusse da. Beim Bäcker. Wie im falschen Film." Maria lacht.

„Ach, und sonst?"

„Na sonst ist die olle Bäckerin selber hinterm Ladentisch. Die glotzt immer so gnatzig, wenn ich samstags nach elf noch Brötchen haben will." Maria zieht probeweise die Mundwinkel nach unten, schiebt ihr Kinn nach hinten und äfft die Frau nach: „Na det is jetze wohl 'n bißchen spät für früsche Brötchen, junge Frau!"

„Echt?"

„Ja. Dann hab ich gesagt: ‚Wollen Sie mir vorschreiben, wann ich aufzustehen habe oder wie? Machen Se doch ihre Hütte dicht, wenn Sie keine Lust mehr haben'. Da guckt die mich böse an und zieht ihre Schnute noch länger. Aber seitdem ist die zuckersüß freundlich."

Sie lacht stolz. Sie hat gute Laune, dennoch merke ich, daß Maria lauert, auf etwas wartet oder etwas sagen will. Hinter mir röchelt die Maschine, ich hole die Kanne und schenke ein. „Soll ich uns Musik machen?"

„Wegen mir nicht."

„Gut." Ich setze mich hin, springe abermals auf, um einen Aschenbecher zu holen.

„Ist gut jetzt, sei nicht so hektisch", herrscht mich Maria an.

„Jajaja", beschwichtige ich sie.

Sie nimmt ein Stück Bienenstich, leckt sich genüßlich die Lippen und beißt hinein. Ich entscheide mich für den Streuselkuchen. Maria weiß, daß ich auf Streuselkuchen mit Pudding stehe. Wir kauen. Sie nickt mir mit großen Augen zu, deutet auf meinen Kuchen und nickt fragend. Ich beiße hinein und nicke auch. Wir kauen weiter, konzentriert, weil wir wissen, daß es heute nicht um den Kuchen geht. Es ist Sonntag, sie kennt die Zeitrechnung. Als hätte sie beim letzten Bissen meine Gedanken gelesen, sieht sie mich an und stellt endlich die Frage, die ihr wohl schon längst auf der Zunge liegt: „Was machste denn nun?"

Ich lege das angebissene Stück auf den Teller; ich will mir den Rest aufheben.

„Tja, was mach ich denn nun? Ich habe überhaupt keine Ahnung."

Ich erzähle ihr nicht, daß meine Mutter aus dem gleichen Grund angerufen hat, aus dem Maria mir jetzt gegenübersitzt und mit der Zunge Kuchenkrümel aus den Zähnen zu puhlen versucht und dabei zufrieden schmatzt.

„Na ja, es gibt zwei Möglichkeiten. Entweder du fährst hin, oder du fährst nicht hin."

„Wenn's so einfach wäre. Wenn ich hinfahre, gibt es dann mindestens drei Möglichkeiten."

Sie sieht mich fragend an. „Ach so? Welche denn?"

„Daß er sich freut, mich zu sehen, das ist die erste. Die zweite ist, daß er an mir vorbeigeht und mich stehen läßt. Und Nummer Drei, daß er abgeholt wird."

„Abgeholt?"

Ich habe Maria nichts von diesem Robert erzählt. Was hätte ich auch sagen sollen?

„Ach, nur so 'ne Idee."

„Meinst du, er hat einen anderen?"

„So könnte man die ganze Geschichte auch deuten. Würde jedenfalls auch passen. Ziemlich gut sogar."

Maria weiß genau, was ich meine. Sie kennt mein Talent für Männer, die nicht frei sind. Sie nennt sie „gebundene Männer", als wären sie gefesselt.

„Das stimmt, aber ich glaub das nicht", sagt sie.

„Ist ja auch egal." Ich winke ab und beiße in meinen Streuselkuchen. Puderzucker schneit auf meine Hose.

„Na, dir dürfte das nicht egal sein."

Ich schlucke runter. Bevor ich den nächsten Bissen nehme, sage ich: „Am Ende ist es vielleicht schnurz."

„Wenn du meinst."

„Ich meine gar nichts, aber wenn sich jemand so benimmt, dann habe ich nichts mehr zu erwarten."

„Und woraus schließt du das?"

„Einfach so, weil er eiskalt war. Richtig scheiß-eiskalt."

„Und wenn du heute bloß hingehst, um das klarzustellen?"

Ich beiße in den Kuchen. Ich will das jetzt nicht. Ich möchte mir Zeit nehmen, den ganzen Tag, um dann, nachher, gegen 14.00 Uhr zu entscheiden, ob ich zum Flughafen fahre oder nicht.

„Bist du hier, um mich zu überreden?"

Maria nimmt sich den zweiten Bienenstich.

„Irgendwie schon. Wenn es dir die Sache wert ist, solltest du hinfahren. Wenn er dich abblitzen läßt, weißt du es ganz genau, wenn nicht, ist vielleicht noch was zu retten. Gib ihm 'ne Chance."

„Und wenn ich mich zum Affen mache?" Mein Kuchen ist gegessen. Ich stopfe mir den Mund mit einer Zigarette.

„Und wenn? Ich finde, damit machst du dich gar nicht zum Affen. Ich finde, das ist mutig. Damit beweist du mehr Mut als er. Wenn du heute nicht hingehst, dann wirst du's wahrscheinlich nie erfahren. Dann ist Sense."

Sie hat recht, und ich will nicht, daß sie recht hat. Es ist wie vor einer Prüfung. Ich könnte mir Worte zurechtlegen, die ich ihm sagen kann, mir einen Spickzettel schreiben. Aber ich weiß, daß alles nutzlos sein wird im richtigen Augenblick. Ich hoffe sogar, daß, wenn ich hingehe und ihn sehe, ich ihn nicht mehr liebe, daß mir ein Fremder gegenübersteht, mit dem ich nichts mehr zu tun haben will.

„Er wird sich nicht melden. Du hast es ihm leicht gemacht; er kann jetzt sagen, daß du ihn verlassen hast, daß du nämlich gegangen bist. Da ist er aus dem Schneider."

Ich schenke mir noch Kaffee ein, hebe die Kanne hoch, biete Maria auch noch an. Sie schüttelt den Kopf.

Wir essen den Rest vom Kuchen. Es ist alles gesagt. Sie hat recht, und ich weiß nicht, ob ich heute zum Flughafen fahren werde. Ich weiß einfach nicht, ob ich es kann. Eigentlich meine ich, daß er sich melden müßte, daß er etwas zu erklären hat.

Zusammenschlagen möchte ich ihn.

Maria sieht zum Fenster hinaus. Es ist ein schöner Tag.

„Wollen wir noch eine Runde spazierengehen?"

„Nein, ich glaube nicht. Laß mich mal allein. Ich ruf dich heute abend an oder komm noch mal rum."

„Vielleicht, wir werden sehen“, sagt sie und steht auf. „Jedenfalls bin ich gespannt.“

„Gut.“ Ich gehe mit ihr zur Tür, angle die Jacke von der Garderobe und halte sie ihr hin. Sie bedankt sich mit einem gnädigen Nicken und schlüpft hinein.

„Bist du schon drüber weg? Über Volker?“

Sie knöpft sich zu. „Ich weiß nicht. Ein bißchen traurig bin ich vielleicht. Aber ich weiß einfach, daß es so richtig ist.“

Sie geht. Auf der Treppe dreht sie sich um und winkt.

„Und zieh dir einen Rollkragenpulli an“, sagt sie süffisant und deutet auf meinen Hals. Ich drücke die Tür ins Schloß. Ich schäme mich für den Knutschfleck und dafür, daß ich ein Weichei bin. Nein, stark bin ich nicht. Ich will wenigstens stark wirken nachher. Ich muß es, wenn ich ihn heute abhole. Er darf mich nicht noch einmal so sehen. Er darf nicht noch einmal spüren, daß er Macht über mich hat. Ich will es nicht. Das Telefon klingelt. Gott, es ist, als wäre jemand gestorben; alle kondolieren.

Es ist Sebastian.

„Hallo! Hast du heute Lust?“

Was ist los? Er hatte mich gestern erst. Nie hat er so oft angerufen.

„Heute nachmittag geht es nicht, aber gegen Abend“, antworte ich. Daß ich Lust auf ihn habe, muß ich nicht bestätigen, er weiß es.

„Gut, ich ruf dann an. So gegen sechs?“

„Ja, gegen sechs ist okay.“

Wir legen auf. Sebastian nimmt sich, was er braucht. Er macht keine Schnörkel. Es beruhigt mich. Er wird kommen und nichts bemerken, was immer auch geschehen wird, wie immer ich mich gegen sechs fühlen werde. Dann bekomme ich so etwas wie einen Trost. Einen geilen, gutgewachsenen, gierigen Trost. Ich lächle böse. Mit diesen Aussichten kann ich leben, also kann ich auch zum Flughafen fahren. Mit der Möglichkeit, daß ich danach nicht daheim sein werde, rechne ich nicht, weil ich nicht damit rechnen will.

„Glaub jetzt aber nicht, daß morgen wieder alles Friede-Freude-Eierkuchen ist", stößt er feindselig hervor. Plötzlich möchte ich weinen.

Die Sonne scheint nicht mehr in mein Fenster. Dennoch setze ich mich hin, als wäre sie noch da, als säße ich nicht im Schatten. Es ist still. Keine Musik, keine Hilde Knef, keine Roberta Flack. Vielleicht könnte ich jetzt das Lied vom *Icy Blue Heart* hören. Es kann mich zum Weinen bringen – aber nur wenn ich will.

„Kitsch", sage ich mir. „Alles Kitsch."

Ich will nicht, daß ich damit rechne, alles wieder in den Griff zu kriegen. Vielleicht wäre es schön, aber wer weiß, ob es das wert ist. Wenn er sich nicht sicher ist, warum sollte ich es dann sein? Israel ist noch immer ein böser Traum. Unwirklich, als wäre ich nicht da gewesen, als hätte es eine Sekunde gedauert – oder eine Ewigkeit. Wie Erinnerungen an die Kindheit. Es drängen sich nur Szenen auf, nie alles auf einmal, als würde ich sortieren, woran ich mich gerade erinnern möchte. Ein andermal zeigen sich Szenen, die ich vergessen wollte, ja vergessen habe. Dabei hatte ich nur vergessen, daß ich sie vergessen wollte. Sie waren immer da.

Heute, an diesem Sonntag, wird dieser böse Traum enden. Ich bin nur noch nicht aufgewacht.

Kapitel 11

Wir haben alles. Er hat die Tickets, das Taxi wartet. Wir stellen unsere Reisetaschen und die beiden Rucksäcke in den Kofferraum. Wir liegen gut in der Zeit, ungefähr in der Mitte von dem, was für mich zu spät und für ihn zu früh wäre.

Er ist still, aber das ist die Aufregung, auch ich habe keine Lust zu reden. Schon alleine deswegen, damit mich meine Stimme nicht verrät. Er hatte mich noch angerufen, ob ich nun die Kondome hätte, ob ich an die Sonnenmilch dächte und an die beiden großen Badetücher für den Strand. Da war alles wieder gut. Da habe ich gefühlt, daß er sich kümmert, und habe mich gefreut. Daß sich jemand um die Nebensachen mit kümmert, daß diese Nebensachen immer wichtiger werden, daß wir füreinander Alltag werden, daß Israel der Auftakt wird für unseren Alltag.

Für die erste Woche haben wir uns nicht viel vorgenommen. Am Strand liegen, braun werden, durch Tel Aviv bummeln, herumhängen. Nichts tun. Wir haben es uns verdient. Er sieht angespannt aus, aber auch ich bin gestreßt. Ein wenig wegen der Reise und wegen der Sicherheitskontrollen. Normalerweise bin ich auf Reisen nicht aufgeregt, denn ich weiß, wenn ich alles habe, kann eigentlich nichts schiefgehen.

„Mit Ausweis, 'nem sauberen Taschentuch und Geld – so kommt man durch die Welt", so sagte Mutter immer, wenn sie in meinen Hosentaschen nachsah, ob ich ein sauberes Taschentuch dabei hatte.

Alles ist geklärt. Maria wird meinen Briefkasten leeren und meine paar Pflanzen gießen. Mehr war nicht zu regeln, außer Matze und Heiner und Mutter anzurufen, daß ich nun erstmal weg bin. „Wir fahren morgen weg", sagte ich, und ich war stolz, zum ersten Mal „wir" zu sagen in diesem Zusammenhang.

Nun schweigen wir. Einvernehmlich. Ich will nichts sagen, denn ich muß erst etwas verdauen. Ich möchte den Urlaub nicht sauer beginnen. Es gibt keinen Grund, um sauer zu sein, denn schließlich hätte er auch lügen können. Aber das hat er nicht. Einerseits kann das heißen, daß alles gut ist, daß nichts vorgefallen ist in den letzten zwei Wochen – sieht man vom letzten Sonntag ab. Aber den will ich vergessen, den will ich nicht als Indiz nehmen. Nachtragend sein will ich nicht, sondern ihm die Chance geben, es auch zu vergessen. Streit gibt es immer und überall. Es kann nicht immer alles ohne Streit sein. Und wir haben uns nicht einmal richtig gestritten, haben uns nicht angebrüllt, nicht mit Porzellan geworfen. Alles ist gut. Er hat bestätigt, mich zu lieben. Ich liebe ihn jedenfalls. Doch andererseits ist die beste Methode des Betrugs, den Betrogenen vor seinen Augen zu betrügen, weil der Betrogene mit solch einer Unverschämtheit nicht rechnet. Dinge, die vor einem versteckt werden sollen, findet der Zufall auch an den unmöglichsten Orten. Aber die Sachen, die nicht versteckt werden, eben weil sie versteckt bleiben sollen, sind oft lange unauffindbar.

Robert wird die Blumen auf der Terrasse gießen. Zwei Wochen lang. Er hat Robert den Schlüssel gegeben. Also, so schlußfolgere ich, ohne es zu wollen, war dieser Robert noch einmal bei ihm. Vielleicht am letzten Samstag, als er mir sagte, daß er lieber allein sei. Möglicherweise war das ein Vorwand, um mit diesem Robert zusammen zu sein. Er hat es bestritten, und ich habe ihm geglaubt. Aber ich bin nicht mißtrauisch, ich will nicht mißtrauisch sein, ich war es zu oft.

Ich mißtraute allen meinen Männern. Ihm will ich aber vertrauen. Er soll nicht sagen können, ich wäre schuld, weil ich ihm mißtraut hätte. Er ist der erste Mann, dem ich vertrauen will, und ich werde es tun, koste es, was es wolle. Diesmal gehe ich nicht auf Verdacht, sei er nun begründet oder nicht. Es paßt einfach zu perfekt in meine Ahnenreihe. Ich will diesen Fluch brechen. Ich will diesen Fluch brechen, daß mich andere beiseite schieben, daß andere den Platz einnehmen, auf dem ich mich wohlgefühlt hätte. Immer kommen sie wieder; wie Untote in einem schlechten Horrorfilm tauchen sie auf und behaupten, nicht tot zu sein. Diesmal lasse ich mich nicht erschrecken, diesmal bleibe ich, bin einfach da. Je nachdem wie diese beiden Wochen verlaufen werden, wird Robert danach verschwinden. Oder ich muß es wahrscheinlich tun.

„Wohin wollnse denn?" fragt uns der Taxifahrer kurz vor der Abfahrt zum Flughafen Tegel.

„British Airways. Nach London", sagt er.

„Oha", antwortet der Taxifahrer und reiht sich in die rechte Spur ein, bremst dabei einen roten Opel aus dem Umland aus. Der Opel hupt, unser Taxifahrer antwortet: „Bescheuerte Tusse!"

Wir lächeln uns kurz an.

In Tegel wird schon wieder gebaut. Unser Weg zum Flugsteig fünf ist durch ein Gerüst, das mit staubigen Planen getarnt ist, verstellt. Kein Schild, kein Pfeil. Wir müssen einen Umweg nehmen. Ich schiebe den Gepäckkarren wieder hinaus, und wir gehen zwei Eingänge weiter.

„Typisch", sagt er neben mir. Er ist genervt. Ich bin still. Wir liegen gut in der Zeit; der Umweg wird nichts ausmachen. Also stoppe ich den Wagen, sehe auf die Uhr und hole Zigaretten heraus. Er nimmt sich eine, als ich ihm die Schachtel hinhalte, dafür zündet er meine mit an.

Ein Urlaubsgefühl ist das nicht, aber ich schiebe alle Gedanken weg.

„Hast du Lara noch mal angerufen?" Ich frage, weil ich etwas sagen will, das nichts mit mir zu tun hat.

„Ja, gestern."
„Sie holt uns also ab."
„Ja."
Mehr nicht. Kein Wort zuviel.
Kein Wort am Terminal, beim Einchecken, bei der letzten Zigarette in der Lounge, kein Wort beim Einsteigen, kein Wort während des Fluges. Wir werden in London-Heathrow wieder kontrolliert, müssen uns aber nicht beeilen, denn es sind zweieinhalb Stunden Zeit bis zum Flug nach Tel Aviv. Die Raucherinsel ist ein Glasverhau, stinkend und speckig. „Also ich muß hier nicht sitzen", sage ich. Er nickt und folgt mir. In einem Pub, der nicht ganz so stinkt wie der Glasverschlag, darf geraucht werden.
„Soll ich ein paar Pfund tauschen, damit wir wenigsten ein Bier trinken können?"
„Ja."
„Was meinst du, reichen da zwanzig Mark?"
„Was weiß ich?"
Es klingt etwas ungehalten, fast wie ein ungeduldiger Vater, dem sein Kind auf den Geist geht. Ich tausche zwanzig Mark; sie reichen genau für zwei Pinten. Wir setzen uns an einen Tisch. Auf dem Monitor an der Decke läuft Fußball.
Es ist gut, daß Menschen da sind, denn er spricht noch immer nicht, also sehe ich mich um. Zwei Mädchen in zu engen Hosen und zu hohen Schuhen tragen Glitzertäschchen und kichern sich vor der Speisekarte kaputt, flüstern aufgeregt einander Dinge zu, und ihre Seitenblicke verraten, daß sie gern beachtet werden. Ein älterer Herr mit Trenchcoat und weißen, sehr korrekt zurückgekämmten Haaren wirft einen mißbilligenden, aber geilen Seitenblick auf ihre Hintern, schaut ihnen auf die dünn verpackten Ärsche. An dem Tisch unter dem Fernseher sitzen vier Aktivurlauber zwischen monströsen Rucksäcken, trinken Bier und lachen einander an, als wären sie mitten in den Dreharbeiten zu einem Windsurfing-Werbespot. Die Frau hinter dem Tresen hat langes Haar, und immer wenn sie ein Bier zapft, fällt es ihr ins Gesicht

und sie streicht es mit immer derselben Handbewegung zurück. Sie lächelt nicht, aber sie sieht nicht unfreundlich aus.

Vor dem Pub, der keine Tür hat, der einfach anfängt, gehen Menschen gehetzt vorbei, Koffer mit Rädern oder Kinder mit Lutschern hinter sich herziehend. Ein Schwarm Japaner fotografiert sich vor dem Schaufenster von *Harrods*. Sie grinsen alle permanent. Eine Dame mit Fuchskragen schaut ratlos auf die Abflugzeiten eines flimmernden Monitors, bevor sie ihr Handgepäck vorsichtig weiterzieht.

Kein Wort bis jetzt. Ich versuche ihn nicht anzusehen; manchmal streift mein Blick über sein Gesicht. Er ist ernst und sieht auf den Bildschirm. Er zündet sich die zweite Zigarette an, während die Mädchen kichernd und mit zwei Gläsern O-Saft beladen zu einem Tisch gehen.

Das Bier ist wäßrig. Ich sehe auf meine Armbanduhr, obwohl ich weiß, daß sie um eine Stunde falsch gehen muß, aber da ich sie in Tel Aviv sowieso stellen muß, laß ich sie so. Mein Bier ist fast leer. Ich hatte Durst, auch er trinkt zügig. Er sieht plötzlich in meine Richtung.

„Bist du fertig?“ fragt er, ohne mir ins Gesicht zu schauen.

Ich trinke aus und nicke.

„Woll'n wir dann?“

Ich nicke abermals. Wir nehmen die beiden Rucksäcke und gehen langsam zum Monitor, finden unseren Flug und machen uns auf den Weg zum Flugsteig.

„Die Kontrollen waren doch nicht so schlimm bis jetzt“, sage ich.

„Wart's ab. Bei der Einreise sind die komischerweise nicht so streng.“

Wir stehen auf Laufbändern, lassen hektische Männer in Zweireihern vorbei, reflektieren uns in Glasscheiben: zwei Männer in hellen Hemden, in Jeans und mit kleinen Rucksäcken schweben vorbei. Die beiden kommen mir fremd vor. Ich weiß, daß er meinem Blick ausweicht, deswegen versuche ich ihn nicht anzusehen. Reisefieber, Urlaubsstreß.

Wir checken schnell ein. Der Flieger ist nicht so voll, jeder hat seinen eigenen Monitor an der Lehne des Vordermannes. Er zeigt die Flugroute und Flughöhe, die Außentemperatur und eine Landkarte von Europa. Die Stewardessen führen in einem stummen Ballett mit eingefrorenem Lächeln vor, wie man Sauerstoffmasken und Schwimmwesten anlegt. Kaum einer sieht ihnen zu. Der Flieger hebt pünktlich ab.

Er liest das Bordmagazin. Wir bekommen das Essen serviert, ein dunkelfarbener Salat und etwas, das auf der Karte als Hühnchenbrust bezeichnet wird. Ich trinke ein Bier, er läßt sich ein Wasser bringen. Dann schläft er ein. Ich sehe mir einen Film mit Julia Roberts ohne Ton an und entscheide endgültig, daß sie eine beschissene Schauspielerin ist, behalte es aber für mich. Ich ahne, daß auch auf dem Rückflug dieser Film gezeigt wird.

Dann versuche ich zu schlafen, obwohl ich weiß, daß ich in Flugzeugen selten schlafen kann. Ich habe mich auch noch nie gut unterhalten auf Flügen. Meine Nachbarn sind schweigsam oder angestrengt. Mal sitze ich neben italienischen Mammas, die mit Gucci-Tüten aus dem Duty Free rascheln und sich über einen schwarzen Steward beschweren, der sie bei der Zuteilung der Erfrischungstücher vergessen hat. Mal flankiert mich ein etwas übergewichtiges Pärchen in den Zwanzigern, das stumm Steckhalma spielt, oder zwei ältere Männer lesen schüchtern Kulturmagazine.

Er schläft, eingewickelt in die karierte BA-Decke, denn die Klimaanlage, die direkt über uns in den Innenraum bläst, ist kalt. Ich kuschle mich ebenfalls ein, darauf bedacht, daß mein Kopf nicht an seine Schulter sinkt, falls ich doch einschlafen sollte. Ich blinzle auf den Bildschirm. Noch zweieinhalb Stunden. Jemand berührt meine Schulter, im Halbschlaf schüttle ich den Kopf: Nein, danke, ich will jetzt nichts trinken.

Im Traum bin ich allein auf einem Schiff. Auf dem Sonnendeck liegen Menschen und schlafen, trotzdem ist Gemurmel zu hören. Ich suche ihn, aber er ist nirgends zu sehen. Ich störe die Leute, scheuche sie auf von ihren Liegestühlen, aber sie sagen nichts. Sie sehen mich mitleidig an, als wüßten sie etwas über mich, als wäre ich ihnen bekannt.

„Wo ist er hin?" frage ich sie stumm, aber sie antworten nicht. Das Schiff beginnt zu wanken, und ich weiß, daß alle ertrinken werden. Es macht mir keine Angst, denn ich bin wütend und wünsche ihnen, daß sie ertrinken.

Diesmal läßt mich die Hand nicht in Ruhe. *„Mister, please, wake up! Have you fastened your seatbelts?"* Die Stewardeß lächelt nachsichtig und mechanisch. Ich versuche ebenfalls zu lächeln und räkele mich, schaue sofort auf den Bildschirm. Das kleine Flugzeug schwebt kurz vor dem Punkt, der mit Tel Aviv bezeichnet ist. Ich schnalle mich beflissen an. Ein Seitenblick zeigt mir, daß er ebenfalls wach ist. Kein „Guten Morgen!", kein „Gut geschlafen?". Schön. Vielleicht muß das so sein.

In mir dämmert es langsam.

Es dämmert in aller Frühe. Es ist fünf Uhr, wir sind knapp sechs Stunden geflogen. Wir stehen in der Schlange der Paßkontrolle, es dauert ewig. Er steht vor mir, und es dämmert in mir. Immerhin gehen wir gemeinsam an den Schalter, in dem ein junges Mädchen sitzt, uns unwirsch ansieht und mit einer fordernden Geste unsere Pässe verlangt. Dann blättert sie in den Dokumenten, mustert uns mißtrauisch und gibt uns die beiden Pässe gnädig zurück, nachdem sie offenbar wichtige Notizen in einen Computer getippt und mit gerunzelter Stirn etwas gelesen hat.

Wir gehen zur Gepäckausgabe. Da wir lange gewartet haben, fahren unsere Koffer schon im Kreis.

„Da ist Lara", sagt er mehr in ihre als in meine Richtung. Eine Frau mit dunklem, kurzem Haar und mit einer dicken Sonnenbrille winkt uns zu. Wir gehen hin, die beiden umarmen sich.

„Du siehst gut aus", sagt sie auf Englisch zu ihm, bevor sie von mir Notiz nimmt.

Er deutet auf mich, wie auf ein Gepäckstück, und sagt meinen Namen.

„Hallo Lara! Schön, dich kennenzulernen." Auch ich kann gut Englisch und bemühe mich um eine gute Aussprache.

Sie nickt und lächelt. Dann beäugt sie staunend unsere beiden Reisetaschen. Auch sie findet wohl, daß wir viel zu viel mitgeschleppt haben.

„Kommt." Wir folgen ihr. Sie muß etwa fünfzig sein, sie ist kräftig und herb. Ihre Lippen sind rot geschminkt, ihr mahagonifarben getöntes Haar zeigt graue Ansätze; über dem Brillenrahmen schauen kräftig geschwungene, schwarz nachgezogene Augenbrauen hervor. Ihr Gesicht ist grob geschnitten, fast männlich.

Sie dreht sich kurz zu mir um, dann gehen sie nebeneinander und unterhalten sich. Ich versuche zuzuhören, aber ich nehme nichts von dem auf. Es geht um den Flug, um das Wetter in Berlin, um Dinge, die nur die beiden betreffen. Endlich lächelt er.

In mir dämmert es noch immer.

Es ist früh, die Flughafenuhr zeigt auf halb sieben. Im Auto stelle ich meine Armbanduhr. Ich sitze natürlich hinten, obwohl sie gefragt hat, wer vorne sitzen will, öffne ich wortlos die hintere Tür.

„Gelb", denke ich. Alles hier ist gelb. Eine gelbe Sonne steht schräg am Himmel, ziemlich weit oben für deutsche Verhältnisse, gelbe Steinhügel im Kontrast zu dunkelgrünen Waldstücken. Die Häuser sind graugelb, schmucklose Kästen. Lara fährt etwas unsicher, ich spüre es. Er sagte mir, daß sie schrecklich Auto fährt, deswegen hat er auch den Mietwagen für die zweite Woche bestellt. Damit wir unabhängig sind und nicht jede Nacht in ihrem Apartment verbringen. Sie lebt allein. Da muß man Rücksicht nehmen. Ich sehe, daß sie sich freut. Sie zeigt es nicht, aber sie ist etwas aufgeregt. Er genießt es und lächelt sie an. Sein Profil wird weich, liebevoll dreht er sich zu ihr, während sie hastige Blicke in den Rückspiegel wirft.

„Seit zwei Wochen rauche ich nicht mehr", sagt sie kühl, aber stolz.

„Aha", sagt er.

Ich mische mich vom Rücksitz aus ein: „Dann sollten wir auch nicht rauchen, wenn wir mit dir zusammen sind?"

„Kein Problem", sagt sie und biegt rechts ab. „Das ist Tel Aviv." Im Morgen liegt eine graugelbe Stadt mit graugelben Häusern. Obwohl es auch grün ist.

„Wir sind gleich da", sagt sie zu mir, dann redet sie wieder mit ihm. Die Häuser haben etwas von Starenkästen, nur daß die Fenster groß sind.

„Ich bin gespannt auf deine neue Wohnung", sagt er, denn sie erzählt von ihrem Umzug und daß sie jetzt nicht mehr im Zentrum wohnt.

„Schön", sagt er, als wir im Wohnzimmer stehen. Es ist geräumig und hell; der Boden ist mit Kacheln ausgelegt. Unser Schlafzimmer ist dagegen klein: Ein Doppelbett, ein Schrank und ein Schreibtisch passen hinein. Sie zeigt uns das Bad, läßt uns in die Küchenschränke schauen, erklärt, wo der Kaffee ist und daß alle Lebensmittel umgehend wieder verpackt und weggeräumt werden müssen. „Wegen der Kakerlaken", sagt sie und rümpft die Nase. Dann kocht sie Kaffee. Er geht ins Bad. Ich setze mich an den Tisch.

„Ich mußte ihn mal suchen lassen von der Polizei", sagt sie, während sie Kaffee in den Filter löffelt. Ich sehe Lara interessiert an und mache eine fragende Geste.

„Es war bei seinem zweiten Besuch. Da war er weg die ganze Nacht und kam und kam nicht. In den Nachrichten gab es wieder einen Bombenanschlag, nicht weit von meiner alten Wohnung. Ich sah mich schon durch die Leichenhäuser der Stadt ziehen. Ich rief dann am Nachmittag die Polizei an. Die sagten aber, daß von den beiden Todesopfern keiner deutsch war, soweit sie wüßten. Und mitten im Gespräch klingelte es, und er stand vor der Tür. Da hab ich ihm eine Ohrfeige gegeben. Seitdem ruft er an, wenn es später wird."

Sie lächelt, während sie das erzählt. Ich lächle auch. Sie schraubt die Kaffeedose zu.

„Und wo ist er gewesen damals?"

„Achte drauf, daß keine Lebensmittel herumstehen, sonst kommen die Schaben", sagt sie noch einmal und verstaut die Dose im Schrank. Gut, vielleicht ist es auch nicht wichtig, wo er seinerzeit war. Aber Lara hat verstanden, sie zögert ein wenig.

„Er hat Itay kennengelernt in dieser Nacht. Ich hatte das nicht mitbekommen, aber ich habe ihn schon tot gesehen." Sie macht ein Gesicht, als wäre das bescheuert. Dann zuckt sie kurz und sieht mich etwas ängstlich an: „Er hat dir doch von Itay erzählt?"

„Ja", antworte ich beschwichtigend.

Es sieht ein wenig spöttisch aus, wenn sie lächelt. Ihr herbes Gesicht zeigt braune Augen, die in kurzen Augenblicken schwach wirken. Und einsam. Lara ist nicht schön; wahrscheinlich war sie es nie. Sie stellt drei Tassen, eine blaue Zuckerdose und eine Büchse Kondensmilch auf den Tisch.

Ich will fragen, ob sie je verheiratet war, was ihr durch den Kopf geht, wenn sie nach Berlin fährt, um ihn zu besuchen.

Wie zur Entschuldigung sagt sie: „Mein Bruder hat bei einem Bombenanschlag sein Leben verloren, deswegen bin ich etwas hysterisch in der Hinsicht."

Sie verstummt. Er kommt aus dem Bad zurück, und ich gehe hinein, wir huschen aneinander vorbei. Als mein Blick ihn streift, ganz kurz nur, weicht sein Blick aus, senkt sich, als würde er sich für etwas schämen. Es dämmert.

Das Bad hat eine Wanne, aber wir werden nur duschen, denn das Wasser ist kostbar.

Ich höre sie sprechen und wasche mein Gesicht. Es dämmert. Ich bin müde, obwohl ich zwei Stunden geschlafen haben muß im Flugzeug.

„Es wird besser", denke ich. „Es wird sich klären, er muß nur erst ankommen." Vielleicht denkt er an Itay und wagt nicht zuzugeben, daß er ihn sehen will. Oder er denkt an Robert.

Es dämmert.

Sie sitzen am Tisch und trinken Kaffee. Ich setze mich dazu, Lara schenkt mir ein.

„Was habt ihr euch vorgenommen?“ fragt sie uns.

„Erst mal Strand und ganz viel Sonne“, lacht er.

„Ja ja, du mit deinem Strand. Ich verstehe nicht, wie man tagelang nur herumliegen kann.“

„Ihr habt ja auch immer Sonne, wir nicht.“

„Ich finde es schön in Deutschland, da ist es nicht so hell wie hier“, sagt sie.

„Also ich lege mich hin.“ Ich trinke den Kaffee mit einem Zug leer und stehe auf. Ich warte nicht, daß er mitkommt.

Ich ziehe mich aus, lasse aber Slip und T-Shirt an und lege mich an die Wandseite des Bettes. Es dämmert. Ich versuche einzuschlafen, doch es gelingt nur halb. Lara und er sprechen noch, irgendwann registriere ich, daß er leise die Tür öffnet, sich auszieht und sich hinlegt. Ich spüre ihn hinter mir. Diesmal schiebt sich seine Hand nicht an meine Brust.

Er ist vor mir wach und sitzt, schon angezogen, im Wohnzimmer. Das Sofa steht auf einem Sockel, so daß es wie ein Thron wirkt oder wie die Ottomane eines Herrschers. Die großen Fenster hinter der Chaiselongue sind mit Jalousien verhangen, dennoch ist es hell. Ich sehe seinen Umriß. Er liest.

Die Uhr zeigt, daß es Nachmittag ist, also haben wir nicht lange geschlafen. Ich will mir nichts anmerken lassen.

„Halb drei. Guten Morgen, ausgeschlafen?“

Er nickt, sieht mich nicht an, bleibt sitzen, liest weiter. Es hat sich also nichts geändert.

Es dämmert also. Lara steht vor dem Spiegel im Bad und zieht ihre Lippen nach. Um ihren Hals hängen drei schwere Goldketten, ihre Finger werden von etlichen Ringen, golden, mit blauen und grünen Steinen, geschmückt.

„Kommst du mit zum Einkaufen?“ fragt sie mich. Sie haben sich also schon entschieden. Ich nicke, natürlich komme ich mit. Was soll ich sonst tun? Ich hole meine Kreditkarte aus dem Zimmer. An der Tür treffen wir uns, er will hinein, ich hinaus. Ohne einen Blick.

„Vorher essen wir Chumus", sagt Lara stolz und bestimmt. Sie lächelt ihn verschwörerisch an. „Weiß er, was Chumus ist?" fragt sie ihn und deutet mit einer Kopfbewegung auf mich.

Er zuckt mit den Schultern, murmelt dann etwas: „Nein, glaub ich nicht."

„Und? Was ist Chumus?" frage ich in ihre Richtung, darauf bedacht, ihn nicht anzusehen.

„Ein Püree, eine Art Brei, aus Erbsen und Gewürzen."

„Ohne Zwiebeln", wirft er ein. Es soll wohl spaßig klingen.

„Aha", entgegne ich. Wir gehen nach draußen, wo das Auto im Schatten steht. Es ist heiß, als ginge ich in eine Hitzewand. Ich steige diesmal vorn ein. Ich will etwas sehen, deswegen frage ich ihn nicht. Gehen wir also einkaufen. Die Stadt ist auch jetzt ocker, ein gelbes Ocker, sandig, mit Grau vermischt. Dazwischen Palmen, Bäume, Rabatten.

Lara bugsiert uns, nachdem sie den Wagen geparkt hat, in ein Straßencafé, fragt, was wir trinken möchten. Ich will Wasser, er Bier.

Sie sitzt ihm gegenüber und schaut ihn an, stützt ihr Kinn auf, und für einen Augenblick sieht sie glücklich aus.

„Weißt du, wie lange ich diesen Mann schon kenne?" fragt sie mich und sieht ihn dabei an.

„Nein", antworte ich wahrheitsgemäß. Wenn er es erzählt hat, dann habe ich es wohl vergessen.

„Sechzehn Jahre." Sie schaut ihn schwärmerisch an; er tut schüchtern und schmunzelt.

Aber ich hake nach. So einfach ist es nun auch wieder nicht. Sie kann ihn die nächsten zwei Wochen anstrahlen. „Wo habt ihr euch kennengelernt?"

Lara reißt sich von seinem Anblick los. Er bleibt in seiner Position, so daß ich nur sein Profil im Augenwinkel sehe.

„In München", beginnt Lara zu erzählen. „Ich war auf einer Messe, und er hat mich interviewt, danach haben wir zusammen Weißbier getrunken. Und seitdem kennen wir uns." Sie sagt „Weißbier" auf deutsch.

„Sprichst du deutsch?“ Ich stelle die Frage, um einschätzen zu können, wieviel sie versteht – sollten er und ich je wieder zusammen ein Gespräch führen.

„Ein wenig“, sagt sie auf deutsch, um dann den Satz auf englisch zu beenden, „aber ich habe es verlernt. Außerdem gefällt mir, daß so viele Deutsche englisch reden. Das ist besser. Ich bin zu faul.“

Ich frage nun nicht, warum das besser ist. Ich befinde mich in Israel, ich habe einen deutschen Paß. Das ist genug, um Fragen unbeantwortet zu lassen.

„Sechzehn Jahre.“ Schon sieht sie ihn wieder an, aber redet mit mir. „Eigentlich war er meine große Liebe, aber dann mußte ich mich abfinden.“ In ihrem Mundwinkel zeigt sich wieder das spöttische Lächeln. Als würde sie sich über sich selbst lustig machen. Aber in ihren Augen kann ich sehen, daß es ernstgemeint ist.

Er lächelt kokett.

„So ist das Leben“, sage ich kühl, ohne wirklich etwas sagen zu wollen. Es kommt mir vor, als mische ich mich ein in ihre intime Unterhaltung mit sich selbst, als störe ich ihn beim Zuhören.

„Wenn du je konvertierst, dann merke dir eins: Ich warte auf dich!“ Jetzt lacht sie und greift nach seiner Hand. „Ich will ihn dir nicht wegnehmen, aber du weißt, was ich mit konvertieren meine.“ Sie schaut mich verschwörerisch an.

„Daß du nichts Religiöses meinst, das ist mir schon klar.“ Ich versuche zu lachen, sie etwas anzüglich anzugrinsen. Sie läßt die Hand wieder los. Er steckt sich eine Zigarette an, noch immer ein eitles Lächeln auf den Lippen.

„Du wirst noch sehen, daß das ungesund ist.“ Wieder stützt sie ihr Kinn auf den linken Handrücken und beobachtet, wie er den ersten Zug nimmt.

„Ich glaube, damit bist du bei mir falsch. Ich kann's mir nicht vorstellen aufzuhören. Zu viel Streß.“ Wieder lachen sie, wobei sie eher listig grinst, als hätte sie ein Geheimnis, ein schönes Geheimnis.

Der dunkelhäutige Kellner serviert den Chumus, eine breiartige Masse auf einem Teller mit Salat drumherum. Auch der Chumus ist ockerfarben. Ich bin froh, daß ein Brotkorb auf dem Tisch steht, denn ich bin hungrig. Falls der Brei mir nicht schmeckt, werde ich Brot essen. Lara bricht ein Stück ab und tunkt es in die cremige Paste. Ich probiere, es schmeckt nicht schlecht, doch sofort spüre ich, daß mein Magen Zeit benötigen wird, um sich damit anzufreunden. Die beiden essen.

„Ich habe Donnerstag und Freitag frei. Ich dachte, da zeige ich euch Jerusalem", sagt Lara und kaut, dann tunkt sie das nächste Stück Brot genüßlich ein.

Er nickt, ich nicke auch.

„Oder wollt ihr lieber an den Strand?" Sie sieht ihn kampflustig und schelmisch an, zieht dann eine Augenbraue hoch, um ihr Mißfallen zu zeigen. Er schüttelt den Kopf. Währenddessen habe ich drei kleine Stücke Brot vorsichtig in den Chumus getunkt und gegessen. Es schmeckt nicht schlecht. Lara winkt dem Kellner, schaut mich prüfend an und fragt etwas besorgt: „Es hat dir doch geschmeckt?"

„Ja, sehr", lüge ich.

„So", sagt Lara, nachdem sie bezahlt hat, „wir müssen jetzt einkaufen, sonst wird es zu spät."

Wir gehen zum Auto, in meinem Magen beginnt es zu arbeiten.

Am Supermarkt sitzt ein bewaffneter Posten vor der Tür. Mir fällt ein, daß ich meinen Paß nicht dabei habe, und ich erschrecke. Der Schreck fühlt sich an wie ein Déjà-vu, denn in der DDR mußte man immer einen Ausweis dabei haben.

„Lara, sollte ich meinen Paß lieber mitnehmen? Wegen der Kontrollen?"

„Wenn ihr auf dem Land unterwegs seid, dann auf jeden Fall. Hier in Tel Aviv ist das aber nicht so schlimm."

Wir gehen zu dritt in den Markt. Lara nimmt einen Wagen, und er schiebt ihn. Ich schlendere hinterher.

„Seht euch um. Ich weiß ja nicht, was ihr zum Frühstück wollt", sagt sie.

Am Kühlregal zeigt mir Lara eine Käsepackung mit einem Siegel, das besagt, daß der Inhalt aus koscherer Ware besteht. „Sogar koschere Cola gibt es“, belehrt sie mich. Ich sehe sie ungläubig an, halte mich aber zurück. Ich bin Deutscher, und das hier ist Israel. In Europa spüre ich den Krieg noch überall, schäme mich, wenn ich lärmende Deutsche sehe, die sich schlecht benehmen. Ob das Engländern, Schweden oder Franzosen auch so geht, weiß ich nicht. Jedenfalls bemühe ich mich, überall englisch zu reden.

Ich studiere die hebräischen Schriftzeichen auf Waschpulver und Kartoffelchips, schlendere durch die Gänge, allein, ohne Ziel, sehe mir alles an, gehe beflissen zur Seite, wenn jemand mit Einkaufswagen vorbei will. Ich sehe ihn, wie er an einem Regal steht. Lara redet auf ihn ein und zeigt ihm irgendein Päckchen mit irgendwas drin. Dann legt sie es zurück.

Er dreht sich um, ich stehe vor einem Regal, und plötzlich sieht er mich an, kurz nur, aber er sieht mich an, als wäre er erschrocken. Es dauert nur den Bruchteil einer Sekunde, dann schaut er sofort wieder weg, schlägt die Augen nieder und geht zur Seite.

Ich bleibe wie angewurzelt stehen. Das Dämmern bricht auf. Das Dämmern flammt auf. Das Dämmern beginnt in mir zu brennen. Es stimmt etwas nicht. Ich habe es längst gewußt. Etwas ist mit ihm geschehen. Was auch immer es ist – es geht nicht einfach vorbei. Es ist da.

Weiter durch das Spalier der Regale gehend, tue ich interessiert, beschäftige mich mit Schildern, versuche, Preise von Schekel in DM umzurechnen. Ich sehe mir Dinge an, ohne sie anzuschauen, lese, ohne auf Buchstaben zu achten, nehme eine Dose aus einem Regal, einfach so, ohne wissen zu wollen, was es für eine Konserve ist. Dabei höre ich mich atmen. Ein Ton klingt in meinen Ohren.

„Was ist mit ihm?“ höre ich Lara hinter mir sagen. Er antwortet, daß er es nicht wisse. Sie treten zu mir, er links, sie rechts, und sehen mich besorgt an.

„Was ist denn?" fragt er mich. Weil Lara dabei ist, wagt er wirklich, mich anzusehen. „Du siehst aus, als ob du kleiner geworden bist", sagt er auf deutsch.

„Ich bin also doch noch da!" zische ich hervor. Er erschrickt, und ich gebe nach. Und lüge: „Ich bin bloß etwas überdreht. Wahrscheinlich der Flug."

„Wir sind gleich fertig", sagt Lara. Sie gehen zur Kasse, er trägt nachher die beiden Taschen. Im Auto merke ich, daß mir wirklich schlecht wird.

„Er ist ganz blaß", sagt sie zu ihm.

„Es war auch ein langer Tag, der Flug, die Klimaumstellung und alles", beschwichtigt er. „Das wird schon wieder."

Zu Hause gehen die beiden in die Küche, ich lege mich aufs Bett.

„Sieh nach, wie es ihm geht", höre ich Lara sagen.

Beflissen kommt er, setzt sich auf den Bettrand.

„Geht's wieder?"

Er nimmt meine Hand, ich halte meine Augen geschlossen. Dann öffne ich sie, er sitzt halbschräg da.

„Ja, es geht wieder. Aber was ist mit dir? Bei dir stimmt was nicht. Oder?"

„Bin nur etwas kaputt von der Reise", sagt er beruhigend. Aber es funktioniert nicht. Er läßt meine Hand los und geht. Später sitzen wir auf Laras Couch, er und ich – und viel Zwischenraum. Lara zeigt uns alte Photos, es war ein langer Tag.

Es funktioniert erst, als wir ins Bett gehen, er sich an mich kuschelt und ich seine Hand auf meiner Brust fühle. Da erst funktioniert es.

Es ist halb elf, und die Sonne steht hoch. Wir fahren Bus; ich sitze am Fenster. Die Menschen sind schön mit ihren dunklen, rätselhaften Augen. Nicht nur die Jugendlichen, die bildhübschen Mädchen und Burschen, die zur Armee müssen und ihre schweren Gewehre durchs Stadtbild tragen, auch die mit Mobiltelefon am

Ohr – und das ist jeder zweite –, die älteren Frauen mit ihren geschminkten Lippen und lackierten Fingernägeln, die Männer, die in T-Shirt und Jeans locker wirken, nicht wie unsere Väter, die immer etwas unbeholfen und trottelig aussehen, im T-Shirt sowieso. Ein schönes Volk. Lebendig.

Die Fahrt dauert nicht lange; der große Hotelbau erscheint hinter den Häusern. Ich blinzle in den Himmel, er ist blau, ein flaches, grelles Blau. Am Hotel steigen wir aus, ich folge ihm. Er weiß den Weg. Er war schon x-mal hier. Obwohl ich den Strand auch finden würde, denn ich habe mir die Route gestern eingeprägt. Ein kleiner Park, Palmen, Ficusse. In den Rabatten liegen Schläuche versteckt, gestern blieb ich hier noch stehen, überall in der Erde sind sie, Schläuche und Rohre.

An einem Beet blieb ich stehen. Immerhin, er bemerkte meine Blicke. Er kam drei Schritte zurück, jedoch nicht zu nah.

„Das hast du hier überall. Wo es grün ist, da wird auch bewässert, sogar der Wald wird bewässert." Dann ging er weiter, ohne auf mich zu achten, wie ein genervter Reiseleiter. Gut, die Wüste lebt.

Heute haben wir noch nicht gesprochen. Der staubige Parkweg, der eben noch voll Pfützen war, führt entlang eines Hanges; darunter taucht der Strand auf. Das Meer ist blau. Ja, es ist blau. Nicht türkis oder grün, sondern postkartenblau. Es war schon gestern so, als wir hier waren. Es ist der dritte Tag, auch heute ist es unwirklich blau.

Der Weg windet sich nach unten, gesäumt von verdorrten Büschen und leeren Coladosen, das Hotelgelände ist eingezäunt. Von hier aus kann man Menschen am Pool sitzen sehen. Ab hier ist der Weg betoniert. Ich ziehe meine Sandalen aus und gehe vorsichtig über den warmen, rissigen Asphalt.

Er hat sich auf eine Bank gesetzt, zieht die Schuhe aus. Bis er fertig ist, sehe ich mir das Meer an. Vor uns steht ein Flachbau mit einem Kiosk, Toiletten und einer Terrasse, alles aus grauem Beton. „Es sieht fast wie ein FDGB-Heim aus", will ich sagen, aber ich schweige. Dieses Stück ist schwuler Strand. Ich habe mir in Berlin einen Gayguide gekauft und die Seiten über Tel Aviv herausgerissen und mitgenommen. Ihm habe ich es nicht erzählt.

Er kommt, und mir fällt auf, daß er gedrungener geht als sonst, als läge etwas auf seinen Schultern. Er deutet auf den Strand, wo Stapel von Liegestühlen und Sonnenschirmen stehen. Wir holen uns zwei Liegen, stellen sie nebeneinander auf, wieder nicht zu nah beieinander, ziehen uns bis auf die Badehosen aus.

Dann cremen wir uns ein, jeder für sich.

„Soll ich dir den Rücken einölen?"

„Nein", sagte er gestern, schaute nicht mal her und versuchte es selbst. Also bat auch ich nicht um diesen Gefallen und versuchte, an so viel Rücken wie möglich heranzukommen. Gestern abend hatten wir beide einen leichten Sonnenbrand auf dem Rücken. Lara gab mir irgendeine Creme – für oder gegen Sonnenbrand.

„Ich kann nicht verstehen, wie man den ganzen Tag am Strand rumliegen kann", sagte sie wieder.

„Ihr habt die Sonne", sagte er lachend, ja, er lachte. Er lachte natürlich nicht mich an, das hätte bedeutet, mich anzusehen.

Die Wasserflasche stopfe ich in den Rucksack und lege ihn unter den Liegestuhl, denn ich hasse warmes Wasser. Zwei Bücher habe ich dabei. Er hat sich den *Spiegel* mitgebracht und liest ebenfalls. Ein dunkler, dicker Mann mit buntem Hawaihemd kommt auf uns zu, in der Hand ein Bündel Geldscheine. Wir bezahlen die Miete für die Stühle, und ich gebe ihm zu verstehen, daß ich einen Sonnenschirm holen möchte. Er sagt den Preis, ich bezahle, und er bringt mir einen Schirm. Ich versuche, ihn in den Sand zu stecken, aber der Schirm kippt immer wieder zur Seite.

„Scheiße!"

„Was machst du? Bei den andern klappt's doch auch", sagt er plötzlich, ohne aufzustehen. Es klingt vorwurfsvoll.

„Sorry, dann bin ich vielleicht zu blöd", entgegne ich schnippisch.

„Aber wenn du dir einen Sonnenbrand holst, komm heute abend nicht zu mir." Dann blättert er um. Mit blanker Wut ramme ich die Spitze tief in den Sand, der Schirm steht.

Ich lese – oder tue wenigstens so. Er hat seinen Stuhl noch etwas verrückt, so daß ich nur seine rechte Schulter und sein Halbprofil sehen kann.

Zwei Männer bauen sich ein paar Meter entfernt auf, muskulös, dunkelhaarig. Der eine hat entweder eine zu kleine Badehose oder einen zu großen Schwanz. Sie lachen, rennen zum Wasser und stürzen sich hinein. Ein anderes Pärchen liegt auf quietschbunten Badetüchern und streichelt sich unauffällig. Nur einer liegt allein, ein blondgefärbter, viel zu brauner Bursche, der sich ständig umsieht und darauf wartet, angeschaut zu werden. Ich tue ihm den Gefallen nicht. Näher am Wasser sitzt ein Paar; unter dem kleinen Sonnendach sitzt auch eins. Ich sehe es ihnen an, daß sie zusammen sind. Falls wir beachtet werden, möchte ich wissen, was wir für ein Bild abgeben.

Er steht auf, sagt in die Richtung des Meeres, daß er baden geht. Ich sehe ihm nach, unauffällig, damit er es nicht bemerkt. Er geht langsam, den Blick vor sich auf den Boden gerichtet.

Eigentlich würde ich schlafen, wenn die Sonne nicht so sengen würde. Dann verginge vielleicht die Zeit schneller. Entweder sehe ich zu oft auf die Uhr, oder ich bin in ein Zeitloch geraten. Die Minuten kriechen mühsam bis zur vollen Stunde; die Stunden sträuben sich, bleiben kleben wie heißer Teer.

Mein ungutes Gefühl ist schwer geworden wie ein Stein. Nicht mal flirten will ich, obwohl er irgendwo im Wasser ist. Was soll ich tun? An diesem Strand im Nahen Osten ist niemand, den ich um Rat fragen kann, denn ich bin ratlos.

Lara immerhin spricht mit mir; sie versucht eine Art Vermittlung. Gestern beim Essen war es jedenfalls so. Sie wendete sich einmal ihm, dann wieder mir zu. Sie scheint zu wissen, oder wenigstens zu ahnen, daß etwas nicht stimmt. Ich weiß nicht, was sie heute abend für ein Programm erstellt hat; ich hörte etwas von einer Theatervorstellung. Sie haben noch gesessen und geredet, und da sie sich lange nicht gesehen haben, ließ ich die beiden allein. Ich verließ meinen Platz auf der Couch, auf der wir beide saßen, ohne uns zu berühren. Einmal sah ich ihn von der Seite an. Er schien es nicht zu bemerken, aber er hat es bemerkt. Ohne mit der Wimper zu zucken, starrte er geradeaus.

Ich weiß nicht, wie lange sie redeten und worüber. Er kam irgendwann ins Bett. Ich tat, als würde ich schlafen. Seine Hand legte sich nicht an meine Brust, er blieb auf seiner Hälfte des Bettes. Ein Geräusch hörte ich. Ein Rascheln. Dann tat ich so, als würde ich mich im Schlaf bewegen, blinzelte und sah, daß er auf dem Rücken lag, etwas erhöht, mit dem Kissen im Rücken, und daß seine Finger dieses Geräusch verursachten. Er massierte seine Hände, faltete sie zusammen und auseinander, verschränkte die Finger, ließ sie einzeln wieder frei, nur um sie erneut ineinander zu verschränken. Und ich tat so, als ob ich schliefe. Stundenlang.

Er kommt aus dem Wasser zurück. Ich lese mein Buch mit vehementer Aufmerksamkeit, denn ich will ihn nicht anschauen, ich will nicht sehen, wie er versucht, mir auszuweichen. Er legt sich hin, und ich gehe ins Wasser, ohne ein Wort.

Ich lasse mich auf den Wellen treiben, ohne mich leicht zu fühlen. „Ich muß hier weg“, denkt es in mir, aber ich will es nicht denken, ich will ihm Zeit lassen. Noch hat er eine Chance.

Lara hat vom Büro aus angerufen, daß es später wird. Also sitzen wir auf der Couch. Er an seinem, ich an meinem Ende. Stur auf den Fernseher starrend.

„Es hat sich irgendwas geändert“, sage ich, und ich sehe ihn an, weil ich ihn ansehen will und weil ich hoffe, daß es ihm weh tut.

„Ja“, sagt er nach einer Pause, ohne meinen Blick zu erwidern, „es hat sich was geändert.“

Es ist ein Schlag, der mich fast umhaut. Ich versuche mein Zittern zu verbergen.

„Und? Was hat sich geändert?“

Er bewegt sich, versucht anders zu sitzen, fühlt sich sichtlich unwohl.

„Ich hab im Moment nur so ein Problem mit Nähe."

„Ach, ein Problem mit Nähe. Was heißt das? Soll ich mich verpissen? Ich meine, hab ich überhaupt eine Chance?"

„Ich weiß es nicht."

Es brennt in mir. Ich kann mich nicht wehren, ich kann nicht logisch denken. Ich will nicht weinen, aber ich spüre, daß es meinen Hals zuschnürt, daß ich zu Staub zerfallen würde, käme jetzt ein Wind.

„Hat es was mit mir zu tun, dein Problem?"

Er ändert seine Sitzposition.

„Vielleicht bin ich der Falsche für dich."

Ich denke, ich höre nicht richtig.

„Wer ist hier falsch? Hat es was mit diesem Robert zu tun?"

Jetzt lacht er. Ja, er lacht! Abfällig. Als wäre ich ein Kind, das eine große Dummheit gesagt hat.

„Quatsch!"

„Sorry, aber seit er da war, bist du anders, soweit ich das beurteilen kann."

Sein Lachen verstummt auf seiner Seite der Couch.

„Nein, es hat nichts mit Robert zu tun", sagt er, und ich will es glauben und glaube kein Wort. Wer mich nicht ansieht, dem ist nicht zu glauben.

„Und nu? Da werde ich wohl abreisen müssen. Damit ich dir nicht zu nahe komme."

„Darum geht es gar nicht." Seine Stimme ist hart, abweisend, es klingt, als würde er mir einen Vorwurf für sein Benehmen machen. Sein Gesicht wirkt wie geschnitzt, ein trauriger Kasperl mit barschen Gesichtszügen, eine hölzerne Maske ohne Regung. Ein glattes Gesicht, ein schmaler Mund. Daß seine Augen traurig sind, sehe ich trotzdem. Aber warum sind sie das?

„Wieso geht es nicht darum? Es ist doch dann egal, ob ich da bin oder nicht. Oder denkst du, ich bleibe da, um mich von dir ignorieren zu lassen? Du guckst mich ja nicht mal an! Wir sprechen nicht, wir haben keinen Sex, also wozu brauchst du mich dann?"

„Ich habe im Moment einfach keine Lust auf Sex." Er greift mich an, er ist aggressiv, er bellt.

„Es geht nicht ums Ficken. Es geht darum, daß du mich ignorierst, daß du mich behandelst, als wär ich gar nicht da. Das hättest du auch vorher sagen können, bevor ich tausende Kilometer mit dir in die Pampa fliege, daß du gerade mal ein Problem mit Nähe hast. Tut mir leid."

Ich zittere noch immer. Ich zittere, und es reißt mich fort.

„Du führst dich auf wie ein kleines Kind, schon die ganze Zeit. Das geht mir auf die Nerven." Er schießt, er hackt wie ein Geier in frisches Aas, als müßte er sich wehren.

„Oh, dann bitte ich um Verzeihung."

„Entschuldige dich nicht ständig! Ständig entschuldigst du dich! Hör auf damit! Es reicht mir."

Gut, ich bin das kleine Kind, ich bin geschrumpft. Kleiner sei ich geworden, hat er gesagt, er hat mich klein gemacht.

„Ich bleibe dabei. Wenn du eh nichts von mir willst und ich dir sowieso auf die Nerven gehe, dann buche ich morgen um."

Ich stehe auf, gehe durch den hellen Raum, barfuß auf den kühlen Kacheln, in Richtung Schlafzimmertür. Es ist der dritte zähe Tag von drei zähen Tagen, und es bleiben noch elf zähe Tage.

„Ich will nicht, daß du fährst", sagt er plötzlich. Es klingt wie ein Geständnis. Ich bleibe stehen, als ob ich nachdenken würde, obwohl ich gar nicht denken kann.

„Gut", sage ich nach einer kurzen Pause und drehe mich zu ihm um, „dann fahre ich nicht, wenn du das nicht willst." Ich klammere mich an diesen Strohhalm.

„Aber denk nicht, daß morgen wieder alles Friede-Freude-Eierkuchen ist", sagt er. Dieser Satz ist eine Ohrfeige. Der Strohhalm ist wieder weg. Nichts ist geklärt, außer daß ich nicht fahren soll, was nicht unbedingt heißt, ich soll bleiben. Ich werfe die Schlafzimmertür hinter mir zu und lasse mich aufs Bett fallen. Er kommt nicht; er bleibt auf der Couch sitzen. Es ist schwül, draußen sind Geräusche. Ich kann nicht einschlafen, er kommt nicht ins Zimmer. Ein seltsamer Belagerungszustand.

Gegen elf höre ich Lara. Sie reden. Vielleicht über mich, vielleicht erzählt er ihr, was geschehen ist. Nein, das wird er nicht tun. Es wird Wichtigeres geben für die beiden. Gegen halb eins geht sie ins Bad und von dort aus in ihr Schlafzimmer. Sie sagt ihm noch etwas, aber ich verstehe es nicht.

Es bleibt still. In der Nachbarschaft dröhnt es, als käme ein Panzer die Straße herauf. Wenn ich einen Schlüssel für diese Wohnung besäße, könnte ich wenigstens raus, umherspazieren, Menschen gucken. Wir haben einen Schlüssel gemeinsam, natürlich hat er ihn. Sie ist seine Freundin, ich bin der Fremde, der Besuch, geduldet.

Irgendwann muß ich auf die Toilette. Länger kann ich es nicht halten. Es ist 4.00 Uhr in der Nacht. Er sitzt auf der Couch, die kleine Stehlampe ist an, und ich höre das Geräusch seiner Hände, seiner Finger, wie er sie aneinanderreibt. Nach dem Pinkeln gehe ich nicht zu ihm, sondern lege mich wieder ins Bett. Irgendwann schlafe ich ein.

Am Morgen hinterlasse ich ihm einen Zettel auf dem Tisch. „Bin gegen halb sieben wieder da."

Ich gehe in die Stadt. Allein. Ich kaufe mir ein Sakko, rede mit einer Verkäuferin, die Berlin kennt. Ich trinke Espresso in einem Straßencafé, sehe mir den Brunnen mit dem Feuer in der Fontäne an, kaufe mir eine Flasche Wasser, knipse Bilder mit meiner kleinen Kamera.

Manchmal ertappe ich mich dabei, wie ich älteren Menschen unauffällig auf die Unterarme schaue. „Hör damit auf", denke ich. Im staubigen Park hinter dem großen Hotel sieht mich ein Mann an. In einem dürren, schütteren Gebüsch blase ich seinen Schwanz. Der Park steht auf der zerknitterten Gayguide-Seite in meiner Hosentasche. Die Sonne knallt mir dabei auf den Kopf. Es ist anstrengend, obwohl der Mann schön ist, mit dunklen Augen und behaarter Brust. Danach setze ich mich in ein Café, fühle mich fremd und bete zu irgendeinem Gott, daß die Zeit vergehen möge.

Punkt halb sieben klingele ich, und er öffnet mir die Tür von Laras Appartement. Diesmal schaue ich ihn nicht an, obwohl ich meine, ihn lächeln zu sehen. Aber ich erwidere dieses vermutete Lächeln nicht.

Am Abend gehen wir ins Theater. Er ist darauf bedacht, daß Lara zwischen uns sitzt. Die Vorstellung ist gut, danach trinken wir Bier in einem Lokal auf der Festung.

Am Morgen stehe ich auf, er schläft noch. Ich koche Kaffee, decke den Tisch und setze mich auf die Couch. Er kommt dann, setzt sich alleine an den Tisch und beginnt zu frühstücken.

Als ich mir Kaffee einschenke, an ihm vorbeigehe, sage ich: „Fein. Also zusammen frühstücken geht auch nicht mehr."

„Ist ja gut!" bellt er mich an.

Wir fahren schweigend nach Jerusalem. Ich sage zu Lara, daß es fast so aussieht, als hätte ein Riese Legosteine in die Wüste geworfen.

„Das sind die Siedlungen überall", antwortet sie. Schweigend gehen wir durch die Altstadt, wo Kirchen, Moscheen, Gotteshäuser, Kathedralen, Synagogen, Minarette, Kuppeln und Kirchtürme aneinander drängen. Auf dem Markt lasse ich mir einen kleinen Kerzenständer aufschwatzen. Er ist zu teuer, aber ich habe keine Lust, ich bin nicht gut im Handeln. Lara versucht es; er steht ungeduldig ein paar Schritte entfernt. Und er schweigt.

Ich zähle noch immer die Minuten in diesem Land, das nichts dafür kann. Ich bin nicht mehr ich; ich bin ein Schatten. Nicht mehr vorhanden. Gefangen in einem Zeitloch, in dem alle Uhren sich verschworen haben, langsamer zu gehen, als würde es ihnen ein sadistisches Vergnügen bereiten, jede Sekunde auszukosten.

Lara zeigt uns alles. Er hat es schon gesehen, also tun sie es nur meinetwegen. Sie macht ein Foto an der Klagemauer. Wir stehen wie Fremde nebeneinander. Es interessiert mich nicht. Ich weiß nur, daß ich weg will, daß ich keine Minute mehr hier sein möchte, weil ich sonst zu verschwinden drohe, als wäre ich eine Pfütze, die von der Sonne ausgetrocknet wird.

Es geht nicht mehr, denn es ist nicht sein Schweigen, es ist, daß er nicht mit mir spricht.

Lara zeigt mir, nachdem wir die Altstadt verlassen und auf einen Berg gefahren sind, den Ausblick auf das Tal von Jerusalem. Vorher soll ich die Augen schließen, denn sie will mich damit überraschen. Seine Hand führt mich zur Brüstung, dann läßt er mich los.

Ich öffne die Augen, sage „Ah“ und hoffe, niemand merkt mir an, daß es mich nicht beeindruckt, obwohl es wunderschön ist. Ich sehe, daß es wunderschön sein muß, aber ich sehe es eben nur.

Lara nimmt mir den Fotoapparat ab, schubst uns an der Brüstung zu einem Bild zurecht, dann geht sie einige Schritte zurück, blinzelt und schaut in den Sucher. „Cheese“, sagt sie. Ich spüre, daß er neben mir lächelt. Lara knipst. Ich fasse ihn dabei nicht an. Er hat für sie gelächelt, nicht für das Bild. Langsam frißt sich meine Angst fett und wird zu Haß. Ich hasse Lara und ihre Art, ihm jeden Wunsch von den Lippen abzulesen. Ihn hasse ich, wie er sich sonnt in ihrer Aufmerksamkeit und weil sein Gesicht nur noch eine Maske ist, eine kalte Pokerfresse. Und schließlich hasse ich mich, mich am meisten, weil ich hier stehe und mich fotografieren lasse, daß ich alles mit mir geschehen lasse, daß ich nicht einmal auf die Idee gekommen bin, mir ein Hotel zu suchen. Ich hasse jede Minute, die ich hier stehe, neben ihm sitze, ohne da zu sein. Ich hasse mich und meine Schwäche. Hasse dieses Gefühl, das ich für Liebe hielt, das mich jetzt zerfrißt.

„So fahre ich mit dir nicht durch die Wüste“, sage ich zu ihm. Wir sitzen auf der Couch. Es hat sich nichts verändert. Eben war noch Lara bei uns mit einer Karte, auf der sie die Tour vorschlug, die wir morgen nehmen könnten, denn ab morgen haben wir einen Mietwagen. Lara kümmert sich; er hätte mich nicht nach solchen

Sachen gefragt. In dem Moment freute ich mich auf das Tote Meer, denn ich habe bislang nur Tel Aviv und Jerusalem gesehen. Jad Waschem nicht, denn Lara besteht darauf, daß sie es nicht mit Deutschen gemeinsam besuchen will. „Das mußt du alleine anschauen", sagte sie zu mir.

Er hat mir nichts gezeigt. Er war zwar x-mal in diesem Land, er wollte sogar mit einem Mann namens Itay hier leben, aber gezeigt hat er mir nichts. Morgen haben wir ein Auto, ohne Lara, für eine Woche. Ich habe die Tage gezählt, über die Hälfte ist vorbei, und mir scheint es, als säße ich schon einen Monat in Geiselhaft. Er spricht nicht mit mir. Aber ich mit ihm: „So fahre ich mit dir nicht durch die Wüste", sage ich.

Weil ich nicht noch mehr ausbleichen will, weil ich nicht verschwinden will, weil mir alles weh tut, weil ich die Zeit, die nicht vergehen will, nicht mehr ertrage.

„So fahre ich mit dir nicht durch die Wüste."

Jetzt erst zuckt er zusammen. Er sieht wieder auf seine Hände, verschränkt die Finger.

„Du bist ja gar nicht offen für dieses Land", sagt er, als hätte er meinen Satz nicht gehört. Es ist ein Vorwurf, und er ist nicht falsch.

„Nein, ich bin nicht offen für dieses Land, da hast du recht. Und du bist nicht offen für mich. Also sind wir quitt."

„Ich denke im Moment überhaupt über Beziehung an sich nach und ob ich das so will."

„Und dazu mußt du mich dabei haben?"

„Ich dachte nicht, daß du so unselbständig bist und so zu."

„Oh, ich dachte, wir wären zusammen in diesen Urlaub gefahren. Tut mir leid, daß du dich da getäuscht hast, tut mir leid, daß du das Maul nicht aufkriegst, tut mir leid, daß du so ein feiger Arsch bist. Und es tut mir leid, daß ich mich schon wieder entschuldige."

„Sei nicht so pathetisch." Er klingt kalt.

„Kannst du nicht *einmal* das Maul aufmachen? Kannst du nicht einfach sagen, was los ist?"

„Ich kann eben meine Gefühle nicht druckreif sagen, wie du das vielleicht erwartest." Er beißt wieder, er beißt mit jedem Wort um sich wie ein tollwütiger Köter.

„Wie, ‚druckreif'? Bin ich eine Pressekonferenz? Ich will nur wissen, was los ist, nichts weiter."

„Ich kann's dir aber nicht erklären!" Jetzt schreit er.

„Dann muß ich eben weg, wenn du nicht mal das fertig bringst. Dann kannst du dich selber anöden und deine Lara, da hat sie dich für sich alleine, und damit hat sich's. Von wegen ‚druckreif'."

„Ich dachte nicht, daß du so voller Komplexe steckst."

„Schönen Dank. Ja, ich habe Komplexe. Schon immer. Du wirst lachen, aber ich hatte die vergessen, und nun – Simsalabim! – nu hab ich sie wieder. Mir sind sogar noch ein paar Komplexe mehr aufgefallen an mir. Schönen Dank, daß du dich um meine Komplexe sorgst. Gut, daß du keine hast."

Warum schreie ich eigentlich nicht?

„Ich hab ja auch welche", sagt er plötzlich, ganz leise, wie ein Schuljunge, der ins Bett gemacht hat.

Vielleicht sollte ich ihn in den Arm nehmen, „Du" sagen und ihn streicheln. Vielleicht hätte ich das gleich tun sollen, ihn streicheln und sagen, daß alles gut wird. Ihm sagen, daß ich ihn liebe. Doch jetzt ist es zu spät.

Obwohl ich ihn liebe. Ich liebe den, der er war. Den Mann mit den zärtlichen Augen, der meine Hand nicht loslassen wollte, egal wo, der mich „Lieber" nannte und in meinen Armen weinte. Ich liebe den, der mir sagte, ich sei schön, der es genoß, wenn ich ihn überall küßte. Den liebe ich. Mit ihm will ich zusammen sein, nur mit ihm, mit keinem anderen. Ich will den Mann, der mir eine Hilde-Knef-Kassette bespielt hat, mit dem ich still Zeitung lesen konnte und neben dem ich so ruhig und fest schlief wie noch nie. Ihn will ich, ohne Abstriche. Wenn dieser Mann, der er war, zurückkäme, ich würde ihm alles verzeihen. Alles.

Ich gehe ins Schlafzimmer, wo ich schon heimlich im Telefonbuch die Auskunft gesucht habe. Er wird das Tickern des Nebenapparats wohl hören, aber er wird nicht hereinkommen und wieder der sein, den ich liebe. Wäre er das noch, dann gäbe es diesen Anruf nicht, dann hätte er mich längst umarmt und mir alles erzählt.

Bei der Auskunft frage ich nach der Nummer des British-Airways-Büros. Dort buche ich dann um. Kein Problem, sagt man mir, nur eben der Aufenthalt in London-Heathrow. Es ist mir egal. Mir sind die 250 Mark egal, mir ist egal, was er tut, ob es ihn schmerzt, ob er traurig ist. Ich will, daß es mir egal ist, denn ihm ist egal, ob ich traurig bin und ob es mich schmerzt.

Er muß das Tickern des Apparats im Wohnzimmer wahrnehmen, noch kann er hereinkommen und mir den Hörer abnehmen, mich bitten, hier zu bleiben.

Nein, ich warte nicht. Ich buche um, ich nehme das Geld, den Aufenthalt und die Gefahr in Anspruch, daß ich tue, was ich immer tat: Ich verlasse die Bühne, ohne zu wissen, was gespielt wird. Ich bin nicht stolz darauf, aber ich habe meinen Stolz. Woher auch immer.

Er bleibt auf der Couch, ich bleibe im Bett. Noch einmal lese ich den Zettel mit Abflugszeit und Flugnummer. Es scheint, als beruhigten mich die Zahlen. Ich schlafe ein.

Ich stehe früh auf, um zu Lara ins Zimmer zu gehen. Ich sage ihr, daß ich abfliege, noch heute. Sie sitzt vor ihrem Spiegel, die Wimperntusche in der Hand, dreht sich um und nickt nur kurz. Sie ist eigentlich noch nicht ganz da. Ihre Augen sind verquollen, und ihre Stimme klingt belegt. Er liegt noch auf der Couch und schläft.

Als ich in der Küche den zweiten Kaffee trinke, steht er endlich auf und geht ins Bad. Ich beginne, den Sand aus dem Badetuch zu schütteln und meine Sachen in die Tasche zu packen. Ich habe Zeit, der Flug geht erst am Nachmittag. Er muß nachher gleich zur Autovermietung. Deswegen ist er so früh wach. Er kommt ins Wohnzimmer, zieht sich an, dann höre ich ihn Kaffee einschenken. Wir belauern uns, ohne uns zu belauern. Natürlich wird er hören, was ich tue. Vielleicht wäre es gut, wütend zu sein, aber für Wut ist kein Platz mehr.

Plötzlich steht er in der Tür, sieht mir zu, doch ich achte nicht auf ihn. Er soll mich am Arsch lecken. Soll er sehen, was er angerichtet hat. Bis gestern war da noch etwas wie eine Hoffnung, ein irres, kleines Ding, so daß ich irgendwie dachte, es könnte sich alles wieder einrenken. Doch jetzt ist nichts davon übrig. Nur der Stein liegt in meinem Bauch.

„Du fliegst nun, oder was?“ Es klingt wie ein Befehl.

Die Niveacremedose fällt auf den Boden. Ich hebe sie auf und stopfe sie in die Reisetasche, drücke alles zusammen und ziehe den Reißverschluß zu. Dann antworte ich, ohne ihn anzusehen: „Ja, klar. Was hast du denn gedacht? Du kriegst die Schnauze nicht auf, und ich haue ab. Macht also jeder, was er am besten kann. Haben wir beide ja Übung drin, wie's aussieht.“

„Schade“, sagt er kalt, „ich dachte, du wärst neugieriger.“

Er hat also das letzte Wort. Ich habe keine Worte mehr, mir hat es nun endlich die Sprache verschlagen. Er nimmt eine der kleinen Reisetaschen, die uns Lara für den Ausflug ans Tote Meer geliehen hat. Meine ist leer. Er hat seine wohl heute nacht gepackt.

Dann geht er.

Kapitel 12

In dreieinhalb Stunden kommt er an. Es ist gut, daß die Zeit heute langsam vergeht. So kann ich mir lange genug überlegen, was ich machen werde heute nachmittag. Als könnte sie mir helfen, lege ich die Knef-Kassette ein: *Wann fing es an, so aufzuhörn*? Sie scheint für alles ein Lied zu haben. Immer für den schlimmsten Fall schnoddert sie ihren Text runter, als wäre es normal, daß immer alles schief geht.

Ich setze mich an den Computer, gebe Namen und Paßwort ein.

„Willkommen", sagt eine Frauenstimme. „Sie haben Post!" sagt die Stimme nicht. Der Briefkasten ist leer. Alle denken, ich sei noch weg. Matze und Maria haben keinen Internet-Anschluß. Ich melde mich ab. „Bis bald!"

Ich öffne die Datei ICH2. Er lächelt vom Bildschirm herunter. Eigentlich wollte ich das Bild löschen. Nun sehe ich es an, als wäre ein Geheimnis darin, als könnte mir dieses nette, freundliche Gesicht etwas offenbaren. Es verschwimmt wieder. Je größer es wird, desto undeutlicher ist es, bis es nur noch eine Ansammlung von farbigen Vierecken ist. Ich kann das Bild heute abend noch in den Papierkorb verschieben. Datei schließen, Computer herunterfahren. Es ist noch immer Zeit. Langsam bereite ich mich vor: rasieren, Zähne putzen, duschen.

Aus der hellgrauen Tube quillt eine dunkelgraue Paste, ich verteile sie auf meinem feuchten Gesicht, bis ich aussehe wie ein afrikanischer Ureinwohner in Kriegsbemalung. Gesichtsmaske. Auf der Packung steht: Nach zehn Minuten gründlich abspülen.

Was würde mein Engel sagen, wenn er sprechen könnte? Mutter sagt, ich soll zum Flughafen fahren. Maria sagt es auch. Matze könnte ich noch anrufen, aber er ist anderer Meinung, das weiß ich. Vielleicht kennt er sich besser aus in solchen Dingen als die Frauen. Aber er war mit Heiner sechs Jahre zusammen; eigentlich haben sie sich nie getrennt. Er weiß also nicht, wovon er spricht. Es gibt Menschen, die wechseln von einer Beziehung zur nächsten, machen Schluß, um dann sofort wieder jemanden zu finden, als hätten sie ein Dauerabo. Vielleicht gibt es ein Geheimnis, eine Formel, die ich nicht kenne, weil ich nie eingeweiht wurde. Oder wollte ich sie nicht hören? Habe ich etwas verpaßt?

Immer habe ich die verachtet, die jemanden suchten, um alles gut werden zu lassen, die ein genaues Bild vor Augen hatten. Nie wollte ich jemanden, der mein Leben in Ordnung bringt. Der ist auch nicht gekommen. An seiner Stelle kamen andere, und sie haben mein Leben in Unordnung gebracht. Aufgeräumt habe ich immer selber, einem anderen hätte ich es nicht zugetraut. Ist alles falsch gewesen? War es falsch, immer zu gehen? War es ein Irrtum, zu glauben, daß zwei, wenn sie nur wissen, was sie wollen, einfach zusammen sein können, um zu teilen? Nichts weiter.

Mein Engel ist aus Pappmaché. Er beschützt mich nicht, er hängt nur da. Und ich liege hier, frisch geduscht und rasiert, in einer aufgeräumten Wohnung, mit guten Ratschlägen und viel Zeit. Morgen muß ich wieder ins Büro.

Langsam beginnt sich mein Gesicht zu spannen; ich muß die Maske abspülen. Es ist ein gutes Gefühl. Schlamm vom Toten Meer. Vor kurzem schien zum erstenmal alles einfach. Nie hätte ich gedacht, daß es so einfach sein könnte, weil es nie einfach gewesen war. Aber es war eine Lüge, eine schöne Lüge, seine Lüge, meine Lüge.

Der Schlamm ist hell geworden. Ich versuche zu grinsen. Da wirft die Maske Falten, reißt, und für einen Moment scheint es, als sähe ich mein Gesicht in dreißig Jahren.

Gründlich abspülen, steht auf der Tube. Die Haut fühlt sich danach zart an. Nach dem Abtrocknen benutze ich die dazu gehörige Creme mit Extrakten aus dem Toten Meer. Wenn ich es schon nicht gesehen habe, dann will ich wenigstens das. Es war teuer, aber es war es mir wert. „Zieht schnell ein und fettet nicht", sage ich und lächle mich an. Scheiße.

Ich muß zum Flughafen. Es ist viel zu früh, aber ich muß jetzt nach Tegel fahren. Ich will ihn sehen, wenn er ankommt. Ich will ihm ins Gesicht sehen, ich will, daß er mir den Grund sagt, ich fordere es einfach. Wir werden aufeinander zugehen wie zwei Spione, die ausgetauscht werden sollen, von denen keiner weiß, ob der andere nicht einen Trick benutzt im Dienste seiner verschlagenen Supermacht.

Ob er Angst hat? Angst, daß ich da stehen könnte, Angst, daß niemand da ist, um ihn abzuholen. Warum hat er nicht gesagt, was er sich wünscht?

Ich habe ein weißes Leinenhemd an und olivgrüne Leinenhosen. Ich werde ihn also erwarten, gutaussehend, als sei ich sein Wunsch.

Und ich trage keinen Rollkragenpulli. Soll er den Knutschfleck von Sebastian sehen. Das ist ein Trumpf. Nicht nur er hat einen Robert, auch ich kann einen Robert haben.

Auf der Treppe treffe ich Frau Krawuttke. Wir grüßen uns.

„Na, machen Sie einen Ausflug?"

„Ja", sage ich, „bei dem schönen Wetter."

„Da haben Sie recht. Wer weiß, wie lang das hält."

„Ja, wer weiß. Schönen Tag noch, Frau Krawuttke."

Mein Auto steht vor der Tür. Ich habe Zeit. Vielleicht wäre es gut, noch in die Waschanlage zu fahren, aber es ist Sonntag, da sind die Waschanlagen von Ehepaaren belegt, die ihr Auto auf Hochglanz polieren, als wäre es ihr Kind. Ich werde rechtzeitig am Flughafen sein, denn ich bin immer zu früh. Keine Musik. Nur der Motor dröhnt. An der Tankstelle kniet eine Frau auf dem Beifahrersitz eines silbergrauen Ford und saugt den Innenraum. Der Mann prüft den Luftdruck der Reifen. Hab ich mir doch gedacht. Ich überlege sogar, ob ich ihm Blumen mitbringen soll. Matte Nelken in billig bedruckter Folie. Oder eine Schachtel Pralinen. Aber ich nehme doch nur Zigaretten. Die Frau gibt mir mein Wechselgeld zurück und strahlt mich an. Ich lächle kurz zurück. Sie hat ihre blonden Haare hochgesteckt, ihr Teint ist blaß, nicht besonders hübsch, aber sie ist blond. Immerhin. Sie wird sich kaum retten können vor den Avancen kurzgeschorener BMW-Hengste. „Tschüs", sage ich, und sie wünscht mir einen schönen Sonntag.

Schöne Sonntage stelle ich mir anders vor.

Aber es ist ein schöner Sonntag. Die Sonne scheint, es ist warm und freundlich. Ich kurble das Fenster herunter; der Fahrtwind ist mild. Auf der Schönhauser sind dutzende Paare unterwegs: Ehepaare, schwule Paare, junge Paare, alte Paare. Die restlichen Paare sind im Umland, egal wo, ich würde sie alle heute treffen. Sie werden auch auf dem Flughafen sein, einander abholen, sich um den Hals fallen und glücklich fragen: „Wie war's?" Und dann gehen sie zusammen zum Auto, schieben gackernd ihr Gepäck vor sich her und strahlen. „Hast du mir was mitgebracht?"

Er könnte lächeln und kurz winken, damit ich sehe, er freut sich, daß ich da bin. Dann wäre alles gut. Ich bräuchte nur seine Reisetasche in meinen Kofferraum zu laden, und wir hätten uns verziehen.

Er könnte an mir vorbeigehen wie ein Fremder, mich abschätzig mustern und barsch fragen: „Was willst'n du noch hier?"

„Dich abholen, du Arsch", könnte ich antworten.

Welche Möglichkeiten gibt es noch? Er und ich stehen uns ratlos gegenüber. Irgendwer muß den ersten Schritt machen, obwohl ich schon den Schritt gemacht habe: Ich bin gekommen, ich bin da, ich gehe nicht noch einmal so einfach weg. Nicht so schnell.

Der Verkehr ist dicht, noch könnte ich ins Umland fahren, einen Ausflug machen. Aber sicher ist das Dreieck Funkturm verstopft. Ein Golf überholt mich, und der Fahrer grinst zu mir herüber. Er hat einen Regenbogen auf der Heckscheibe. Ich gebe Lichthupe und blinke, fahre Tegel ab. Ich habe mich entschieden.

Er könnte unschlüssig da stehen, weil es ihm peinlich ist. Ich bin gekommen, ohne Blumen, und nicht weit von mir steht

Robert. Mit Blumen. Rosen vielleicht. Wie würde er sich entscheiden? Oder hat er diesem Robert vorher gesagt, daß nach dem Urlaub alles aus sein wird mit mir?

Ich würde diesen Robert erkennen, obwohl ich nicht weiß, wie er aussieht. Ich würde ihn sehen und wissen: Das ist Robert. Das ist der Mann, der sich in die Beziehungen fremder Leute einschleicht, Unfrieden stiftet, Aas frißt. „Du brauchst ihn mir nicht vorzustellen. Tach, Robert", könnte ich sagen, cool und geringschätzig lächelnd, diesen Robert musternd wie ein Flittchen auf dem Straßenstrich.

„Bevor ihr geht, sag's mir einfach: Ist das hier der Grund?"

Ganz ruhig könnte ich das sagen. Es würde ihn beschämen, und diesem Robert, falls er kein kaltes, verficktes Miststück ist, wird es auch peinlich sein. Ich muß seiner Feigheit entgegentreten wie in einem Duell.

Der Automat spuckt einen Parkschein aus, die Schranke geht hoch. In einer Stunde kommt er an. Vielleicht hat der Flug auch Verspätung. Auf der Anzeige ist er aber pünktlich. In einer Stunde also, eigentlich in anderthalb Stunden, denn er muß noch auf sein Gepäck warten.

Der Kaffee ist sündhaft teuer, das Wasser auch. Ich setze mich hin und sehe den Menschen beim Abreisen und Ankommen zu.

Flughäfen sind interessanter als Bahnhöfe. Es ist seltsam, aber es scheint, als offenbarten die Leute auf Flughäfen ihr wahres Ich, obwohl sie es gerade hier zu verbergen suchen. Sie sind gehetzt und wollen nicht gehetzt aussehen, gehen wichtig auf und ab, zerren Kinder hinter sich her, suchen hektisch nach Tickets, versuchen sich vorzudrängeln. Zweireiher wollen wie Vielflieger aussehen, hasten zum Flug nach Zürich zur Vorstandssitzung oder nach Bonn, wo eine fremde Familie auf sie wartet.

Eine Frau mit schwarzgefärbten Haaren, falschen Wimpern und bodenlangem Sommermantel stöckelt vorbei, die Haut braun gegerbt von zuviel Sonne und noch mehr Aloe Vera. Ihre Parfümfahne weht bis zu mir herüber: ein klebrig süßer Geruch, aufdringlich und hilflos.

Der Kaffee ist lau. Warum man Reisenden das zumutet, ist ein Geheimnis.

Am Nebentisch schmust ein Pärchen rum. Ich will nicht hinsehen. Sie haben Rucksäcke neben sich stehen. Sie fahren weg, sie werden glücklich sein in den nächsten zwei Wochen. Ich will nicht hinsehen, weil mir sonst der Neid aus den Augen springt.

Mein Stein rumort, je näher der Zeitpunkt rückt. Warum bin ich gekommen? Um mich abermals ignorieren zu lassen? Er hat es in Israel fertiggebracht, es wird ihm auch hier in Berlin gelingen. Er braucht sich nicht anzustrengen; er braucht einfach meinem Blick auszuweichen und mir zu zeigen, wie lächerlich er mein Kommen findet nach allem, was passiert ist. Er kann mich völlig auswischen; er kann mich löschen, wie ich sein Bild auf dem Computer löschen könnte. Dann wäre alles gesagt, ohne Worte. Vielleicht würden wir uns später begegnen, mit neuem AOL-Namen getarnt, mit neuem Profil versehen, und wir wüßten es nicht einmal.

„Man trifft sich immer zweimal", sagte Matze zu mir und lächelte wissend, als würde das helfen, als wäre das die Lösung: sich Jahre später über den Weg zu laufen, um sich zu erinnern, daß nichts geklärt ist, daß alles offen war, eine verpaßte Chance oder eine Chance, die nie eine war, sondern ein schlichter Irrtum. „Wenn du ihn liebst, dann mußt du es ertragen", meinte Maria. „Geh hin", hat Mutter geraten.

Hat er sich auch beraten lassen? Hat er irgend jemanden gefragt: „Was soll ich denn jetzt machen?" Hat ihm Lara gegenübergesessen, wie sie mir gegenübersaß, und ihm einen Rat gegeben? Oder war das, was sie mir sagte, nämlich daß ich meinen Urlaub allein verbringen und mir eine schöne Zeit ohne ihn machen soll, irgendwo am Toten Meer, war das schon mit ihm abgesprochen? Hat er sie um Hilfe gebeten, um mich loszuwerden? Wollte er mich loswerden und war zu feige, es mir selber zu sagen? Wollte er, daß ich abreise, um sagen zu können, daß ich ihn verlassen hätte, nur damit er aus dem Schneider ist? Wenn er letzte Woche so feige war, wird er heute bestimmt nicht mutiger sein.

Alles ist möglich. Die unwahrscheinlichste Variante ist sein Lächeln.

Auf der Anzeige ist der Flug aus London nach oben gerutscht, zwei Lämpchen blinken. Also ist er gelandet. Pünktlich. Langsam, viel zu langsam für die eiligen Menschen auf einem Flughafen gehe ich zum Flugsteig. Mit jedem Schritt werde ich schwerer, mit jedem Schritt scheint mir mein Vorhaben hirnverbrannter. Mit jedem langsamen Schritt komme ich mir hilfloser vor. Wie im Traum. Da das Weglaufen nicht funktionieren wird, muß ich jetzt zu diesem Mann, damit der Alptraum vorbei ist, damit ich aufwache und wieder klar denken kann. Damit ich weiß, weswegen mein Herz so klopft.

Ich drücke mein Gesicht nicht an die Scheibe, um zu sehen, wie er auf seine Reisetasche wartet. Ich bleibe hier, neben der Säule mit dem Aschenbecher. Hier entdeckt er mich nicht gleich, hier kann ich noch umkehren, ohne daß er Notiz von meiner Anwesenheit nimmt. Ich zünde mir eine Zigarette an, der Rauch brennt auf meiner Zunge, mein Mund ist trocken.

Vor dem Ausgang warten Menschen. Vielleicht steht schon ein Mann namens Robert da, mit seinem Schlüssel in der Tasche und Blumen in der Hand. Aber von den Männern hat keiner Blumen.

Die ersten Passagiere kommen heraus, erleichtert lächelnd, „Huhu“ rufend. Eine Frau läßt ihre beiden Koffer fallen und sinkt dann in die Arme ihrer Freundin; sie lachen laut und sagen „Mensch!“ Ein Mann steht hinter den beiden und verdreht die Augen, weil sie sich einfach so, mitten im Weg, freuen. Dann wälzt sich eine Familie wie eine Karawane durch die Schleuse. Ich werfe die Zigarette in den Aschenbecher und gehe noch einen halben Schritt zurück. Er kann mich hier nicht sehen, es sei denn, er geht in meine Richtung, schlimmer noch, sie kommen zu zweit in meine Richtung. Denn da steht ein Typ, dunkelhaarig und gutaussehend, etwas größer als ich. Und schlanker. Er trägt ein grünes T-Shirt und beige Armyhosen mit ausgebeulten Seitentaschen. Das könnte Robert sein. Falls er es ist, werde ich gehen, an den beiden vorbei, ohne sie zu grüßen, ohne Kommentar, nur damit er mich sieht. Damit er erschrickt und damit dieser Robert sein Erschrecken bemerkt, damit sie beide ein schlechtes Gewissen haben. Er wegen seiner Feigheit und dieser Robert wegen seiner Niedertracht. Ein Mädchen stürzt auf den Mann zu und sagt, nein sie singt: „Hallo!" Er fängt das Mädchen strahlend auf. Soll ich das etwa ausprobieren: einfach hingehen, ihn anstrahlen und ihn umarmen? „He, du hast mir gefehlt."

Möglicherweise kommt er gar nicht mit diesem Flug, hat umgebucht, ist längst in Berlin. Oder er bleibt eine Woche länger bei Lara, wogegen sie sicherlich nichts einzuwenden hätte. Ich drücke die halbe Zigarette aus und nehme schon die nächste aus der Schachtel. Es dauert zu lange.

Eine Omi verstopft die Schleuse und sieht sich zweifelnd um, als wüßte sie nicht, in welcher Stadt sie gerade gelandet ist. Eine junge Frau geht forsch auf sie zu und geleitet sie, als wäre sie aus Porzellan, in Richtung Tür. Die alte Frau wirkt erleichtert.

Da ist er. Dunkelbraun gebrannt. Er hat sein weinrotes Hemd an und Jeans. Er bleibt nicht stehen, um nach jemandem Ausschau zu halten, sondern nimmt einen der umherstehenden Gepäckwagen. Er packt seine Tasche und seinen Rucksack drauf und schiebt alles in Richtung Taxistand. Dann bleibt er kurz stehen, greift in die Brusttasche seines Hemdes, nimmt eine Zigarette heraus, steckt sie sich zwischen die Lippen und zündet sie sich an. Nein, da ist niemand, der ihn abholt, Robert schon gar nicht. Ich muß lächeln. Er zieht an seiner Zigarette; er hat sie nötig.

Jetzt ist der Moment. Jetzt könnte ich hingehen, „Hallo" sagen, „He" rufen oder „Da bist du ja" hauchen, als wäre nichts passiert. Und wenn er lächelt, dann ist auch nichts passiert. Dann könnte ich ihn mitnehmen und heimbringen. Mir schießen Tränen in die Augen.

Er schiebt seinen Wagen weiter. Aber ich bleibe stehen. Sein Gesicht ist noch das gleiche. Ja. Der Mund ist klein, zusammengezogen, die Augen schüchtern und kalt. Nein, es war kein Traum.

Ich sehe es sehr wohl: Es ist das Gesicht, das „Ich dachte, du wärst neugieriger“ blaffte, mit dem er mich anbellte und mich anlog. Es ist das Gesicht eines Fremden, dem ich unwichtig geworden bin. Denn, wenn ich für ihn wichtig gewesen wäre, wenn er wirklich in mich verliebt wäre, dann stimmt dieses Gesicht dort nicht, dann muß er sein tatsächliches Gesicht ausgetauscht haben. Ohne Grund hat er es kaputtgeschlagen.

Und wenn ich nicht wichtig war, wenn ich hier stehe wie eine Fußnote, dann war sowieso alles gelogen. Von Anfang an.

Es ist nicht das „Du“-Gesicht, das dort durch den Ausgang zum Taxistand geht. Es ist das „Hör endlich auf, dich zu entschuldigen“-Gesicht, dem meine Anwesenheit peinlich und unangenehm geworden ist.

Ginge ich jetzt hin, würde mich dieses Gesicht eiskalt fragen, was ich denn hier wolle. Und ich müßte mich entschuldigen. Denn dieses Gesicht wird mir auch jetzt nicht verzeihen, daß ich ich bin und eine Erklärung fordere. Die Tür schließt hinter ihm. Er ist weg.

Ganz allein also gehe ich zum Parkplatz, schiebe das Ticket in den Automaten und werfe das Geld in den Schlitz. Es ist schon halb fünf. Ich muß mich beeilen, denn Sebastian kommt um sechs.

Ich könnte am Taxistand vorbeifahren. Vielleicht steht er noch da, vielleicht sieht er mich. Ja, ich bin hier. Ich muß mich nicht verstecken. Vor niemandem.

Ich fasse einen Entschluß: Ab sofort höre ich auf, mich für das, was ich bin, bei Fremden zu entschuldigen. Bei Fremden, die mich nicht kennen, die meine Sprache nicht verstehen und deren Schweigen nichts, aber auch gar nichts besagt.

Denn ich habe mich nicht geirrt, ich war nur verliebt.